Sabine Peters
Narrengarten

Sabine Peters

Narrengarten

Roman

WALLSTEIN VERLAG

Es sind tatsächlich Vögel über der Stadt geflogen.
Alles andere war anders.

Das gehört alles dem Herrn Grafen

Hamburg-Mitte, eine der Straßen heißt Hühnerposten. Hühnerposten, öffentliche Bücherhallen.

Gerlinde steht im Foyer, dort zeigt die Uhr Punkt elf. Sie sieht, wie der Wachdienst die Tür aufschließt, vor der das übliche Gedränge herrscht. Die Besucher lernen es nicht, sie hasten zu den automatischen Rückgabeplätzen oder zur Information. Wenn ihr alle gleichzeitig zur Rückgabe rennt, gibt es natürlich Staus. Der Ansturm im Foyer verteilt sich, die Leute greifen nach den Plastikkörben für die Bücher, stehen vor den Schließfächern, kramen Kleingeld. Gewiefte jagen gleich nach oben, zu den Computer-Arbeitsplätzen oder zu den Zeitungen. Unten ist derzeit wegen der Umbaumaßnahmen nichts zu holen, aber demnächst wird hier ein Café eröffnet.

Gerlinde geht in den ersten Stock. *Mein Arbeitsplatz, mein Kampfplatz*. Margot, die sächsische Tante von Klaus, ist letzte Woche beerdigt worden. Die Alten werden weniger. Und wir nicht jünger. Heute dreiundzwanzig Jahre lang verheiratet. Klaus hat garantiert unseren Hochzeitstag wieder vergessen. Hoffentlich steht wenigstens das Abendessen fertig auf dem Tisch. Die Löwenmäulchen sind versteckt im Keller. Ich werde dir den Strauß um die Ohren schlagen und weiß, was dann kommt. Reuevoll stürzt du dich auf mich und hebst mich hoch, um anzugeben mit deinen Kräften. Um dir danach ans Herz zu greifen und mein Gewicht zu beklagen, aber du schleppst mich doch über die Schwelle aufs Sofa. Schöne sture Rituale einer alten Ehe. Schenken Sie Freude mit Blumen.

Im schmalen Leseraum für die Tageszeitungen sitzt noch keiner, Gerlinde öffnet die Fenster. Gerade hier oft übler Menschenmuff. Es gibt allerdings auch Parfums, von deren

Geruch fällt man um. Viele Obdachlose wohnen in den Bücherhallen, vor allem im Winter. Solang sie sich waschen und niemanden stören. Mein Arbeitsplatz, mein Zuhause für viele.

Die frischen Tageszeitungen liegen geordnet in den Ständern, jede vorhin zusammengetackert. Le Figaro, Hürriyet, Al Ahram, alles da. Deutsche Wirtschaft wächst nicht mehr, titelt heute die Süddeutsche, und die Stuttgarter Zeitung: Euroland ist abgebrannt. Tante Margot hätte das übertrieben gefunden, ihr saßen die Dresdner Feuerstürme in den Knochen bis zuletzt.

Die Computer laufen. Kein Kollege hat sich krank gemeldet. Und toi toi toi, die beiden Praktikanten schleichen mittlerweile wieder zur Schule. Der Drehständer ist aufgefüllt mit den Best- und Longsellerlisten, darunter Thriller, von denen das Blut in plastischen Tropfen rinnt. Diese Lust an Leichen im Roman oder im Fernseher. Lust an fiktiven Toten, weil wir selbst Untote sind? Stephen Kings Vampire und die Theorien seiner Exegetenbande, nicht mein Feld. Wir sind lebendig, Punktum. Auch wenn es Klaus seit dem Infarkt schwerfällt, daran zu glauben. Die Pensionierung tut ihm nicht gut, er sitzt zu viel zu Hause. Natürlich ist die Bücherei auch für ihn da. Er kann nur nicht erwarten, dass ich ständig mit ihm schäkere.

Gerlinde macht sich vor dem Bildschirm an die Liste mit den Neuerscheinungen, lauter verlockende Angebote. Sie geht den Buchreport durch und die aktuelle Bestenliste, auch die Nominierungen für den Buchpreis. Der Bestand hier in Mitte liegt bei fünfhunderttausend, jährlich kommen fünfunddreißigtausend neue Bücher rein, in fünfzig Portionen, und entsprechend viele andere fliegen raus. Manchmal blutet ihr Herz. Als müsste sie einen Hund aussetzen. Andererseits, Reiseführer und Kochbücher veralten rasant, und wenn niemand das Frühwerk des ehrenwerten

Dichters Who-Meyer mehr lesen will, dann muss er ein neues Buch schreiben.

Ja, bitte? Einer von den langjährigen Kunden. War wohl mal Redakteur. Heute schon wieder im karierten Jackett, dazu ein gestreifter Schlips, scheußlich. Der hat aber zittrige Hände, fehlt ihm was? Als wäre er auf Drogen oder hätte Parkinson. Entschuldigt sich zu stören. Wohin der Sonderstandort Plattdeutsch verlegt worden ist? Kein Problem, Gerlinde steht auf, zufrieden, dass sie trotz des Umbaus immer noch den Durchblick hat. Der Lärm hält sich in Grenzen, auch der Staub. Trotzdem wird sie drei Kreuze schlagen, wenn alles fertig ist. Eine logistische Meisterleistung, den Betrieb am Laufen zu halten, während hier seit Monaten alle Abteilungen verlegt, umgestaltet, vergrößert werden. Die ganze Haustechnik wird überarbeitet, die Beleuchtung ersetzt durch eine energiesparende Lichtanlage. Alle paar Wochen Teilumzüge, wie oft hat man das schon. In einem öffentlichen Haus wie diesem hier ist auch jenseits des Großumbaus immer was los. Dauernder Publikumsverkehr, das heißt: Wenn man einmal durch ist mit dem Renovieren, kann man schon wieder von vorne anfangen. Abgelatschte Auslegeware, zerstöckelte PVC-Bodenplatten, kaputte Computer und Kopierer, außerdem die Patina aus Kratzern an den gekalkten Wänden. Von den speckigen Büchern ganz abgesehen. Man möchte nicht wissen, wo und unter welchen Umständen die Leute lesen. Dass Kleinkinder die ersten dicken Bilderbücher anbeißen, versteht jeder: Lesen soll schmecken. Es härtet die Kinder auch ab, Bazillen zu lutschen. Man soll sie nicht in Sagrotan einlegen.

Sie zeigt dem Kunden den neuen Standort der plattdeutschen Literatur. Ein höflicher Mann, wer hat ihm bloß die dummen Karos und Streifen aufs Auge gedrückt. Klaus trägt Tweed, was einen Landlord vortäuscht. Das hat er

Rupert abgeguckt. Ich habe nie verstanden, warum Rupert und Marie vom Dorf in die Stadt zurückgezogen sind. Der schöne neue Fischgrättweed, zum letzten Hochzeitstag mein Geschenk für Klaus. Karos gehören in die Sparkasse, und der Besucher hier wirkt doch nicht kleinkariert. Ist fast etwas zu höflich. Hat er was zu verbergen? Nein. Ein angenehmes Lächeln. Pfefferminzatem, vielleicht erkältet. Er wartet immer ab, bis man vom Bildschirm aufsieht.

Dabei spürt Gerlinde, wenn ein Kunde sich in Kreisen ihrem Tisch nähert, wenn er zögert zu fragen. Früher waren Bibliothekare Drachen. Ende der Siebziger, ich süße siebzehn. Wollte aus der Bücherei in Pinneberg Freuds Traumdeutung leihen. Frau Kaiser saß am Tisch und las, man störte, wenn man Bücher von ihr stempeln ließ. Wissen deine Eltern, dass du Freud lesen willst? Ich habe sie von fern verehrt, mit ihrer schweren schwarzen Hornbrille. Mit ihren großen Eulenaugen. Sie wirkte selbstbewusst, anders als Mutter. Mein Arbeitsplatz, mein Leben. Was weiß ein Kind? Anfangs sitzt man an einem der niedrigen Tische für die Kleinen, träumt vor dem Bilderbuch mit dem federgeschmückten Fransen-Mädchen. Denn man hat vom Cousin etwas aufgeschnappt über die Indianer. Willi Tu und Otto Schätterhänd, Rote und Weiße. Mit den Jungs versteckt im Heu, zieh dein Kleid hoch, ich bin Doktor Schikago vom Roten Kreuz. Alles hat seine Richtigkeit. Dann buchstabiert man sich selbst durch den glücklichen Löwen, der lacht, und seine Welt ist farbig, leuchtend rot und gold. Die Bilder in den Büchern werden weniger. Unmerklich rückt man vor zu Timm Thaler von James Krüss, den man schon selbst ausleiht bei der strengen Frau Kaiser mit ihrer schwarzen Brille. Sie hatte einen Schnurrbart. Das Schmatzen des Stempels, mit dem sie den Büchern den Segen gab, bevor man sie nach Haus mitnehmen durfte.

Meine Augen werden schlechter. Eines Tages wird Klaus mir vorlesen müssen. Lieber er als Gerd Westphal, der badete zuletzt in der eigenen Stimme. Nichts gegen Hörbücher. Neulich für Klaus ein neuer Leckerbissen von Peter Kurzeck, der liest so fassungslos, als wären die Mohnmühlen gerade vom Himmel gefallen. Klaus hätte beim Zuhören auf den Hometrainer steigen können. Er soll sein Herz hüten. Ich küsse ihn auf den Mund und auf den Blutschwamm am Kinn. Die Geste, eine Hand über das Kinn zu legen, gehört zu ihm wie der Erdbeerfleck, für den er sich noch schämte, als wir uns seinerzeit kennenlernten. Wie sehr er sich verändert hat seit dem Infarkt. Manchmal so freundlich, unheimlich. Als wäre unsere Zeit begrenzt. Die Gabe der Vergesslichkeit. Nicht immer daran denken müssen, wie es Schritt für Schritt die Straße langgeht, bis man sich verliert. Meine Flucht in Bücher, jedes von ihnen ein neuer Anfang. Blind werden halte ich nicht aus. Der weiße Stock. Die schwarze Brille. Frau Kaiser war ernst, ehrfurchtgebietend. Der Kaiser der Bücher.

Gerlinde greift sich einen der Wagen mit gerade wiedergekommenen Büchern, sortiert sie zurück an die Plätze in den Regalen. Sehr schön an ihrem Arbeitsplatz: Man klebt nicht vor dem Bildschirm, rennt auch nicht nur und räumt, hat mal Ruhe und dann wieder Kundenkontakt. Die neue Aufteilung des Raums ist großzügig, ist gut. Da sprach der gestiefelte Kater: Und diese ganzen Ländereien, all dies gehört meinem Herrn, dem Grafen. Gräfin Gerlinde geht an den Bildschirm zurück.

Schön wär's, wenn unsereins heute noch nebenher lesen könnte wie früher Frau Kaiser.

Ja, bitte? Kann ich Ihnen helfen?

HierfindetsichneuerdingskeinMenschmehrdurch. IchbrauchdringendalleszuSturmundDrang.

Leinenhose, Seidenbluse, dezenter Schmuck. Gepflegte

Haut, gute Figur. Ganz sicher regelmäßig Sport, vielleicht gelegentlich Fastenkuren, daher der grämliche Zug um den Mund.

HabenSiehierkeinMaterialzuSturmundDrang? Anwenmussichmichwenden? MeineTochterhatLeistungskurs-Deutsch. DieschreibenbaldVorabitur.

Bis dahin ist es noch weit. Was bist du für ein Stürmen und Drängen.

Ich zeige Ihnen ein paar allgemeine Einführungen.

Gronau, Vera Gronau mein Name. Mit wem habe ich?

Genau so siehst du aus. Mein Name steht hier auf dem Schild.

Gerlinde Dette. Also, Frau Gronau, ich zeig Ihnen erst mal Schiller, ein klassisches Beispiel, und von da aus werden Sie sicher fündig.

Die beiden gehen los, zum Buchstaben S, zu Schiller. Ein stolzes Angebot an Primär- und Sekundärliteratur. Frau Gronau erklärt, das kann ich nicht alles lesen. Wir müssen eingrenzen!

Wer wir?

Vera Gronau sagt, wenn meine Tochter mal die Zähne auseinanderkriegt, versteh ich nur, Bruch mit der Vaterwelt. Das ist in Deutsch das Thema. Ein gefundenes Fressen für Insa. Die tut gern so, als wären wir der Lord Duweißtschonwer. Wir sind aber Freunde und Wegbereiter für unsere beiden Kinder.

Dann bereite mal schön. Gerlinde empfiehlt eine Einführung, weist auf ein Reclam-Bändchen mit Unterrichtsmaterialien hin.

Meine Tochter war immer in Deutsch bei elf Punkten. So soll es bleiben, sagt Vera Gronau, und Gerlinde sagt, Ihre Tochter kann gerne vorbeikommen.

Sie haben wohl keine Kinder? Insas Terminkalender! Unsereiner würde einen Sekretär anstellen. Für Kinder gibt es die Mütter. Ich hab Insa schon früh trainiert, damals beim Schwimmen hatte sie als eine von den Ersten dieses Dings, das Seepferdchen, geschafft. Ich kutschiere sie nachmittags durch die Gegend, zum Klavierspielen, zum Judo. In der Schule kümmern die Lehrer sich nur um die Luschen. Insa hat jeden Monat einen neuen Spleen. Gerade schwärmt sie fürs Saxophon. Hat sich in einen Straßenmusikanten verguckt. Garantiert sieht sie sich nach dem Abi schon herumziehen und in Berlin oder Paris den Mond anblasen. Ich bitte Sie! Man muss die Kinder immer wieder erden, man muss sie begleiten, muss mitreden können. Geometrie, Weimarer Republik und Sturm und Drang. Mutter macht's möglich.

Hast du selbst nichts vor? Deine Brut wird flügge, das begreifst du nicht. Wolltest du, dass deine Mutter immer hilft? Lies Kafkas Brief an seine Schwester. Kinder sind zur Rettung ihrer Eltern da, schrieb er, und von der Übermacht der Eltern. Von ihrem Eigennutz, ein Kind zu formen nach dem eigenen Bild. Vom unvermeidlichen Verwechseln ihres Kindes mit sich selbst. Warum soll deine Insa nicht neun Punkte schreiben, selbstgemachte neun Punkte? Aber ein Narr lässt sich nicht raten. Und ich bin eifersüchtig auf die Muttis, die gepanzert sind mit ihrem Sinn. Die einen immer wieder überrollen.

Vera Gronau blättert. Schrickt zusammen. Sie hat vergessen, Insas Leseausweis mitzunehmen. Gerlinde verbeißt sich die Frage, ob die Kundin selbst kein Mitglied ist. Sie sagt, wenn Sie heute nicht ausleihen wollen, können Sie drüben an den Tischen arbeiten.

Ob du etwas zu schreiben mithast? Viele Besucher reißen aus den Büchern alle ersten weißen Seiten raus, um Notizen zu machen.

Gerlinde zeigt einem Kopftuchmädchen die Abteilung Modezeitschriften. Macht sich an ihrem Tisch wieder an die Bestenliste, bestellt. Zwei Jungen brauchen Informationen über die Expressionisten. Ich würde sie zu Klaus schicken, wäre er heute zufällig hier. Er kann Bilder zum Sprechen bringen.

Zwischen den Regalreihen zu Philosophie und Religion sitzt eine junge Frau verknautscht auf einem Hocker. Anorektisch. Blättert mit roten Ohren, vielleicht hat sie sich mit Charlotte Roche hierher verzogen. Wissen deine Eltern, dass du das liest? Frau Kaiser war gut. Vielleicht sollte ich auch eine schwarze Hornbrille tragen.

Ob die Sturm-und-Drang-Tochter hier schon mal war? So viele Schüler jeden Tag. Fast alle tun sich schwer, etwas zu fragen. Auf der Straße und in Gruppen laut und trampelig, alleine schüchtern und oft rührend höflich. Ihre Körper sind unbegreiflich. Alles Bodybuilding, oder Ernährung? Seit wann wird man von McDonald's langbeinig und breitschultrig und flachbäuchig. Also doch Fitness. Deshalb auch keine Zeit für Schularbeiten. Mutti muss ran, jedenfalls beim bewussten Mittelstand. Und weil Mutti frustriert ist über ihr eigenes Leben, weil sie nicht unberechtigt ahnt, dass die fetten Jahre vorbei sind, haut sie den Kindern Förderung um die Ohren, so lange, bis Blut fließt.

Ja, bitte? Dreitagebart und grauer Zopf und Künstlerschal. Stimmt, sagt Gerlinde, die Tageszeitungen sind verlegt worden, ich zeig's Ihnen. Sie geht dem Mann voraus. Wer hat bei dem schönen Wetter in diesem Kabuff die Fenster geschlossen? Etwa zehn Besucher, Durchschnittsalter fünfzig Jahre. Zwei Gebetsketten, ein Rastajüngling. Das riecht hier wie in einem Pantherkäfig, und es ist nicht der obdachlose Stotterer in seiner Ecke, den kenn ich. Einmal hat er das Ende der Öffnungszeiten verschlafen, ich musste ihn wecken. Tu-tu-tut mir l-l-leid. Ach was, tut mir leid, Sie aufzuschrecken, aber morgen ist wieder ab elf Uhr geöffnet. Trotzdem kam er danach eine Weile nicht. Unter seinesgleichen ist er Elite. Wagt sich in eine Bücherei, fällt auch beinahe nicht auf. Nur seine leeren Augen, seine gelben Raucherfinger und sein schwerer Schritt, als hätte er zwei bis drei Weltreisen hinter sich. Man kriegt einen Blick für die Leute. Und täuscht sich trotzdem oft.

Der Rastajüngling ist der Panther. Er kann nichts für seine Hormone. Wenn er eine Freundin hat, denkt sie, er duftet nach Abenteuer und Lust. Ernst sieht er aus. Schreibt aus der neuen Ausgabe der Jungen Welt ab. Selbst in seinem zarten Alter lassen einige die Finger nicht vom Kommunismus. Weiß deine Mutter, dass du das liest? Frau Kaiser ist vielleicht längst tot. Oder sie weiß ihren Namen nicht mehr, und den Wochentag. Die kurze Lebenszeit der Bücher, früher wurden sie weitergegeben von Generation zu Generation. Immer wieder neue Ausgaben der Klassiker. Zu Hause Kafka, in der Fischer-Taschenbuchausgabe von '76. Schon beim Ansehen bricht sie auseinander. Die Bände ersetze ich aber nicht, die lass ich binden. Der Namenseintrag mit Tintenhandschrift, Tintenkiller hatten wir in der Schule auch noch, zum Anspucken, ekelhaft.

Gerlinde öffnet die Fenster. Bisschen Sauerstoff, sagt sie, bei diesem schönen Wetter. Keine Antwort. Blätterrascheln.

Sie verlässt den Zeitungsraum. Zwinkert dem Kollegen Christof zu, noch so ein Fürst im Reich der Buchstaben. Ein langer Schlacks mit Eulenaugen, trägt die Lesebrille würdevoll am Bändchen. Als wäre sie ein Orden. Wieder sitzt sie am Tisch. Ein Besucher schenkt den Bücherhallen eine nagelneue Simenon-Ausgabe, sie bedankt sich, sieht im Katalog nach. Wir haben sie schon zwei Mal, gut erhalten, aus den Neunzigern. Also geht Simenon an eine Zweigstelle. Altona ist schon eingedeckt, Blankenese nicht. In den Elbvororten leihen sie aus wie wild, dabei haben sie Geld, um Bücher zu kaufen. Bei uns wird viel geklaut, trotz

Sicherheitsschleuse und Wachdienst. Die sollen zu Thalia gehen oder zu einer anderen Kette, anstatt sich hier selbst zu bestehlen. Öffentliches Eigentum, darüber würde ich gern einen Vortrag halten. Mein Arbeitsplatz, euer Interesse. Unseres. Dafür kann man auch Steuern zahlen. Wer hier stiehlt, den sollte man verdonnern, das Gestohlene abzuschreiben, in Schönschrift, für alle. Das wäre nicht mal eine Strafe. Der Respekt vor dem Buch würde wachsen. Mein Arbeitsplatz sind meine Schutzbefohlenen. Besucher und Bücher, Betonung auf und. Nicht besser als Diebe sind die kleingeistigen Durcheinanderwerfer. Quetschen einen aktuellen SPIEGEL hinter sämtliche Werke von Wieland, um nach einem Kaffee draußen später in Ruhe weiterzulesen. Kollege Christof hat dafür ein Auge, gestern erst hat er einen Schlipsträger in flagranti erwischt. So einen miesen Egoisten. Weiß deine Mutter, dass du hier Unordnung machst?

Sie zeigt einem Besucher den Weg zur Musikabteilung, die ist ein Reich für sich, für Notenleser. Der Kollege dort hat nicht viel zu tun, sitzt über einer Partitur und trommelt mit den Fingern einen Takt und lacht, als hätte er was Witziges gelesen. Kompositionen sind für Kenner lesbar wie für unsereinen Romane.

In der Nische bei den Theaterstücken hockt ein junges Paar am Boden Arm in Arm, sieht sich stumm in die Augen. Da möchte Gerlinde nicht stören. Vielleicht haben die beiden gerade Sartre entdeckt. Das Spiel ist aus, wir sind füreinander bestimmt. Lasst Bücher sprechen. Die sagen, was man selbst nie über seine Lippen bringen würde, was man höchstens leicht ironisch zu zitieren wagt. Die könnten uns erzählen, wie viele Liebesgeschichten hier ihren Anfang hatten. Mein Arbeitsplatz, mein Lustgarten.

Gestern kamen wieder frische Bücher. Wenn sie vom Einarbeiten zurück sind, suchen viele aus dem Team sich ein, zwei Titel aus, nehmen sie ein paar Tage mit nach Hause, zum Schmökern. Das ist die interne Abmachung, das ist das Recht der Büchereimenschen, das Jus primae noctis. Denn wir sind hier die Grafen.

Die Heimat

Die Heimat gab es lange vor mir. Um sich ihr wieder zu nähern, könnte man in einem Bild vielleicht sagen, sie ging leicht gebeugt, ihr Gesicht war faltig. War sie alt? Auf jeden Fall hat sie viel gesehen. Und bestimmt war sie so, wie alle Heimaten sind, manchmal stur, engstirnig und verschlossen. Dann wieder öffnete sie unerwartet Türen zu ihren Kammern, Räumen, Ländereien, es gab immer Neues zu finden. Also war sie gleichzeitig auch jung?

Die Nachrichten über sie sind wenig verlässlich und widersprüchlich. Wüste, heißt es von ihr, oder noch schlimmer, Fata Morgana, Trugbild. Sie wird verglichen mit einem Kasernenhof, dann wieder mit einem Urwald, oder, romantisch, sogar mit dem offenen Sternenhimmel. Es heißt auch, sie sei ein mäandrierender Fluss, ein unberührbares Dornengestrüpp oder ein Vogel ohne eigenes Nest, ein Kuckuck. Was auch immer von dritter Seite aus über die Heimat gesagt wird, vielleicht bleibt für mich nur, dass sie wandelbar war wie fast alles und alle.

Durch ihre Ländereien streifte ich tagelang, nächtelang. Täler und Hügel, Dünen, Salz, das Lieblingsgestrüpp da und dort. Ihre Haut trocken zart, sie erinnerte an das Papier aus China.

Die Heimat war gastfreundlich, neben vielen anderen bewirtete sie regelmäßig einen Tischler mit harten Händen und seine Frau, die trotz ihrer Veilchen zu ihm hielt. Die Heimat hatte auch Platz für den pubertierenden Sohn des Paares, einen Schwerenöter mit Irokesenfrisur und Tattoos. Die Heimat beherbergte einmal ein trampendes junges Liebespaar, und als sie den Gästen morgens Tee ins Zimmer brachte, war das Besucherbett irreparabel zerspielt. Das nahm die Heimat hin. Sie besuchte getreulich andere Alte, oft mit einem kleinen Gelegenheitsgruß, da schnitt sie einen Zweig vom Fliederbusch vor dem Haus oder pflückte an Wegrändern Wildblumensträuße. Die Heimat kutschierte eine verunfallte Russlanddeutsche spätnachts ins nächstgelegene Krankenhaus zwanzig Kilometer weiter, und sie begleitete einen verwahrlosten Sozialfall mehrfach zum Amt. Solches Tun war ihr so beiläufig und selbstverständlich, dass sie sich über das Wundern anderer Leute nur wunderte. Man könnte von ihr sagen: Die Heimat gab gerne an alle von ihren Früchten, und sie blühte im Frühjahr und Sommer und Herbst und Winter. Jede Jahreszeit stand ihr gut zu Gesicht. Aber dann war sie doch wieder verwelkt und verdorrt, ganz verbrannt. In manchen Zeiten war sie ein Unheim, sich selbst und anderen unverständlich, erschreckend.

Im Kleinen war die Heimat klein, bange bei jeder gefälschten Steuererklärung. Aber im Kleinen war sie auch groß, versorgte alles, was in ihren Ländereien kreuchte und fleuchte. Sie fütterte die Spinnen, begrüßte den Igel, kratzte das Schwein, kämmte den Seehund, schneuzte den Wal und summte für den Maulwurf Melodiefetzen. Sie mochte Narreteien, und sie sprach den Briketts im Stall, dem Butt im Backofen und der an der Leine fliegenden Wäsche gut zu.

Im Großen war die Heimat großzügig und sang ihr Lied zum Lob der Welt. Das heißt bei ihr, sie sang von Zorn und Liebe in den Büchern, die sie schrieb. Die Heimat konnte auch hassen, in einer finsteren Freude, vor der sie selbst sich immer zuletzt doch fürchtete. Sie war heiß oder kalt, niemals lau. Zu ihrer Gestalt gehörte ihr Duft, der unverwechselbar war. Die Heimat roch nach Tabakrauch und Schwarztee und Knoblauch und Sonne und Schnee. Sie hatte Sternenfalten in den Ohrläppchen, und ihre zarten großen Ohren hörten mehr, als es den Sprechenden immer angenehm war. Nachts trug die Heimat lange weite Flanellnachthemden, und wenn sie sich aufmachte in die weite

Welt, Cordhosen, schottische Schlipse und Tweedjacketts. Zu Hause sah man sie in Gummistiefeln und eigenhändig sorgsam gestopften Strickpullovern. Sie trug eine Brille, und um den Hals baumelte ihr ein Kettchen, an dem waren ein silbernes Marienmedaillon und ein roter fünfzackiger Stern aus Blech befestigt. Ihren Schnurrbart ließ sie wachsen, denn sie mochte ihren Mund nicht sehen lassen.

Die Heimat, so sind Heimaten, sie engte einen manchmal ein. Sie war bedächtig, schätzte Rituale, und manchmal wollte ich es lieber unbedacht und regellos. Ich war oft ungeduldig mit der Heimat. Dabei mochte ich auch wieder gern den Schutz, der von ihr ausging. Und erschrak, wenn sie plötzlich zornig wurde, wenn sie tobte. Donner und Blitz durchzitterten die Heimat und alle, die dort lebten. Dann wieder lag sie in Schwermut, düster.

Die Heimat, das war immer wieder ein Regen, dem ich mich hingab in Lust. Wie viele Sorten von Regen sie kannte. Wie unerschöpflich sie war. Wie sie Durst weckte und stillte. Nach dem Regen schwebte die Heimat davon, wurde ein ferner Regenbogen, unter dem wir beide zusammen unbesorgt einschlafen durften.

Leicht kommt man vom Wetter und vom Regen aus zum Redenbogen, denn so ein Redenbogen war meine Heimat zeitlebens ganz gern. Reden ins Offene, Reden als Wandern, das war ihre Freude.

Zurück zur Enge, zum Schutz, den meine Heimat mir gab, und von da aus weiter. Denn man würde ihr nicht gerecht, wenn man nicht noch hinzufügen würde: Sie ließ einem die Freiheit. Man konnte gehen und wiederkommen. Sie selbst verstand sich als Internationalist. Zu Hause sein in der Welt, ein Traum. Sie fand sich selbst oft ganz ohne Heimat.

Ihr Maikäferlied ging sinngemäß so: Der Vater blieb im Krieg. Die Mutter zog den Haustürschlüssel ab. Die

Heimat kam immer wieder darauf zu sprechen, wie sie von klein auf geprägt war durch eine ihr lebenslang unverstehbare Tyrannei. Über die Gewaltherrschaft ist viel geschrieben worden, und auch die Heimat las und schrieb dazu viel. Aber soviel sich auch analysieren lässt, was Tyrannei bedeutet, es bleibt ein unbegreifbarer schreiender Rest.

Vielleicht ist das zu abstrakt. Nie werde ich die Anfänge meiner Heimat verstehen, ich teile nur einen Ausschnitt ihrer Geschichte. Sicherer sind konkrete Details aus dem gemeinsamen Alltag. Also: Die Heimat bügelte hingebungsvoll ihre Hemden, verwandte sogar ein Ärmelbrett. Sie sagte, Plätten riecht nach Mama. Die Heimat machte einen kleinen Sprung, wenn sie den Reibekuchen in der Pfanne hochwarf zum Wenden. Sie stellte auf dem Fensterbrett den Mäusen eine Falle hin und nannte das: ihnen die Instrumente zeigen. Die Heimat log nie, und wenn, dann waren die Lügen durchschaubar wie die eines Kindes. Als sie sich einmal das Rauchen verbot, lagen bald Kippen vor ihrem Fenster, und so rauchte sie lieber offen und ehrlich. Als Letztes vor dem Schlafengehen zog sie entschlossen die Strümpfe aus, dann legte sie im Bett den Arm um mich. Sie sprach mit mir oder schwieg mich an. Bis heute weiß ich nicht: Hab ich dir gut genug zugehört? Hab ich gut genug mit dir gesprochen?

Als wir nach vielen Jahren auf dem Land zurückgezogen waren in die Stadt, wurde die Heimat krank. Wörter wie Antibiotika, gegen das Leben also, waren ihr immer verdächtig gewesen. Ihr wurde Medizin gegeben, Tabletten und Tropfen und Strahlen. Die Heimat kam nach Hause und sagte erschrocken, sie rieche nur noch Chemiegestank, sie könne sich selbst nicht mehr riechen. Sie fror oft, sie wurde aufgedunsen, gleichzeitig nahm sie ab. Dabei war sie doch ohnehin, wie sagt man, immer ein Strich in der Landschaft gewesen. Als der Heimat das Haar ausfiel, schnitt sie sich eine Strähne ab und gab sie mir.

Es ist schwer, über die Heimat zu sprechen nach ihrem Verlust. Sie selbst kann nicht mehr widersprechen, spötteln, nachfragen, ergänzen. Wir sind kein Redenbogen mehr. So frage ich mich immer wieder: Zeichne ich sie zu schön? Zu schwarz? Wie kann ich ihr gerecht werden? Wie bin ich ihr begegnet und sie mir? Reichlich pathetisch könnte man sagen: Weil sie so viele Eigenschaften hatte, war sie in unseren zweiundzwanzig Jahren väterlich und mütterlich. Mal war sie wie ein Bruder, mal wie ein Kind. Sie war mein Freund, Kollege und Gefährte auf dem Weg. Sie war mein Ehemann, mein Garten.

Bis heute taucht die Heimat manchmal unerwartet auf, sei's in Begegnungen mit anderen oder in Gegenständen. Unlängst erst wieder im selten geöffneten unteren Fach des Küchenbüfetts ein kleiner blauer Karton. Er ist gefüllt mit Gummibändchen. Die Heimat sammelte sie gern, und sie behauptete: Wenn sie jemals einem Verein beitreten würde, dann dem vom Gummiband oder auch dem vom Tempotuch. Die Genossen mochten diesen Satz nicht hören, denn die Heimat war zwar Kommunist, doch nicht vereinstreu. Auch das Lob des Tempotuchs war irritierend, denn die Heimat trug beides bei sich, Tempos und immer ein Stofftaschentuch. Sie ging sorgsam mit ihren paar Sachen um. Selten warf sie einfach was weg, sondern sie brachte die Dinge lieber auf einen Weg. Vieles verschenkte sie, als sie ans Ende ging. Und sie bat mich, verschiedenen Leuten später Dinge von ihr zu geben, aus ihrer Geschichte, die so viel älter war als unsere gemeinsame. So brachte ich einer anderen Frau eine Wolldecke, einen Aschenbecher, und einer weiteren eine Uhr. Die Heimat hat, wie gesagt, viel erlebt, viel genossen, sie hat viel erlitten und viel geliebt. Also wird ihr auch viel verziehen.

Gestern erst beim Schuheputzen kam die Heimat unerwartet bei mir vorbei. Im Holzkasten mit den Tuben und

Bürsten war einer ihrer alten Strümpfe vom letzten Putzen unbenutzbar verfleckt und verklebt, den warf ich weg. Neben dem Kasten der Beutel voller Stofffetzen. Darin ein Ärmelstück des grauen Flanellhemds der Heimat, auch dieser Fetzen schon mit ein paar Schuhcremeflecken. Die doppelten Nähte, das abgestoßene Manschettenbündchen, im Sommer krempelte die Heimat ihre Hemdsärmel ordentlich hoch, sie hatte schmale Handgelenke. Jahrelang trug sie einen Armreif, von dem ein Juwelier ihr sagte, der hätte allenfalls am Silber gelegen. Der Armreif ist zersprungen, und es kann gut sein, dass meine Heimat ihm auf einem ihrer Wege einen letzten Platz gefunden hat, dass sie die Bruchstücke von der Emsbrücke aus in den Fluss fallen ließ oder sie hinter einem Säulenheiligen im Straßburger Münster versteckte. Auf diese Weise hielt die Heimat also Dinge wert. Trotzdem sagte sie mir im Krankenhaus, als ich ein Plastikherzchen verlor, das sie mir einmal schenkte: Lass fahr'n dahin. Dabei fand sich der kleine Schmuck am andern Tag im Treppenflur des Krankenhauses wieder.

Die Heimat hatte viele Namen. Sie hieß Liebster und Herz, Leevsten und Mann und Lord O'Whippy, Süßer, Löwenmaul, mijn seuten und Orlando. Sie hieß Pietsch, Proff, Ole Blessi, Feuerfreund und Rupert. Sie lebte von 1928 bis 2008.

*

Rupert und Marie. Die kleine Zeit von zweiundzwanzig Jahren auf dem Dorf am Dollart und in Hamburg.

*

Wenn es, wieder und wieder und wieder, ganz unerträglich scheint, ein Leben in zwei dürre Zahlen gesperrt zu sehen, lässt sich versuchen, weiter und weiter und weiter zu sprechen, zu schreiben, zu hören. Ein Sohn der Heimat zitiert sie bis heute ganz gern. Dabei hatte die Heimat selbst ihre Mutter zitiert, wenn die beim Rauchen sagte: Was nutzt das schlechte Leben, Kinderchen. Ein Freund schlägt sein Kochbuch auf, ganz hinten steht in der Handschrift der Heimat ein Rezept für allerbeste Nudeln. Unsere portugiesische Freundin schickt einen Brief, und ich erinnere mich daran, wie oft die Heimat auch in ihr Land reiste. Wochen- und monatelang war sie unterwegs, gern allein. Immer noch steht hier die große grüne Blechkiste, in der Platz war für Bettzeug, Bücher und Manuskripte und Haushaltskerzen, von denen brauchte sie viel.

Die Heimat verstaute methodisch ihr Gepäck im Citroën, wenn sie sich wieder einmal auf den Weg machte. Und ich sehe dich, wie du die Hand über den Mund legst, wie du sagst: Abschiede kann ich nicht gut ab.

*

Die Heimat liebt das Wandern. *Gott hat sie so gemacht. Von Einem zu dem Andern.* Die Heimat geht im Schatten.

Und sie werden sein ein Fleisch

Aufgeräumt kommt er spätvormittags vom Einkaufen zurück in seine Straße, beim Gehen schlenkert er mit beiden Stoffbeuteln. Eberhard ist einer von vielen Ruheständlern hier in Uhlenhorst, wird oft gegrüßt und grüßt bei Tag auch selbst ganz gern. Man kennt sich vom Sehen, und er gehört hier zum Urgestein. War Redakteur, das wissen nur noch wenige, er muss seinen Beruf jetzt nicht mehr vor sich hertragen. Gut ist es, sein eigener Herr zu sein. Im Schaufenster der Bäckerei nickt er sich zu. Doch noch ganz gut erhalten. Dichtes Haar, ein elegant geschnittenes kariertes Jackett, als reizvoller Kontrast der gestreifte Schlips. Fehlt nur noch der Übergangsmantel, der ihn so schön umweht. Gleich denkt er an Arztvisiten in Fernsehfilmen, lauter Weißkittel mit wichtigen Gesichtern. Diese Narren, Scharlatane, alles nur Schwindler mit Schellen. Trotzdem angstvolle Patienten in den Betten. Die sind dankbar oder schon ohne Bewusstsein. Aber er, Eberhard, ist bei vollem Bewusstsein. Er hat alle Besorgungen erledigt, jetzt zieht es ihn an den heimischen Herd zu Lotte, zur Erholung bei Wein und Weib und Gesang.

Wie soll er nicht erfreut sein, heute so ganz im Reinen mit sich. Der Abend gestern ist unauffällig verlaufen, er ist beizeiten verschwunden. Ein trockenes Beisammensein nach dem Film im Kino, trockener Sekt aus zierlichen Flöten. Und staubiger Smalltalk. Lottes Bruder Piet ist eine Schlaftablette. Eberhard hat sich ein Taxi geschenkt, um schneller in den vier Wänden zu sein. Keiner kann ihm wegen gestern etwas nachsagen, er bummelt wohlgemut weiter. Sieht in einem der Vorgärten den verwilderten Sauerkirschbaum, eine Freude für alle Vögel. Er späht in das Laub des Baums, in die Hecke. Sollte ihn nicht wundern, wenn die Amseln jetzt noch mal brüten. Die werden um den Verstand gebracht vom ewigen Heckenschneiden, von Lärm und Licht in der Stadt. Als Vogel wäre Eberhard immer am Meer und führte ein freies Leben jenseits aller Kultur, aller Gebote und Verbote. Tiere sind aber nicht frei, das sind nur Menschen, und auch die nur begrenzt. Nicht mal mit der Pensionierung hört das auf. Überall die Sorgen und Ermahnungen von Leisetretern, Typ Arzt oder Mutti. Man muss sich vorsehen und taub stellen bei manchen Themen. Auch Gerüchteküchen sind gefährlich. Aber er liefert niemandem Anlass zum Tratschen, siehe gestern. Vater hat vor Jahrzehnten Recht gehabt, man wäscht seinen Dreck zu Hause und nicht in der Öffentlichkeit.

Moin, Herr Geiger. Soll sonnig bleiben dieser Tage, oder? Nein? Wir lassen uns überraschen, genau. Grüße an die Familie! Geiger ist Zeuge Jehovas. Der Wahnsinn mit Methode. Nie ein Tropfen Alkohol. Und samstags harkt er unter der Hecke. Sein Enkelsegen reicht bis Asien, soweit man hört, und er ist wohl selbst noch erfolgreich in seinem Laden. Sonst hätte er nicht wieder einen neuen Benz. Die Gesichtsfarbe wirkt aber ungesund, etwas zu rot. Na, mein Lieber? Was will deine aufgedunsene Rothaut mir sagen? Hast du tatsächlich auch dein süßes kleines Geheimnis? Geh nicht zum Arzt, der macht dir höchstens Vorwürfe. In unserem Alter, was soll das.

Eberhard geht weiter, bleibt an der Lieblingsplatane stehen, einem der nächtlichen Stützpunkte. Bevor es gilt, den Hausschlüssel ins Schlüsselloch zu bringen. Nachts braucht er vor so einem schwierigen Balanceakt eine Stärkung, das macht die Sache nicht besser, er weiß es. An der Platane kleben die üblichen Zettel. Unsere zwei Jahre alte Mieze ist verschwunden, Finderlohn. Die ist wohl endgültig abgestürzt. Nie gesehen hier in unserer Straße. Es sollten Katzen schwarz sein oder getigert. Als Frau hätte ich eine auf der Schulter. Lotte würde eine Katze sehr gut stehen. Was sagen die Zettel sonst noch? Yoga und Feldenkrais-Kurse, irgendein Quatsch mit Qigong, das alles soll die Seele heilen.

Eberhard lacht in sich rein. Lesen Sie noch mal Hermann Hesse, das Siddhartha-Buch. Dann schminken Sie sich das Beten ab und das Stehen auf einem Bein. Bei Lotte sieht das schön aus. Es sah schön aus, als ihr Zimmer noch nicht ihre Festung war. Siddhartha hat Bescheid gewusst. All die vertrackten Übungen der Jainas und Ballerinas und Chinas und Palästinas wollen nur auf das eine raus, die Leute suchen nach der Meeresstille des Gemüts. Betäubung schafft ein guter Whiskey auch. Ein sanftes Feurio.

Eberhard schwenkt die Taschen, kein Klirren von Glas. So dumm ist er schon längst nicht mehr. Seine Beutel packt er methodisch: Flasche, Saftpackung und Knäckebrot. Flasche, Tüte von der Käsetheke, Tafel Riesenschokolade, Flasche, und so weiter. Vier verschiedene Läden in Fußnähe, die alle von ihm leben. Denn auch die Ketten stehen unter Konkurrenzdruck, Penny gegen Nahkauf, aber er lässt niemanden auf dem Trocknen sitzen. Als Pensionär erledigt er den Löwenanteil des Haushalts, auch wenn Lotte das nicht sieht. Sie hat wieder einen schönen Auftrag, steht aber wie üblich unter Druck. Dabei hat sie noch jede Übersetzung fristgerecht abgegeben. Er nimmt ihr vieles ab, das Einkaufen auch, alles in schönster Ordnung. Schließlich ist er nicht der Typ, beim Senf nach Mengenrabatt zu fragen. Er ist kein Geschäftsmann, sondern ein Intellektueller, immer noch schreibt er gelegentlich einen Artikel für den Hintergrund.

Jetzt muss er darauf achten, Lotte nicht zu begegnen im Flur, in der Küche. Erst mal will er in sein Zimmer. Jedem sein Rückzugsgebiet. Er hat sich damit abgefunden, dass sie kein Schlafzimmer mehr teilen. Der Raum ist längst ein Gästezimmer, oft besetzt. Lotte ist so gesellig. Aber er macht gute Miene und hat allen, die es wissen wollten, klipp und klar gesagt, als Paar kann man sich schließlich tagsüber und nachts besuchen. Kann unterkriechen beieinander, es gibt keine abgeschlossenen Türen.

Erst mal muss er jetzt die Einkaufsbeutel ungesehen in sein Zimmer bringen. Lotte verdächtigt ihn bei jedem Gang an die Luft, wortlose sprechende Verdächtigungen, die er nicht verdient. Eberhard liebt seine Frau. Weiß sie nicht, dass er fast alles für sie tun würde? Keiner kann den eignen Schatten überspringen. Der Abend gestern war unauffällig. Er hat sich nicht blamiert, ist nach der Pfütze Umtrunk weggehuscht, ein Aschenputtel. Nach dem Tanz das Ballkleid gut versteckt, zurück im Dreck das Prinzesschen. Er selbst als eine Königstochter! Eberhard lacht in sich rein, dass ihm die Tränen kommen. Sie waren zu viert im Kino, Lotte und er, ihr Bruder Piet und seine Mareike, die sich als Königin aufspielt. Von der Welt verkannt, sitzt Aschenputtel in der rauchgeschwärzten Küchenhöhle, während oben im Licht das Fest weitergeht. Junge, Junge, ist das lustig. Er muss schon wieder lächeln.

Aber dann fragt er sich, wann Lotte gestern wohl zu Hause war. Keine Ahnung. Wenn sie fährt, trinkt sie nie einen Tropfen. Man kommt auch ohne Führerschein durchs Leben. Eberhard ist so erleichtert über den Abend gestern, dass er noch heute auf Flügeln geht. Natürlich ist es lachhaft, zwei Stunden vor der Leinwand auf dem Trockenen zu sitzen und sich danach an das kindische Flötchen zu halten. Er hat sich Lotte zuliebe zusammengenommen, ist nur beizeiten gegangen. In den modernen Ehen ist jeder frei, man muss nicht gemeinsam kommen und gehen. Er hat sich ein Taxi geleistet. Bitte nach Haus in meine Höhle. In meine Hölle, Feurio. In meinen ewigen Frieden. Davon sagte er aber nichts zu dem Fahrer, die armen Kerle werden von den Kunden immer zum Quatschen missbraucht. So ein

Kutscher freut sich, wenn er was erzählen kann, und er, Eberhard, hat immer ein offenes Ohr, ist höflich, gibt schönes Trinkgeld. Er würde nie ein fremdes Auto vollkotzen. Deshalb gab es auch schon Fahrer, die ihm nachts mit dem Hausschlüssel halfen, und seine Wohnungstür hat er immer noch selbst geschafft. Die zweieinhalb Stunden gestern im Kino waren grenzwertig, aber er fühlt sich gut. Denn er hat seiner Frau etwas von seiner besten Zeit geopfert. Heute abend gibt's keine Termine und keinen Besuch, ihn erwartet der große Frieden. Allein in seinem Zimmer. Lotte mag ja nicht mehr mit ihm sein am Abend.

Er öffnet die Haustür, nimmt die Post aus dem Kasten, sieht ihr handgeschriebenes Schild, keine Werbung. Sie hätte freundlich bitte dazuschreiben können. Immer so direkt und geradeaus. Frauen sind gröber gestrickt.

Er geht zu Fuß hoch, weil er auf sich hält. Mangelnde Bewegung kann ihm keiner nachsagen. Erst wenn sie ihn aufschneiden, werden sie staunen über seine Leber. Großmutter, was hast du für große Ohren?

Aber er will ja gar nichts hören, sehen, riechen, schmecken, fühlen. Er sucht den heiligen Todesfrieden. Bei ihm als Leiche wird es zu spät für Vorwürfe sein, die hört er nicht mehr. All das Wiedergeburtengedöns ist Kokolores: Was soll für ein Trost darin liegen, erneut zur Welt zu kommen und das Unheil und das Unrecht eines letzten Lebens abzuarbeiten? Irgendwann muss Schluss sein.

Er horcht an der Wohnungstür, gewohnheitsmäßig, dabei dringt kein Laut von innen raus. Altbauwohnung, alles solide.

Und rein, rein in sein Zimmer auf leisen Sohlen. Das Klirrzeug aus den Einkaufstaschen in den Kleiderschrank. Mit den leichter gewordenen Beuteln mit festem Schritt in die Küche. Ein kleines Walmen vom Herd. Heute gibt es noch mal die Bohnensuppe von gestern. Bisschen fantasielos, er ist aber nicht der Typ, Streit zu machen. Lotte sitzt über dem Kreuzworträtsel aus der Süddeutschen, hat ihre Zigarette wieder nicht richtig ausgedrückt. Er nimmt das hin, auch wenn er keinen Tabakrauch mag. Man muss nicht jedes Laster miteinander teilen. Rauchen verursache Impotenz, das kann ihr egal sein. Aber ihre Haut leidet, man sieht der guten Lotte ihre Raucherei gleich im Gesicht schon an. Wie sehr ihn ihr Gesicht rührt, das nicht lügt. Gut, dass sie sich nie zum Schminken durchgerungen hat. Dafür aber bei den Kleidern fast alle Farben, Indigo und Blau und Rot, Orange und Gelb und Grün. Mein langbeiniger großer bunter schöner Paradiesvogel.

Eberhard legt seiner Frau die Riesentafel Schokolade hin. Nervenstärkung für die Übersetzung, sagt er. Sie fragt, musst du schon wieder Gutwetter machen? Kratzt sich mit dem Bleistift im Nacken, sieht nicht mal auf.

In seinem Kopf ein einziger Gedanke, der rennt sich selbst hinterher: Der Abend gestern war unproblematisch! Zu Hause hat er sich in seine Höhle begeben, und dann kam die Nacht, und nachts schläft man. Er wird schon nicht in ihr Zimmer gekommen sein, um sie im Einschlafen zu stören. Er wird schon nicht im Tran wieder was umgerissen haben, was sie dann morgens aufräumte. Keine Erinnerung, Euer Ehren. Ich war nicht vor Ort.

Er versucht es noch einmal: Grüße vom alten Geiger an dich. Danke, sagt Lotte, ohne aufzusehen. Das ist schon was. Er beugt sich über sie, über die Zeitung. Gebündelter Wasserausstoß, sagt er, l am Ende, das ist einfach, weißt du das nicht? Pfusch mir nicht rein, sagt sie. Wenn sie Kreuzworträtsel löst, wird ihre Handschrift aggressiv. Sie legt ein Tempo vor, als wäre sie auf Jagd. Schöne Amazonen mit Pfeil und Bogen. Kriegsbräute allerdings, während er auf der Suche ist nach Harmonie. Vor dem Mittagessen ein Schluck Friedensfeuer, dann rutscht es besser.

Er räumt die Einkäufe in die Küchenschränke, nimmt die Gießkanne vom Fensterbrett, füllt sie frisch auf, sagt, eben mal drüben die Azalee wässern.

Bei uns sollte es keine Pflanzen geben, keinen Wasserhahn, es sollten alle Wörter gestrichen werden, die an Flüssigkeit erinnern. Denn er liest mühelos ihre Gedanken hinter der faltigen Stirn. Lotte kann selbst bei Blumen nur noch Saufaus, Schluckspecht, Trunkenbold und Schnapsbruder denken. Schlimmer noch: das Wort mit A, unaussprechlich in eigener Sache. In seinem Zimmer gießt er die Untertasse der Azalee randvoll. Lass es dir schmecken, sagt er freundlich und wartet ab. Das kleine Schmatzen, als das Wasser von der Erde aufgesogen wird. Der kleine große Augenblick des Friedens. Noch ein Schlückchen? Er gießt der Azalee nach, danach bekommt der Philodendron zu trinken, von oben. Er verstarrt sich ins Sickern des Wassers. Dann geht er zu seinem Kleiderschrank, öffnet die Tür.

*

Die Mittagsstunde ist ihre Sprechzeit. Beide frühstücken nicht, jeder verzieht sich mit seinem Kaffee ins eigene Zimmer. Morgens ist Lottes beste Arbeitszeit. Schlag acht sitzt sie am Tisch vor dem Computer, umgeben von Wörterbüchern. Mittags kocht sie eine Kleinigkeit, das entspannt sie. Nach dem Essen ein Espresso, der sie wieder auf die Beine bringt.

Sie haben die Bohnensuppe gegessen. Eberhard hat abgeräumt, sich den Mantelteil der Zeitung gegriffen. Die Amis werden bald alle Chinesen, sagt er, und die Republikaner zwingen Obama auf die Knie.

Lotte sitzt wieder am Kreuzworträtsel. Sie findet, dass sie ihn vorhin nicht gleich hätte anblaffen sollen wegen der Schokolade. Aber seine Freundlichkeit kann sie schon lang nicht mehr ertragen. Glaubt er, ich hätte seine Fahne vor dem Essen nicht gerochen? Es interessiert mich nicht die Bohne, ob Herr Geiger grüßen lässt. Und dass Obama auch nur Angestellter ist beim Kapital, ist längst bekannt. Geldströme laufen transnational, schneller und schneller, unwirklich. Welcher einzelne Schädel begreift, was sich in Politik und Wirtschaft tut? Mich interessiert nur, ob es je noch einmal wird wie früher zwischen uns. Wie sehr ich ihn gebeten habe, wenigstens mit den Heimlichkeiten aufzuhören. Wenn er mich lieben würde, ließe er das Saufen. Der Satz ist aus der Mottenkiste. Was für eine ungeheure Energie er in sein Unglück steckt. Versteckspiele. Klotzige Komplimente. Dann die Scham. Das Überspielen. Abstürze und Reue, unbeholfene Schmeicheleien. Verstocktheit, Streitsucht, Depression und wieder Heiteitei. Ich glaube dir schon längst keins deiner Wörter mehr, mein Freund. Einen Freund hätte ich längst zum Teufel geschickt. Vielleicht auch nicht.

Eberhard wartet darauf, nach dem Essen einen durchzuschnacken. Er fühlt sich unschuldig, weil gestern im Kino unauffällig, ein Gentleman. Mir hängt aber nicht das Gestern, sondern das Vorgestern immer noch nach. Erstaunlich, dass er sich nie was gebrochen hat, wenn er vom Stuhl fällt.

Knorpelfisch, zwölf Buchstaben. Ich bin auf hoher See die alte Meerjungfrau. Wer einen liebt, geht über Messer. Immer wieder bin ich nett zu ihm, ja was denn sonst? Bin ich sein Richter? Nein. Er zahlt die Miete und das Auto. Übersetzungen, mein Luxus in diesem Irrenhaus. Ich dachte mal, man könnte seinen Lebensunterhalt damit verdienen. Das gelingt nur wenigen mit großen Namen.

Lotte fragt, weißt du das hier, elektrischer Fisch, langes Wort, Endung en? Eberhard springt gleich auf. Allzeit bereit und dienstbeflissen. Kommt um den Tisch, steht da.

Gebeugt, mit zitternden Händen. Der Suff oder Angst vor mir oder beides, verdammt. Wenigstens vor mir soll er nicht ängstlich sein wie ein kleines Kind vor der Mama. Ich dachte, seine Frau zu sein.

Sonja findet sich allein, nur mit den Kindern, ohne Ehemann an ihrer Seite. Und was bin ich? Wenn sie klagt über die viele Arbeit mit den beiden Gören, würde ich ihr gern sagen: Ein Mann kann mühelos zwei Kinder aufwiegen. Bisschen weniger Liebreiz vielleicht. Bisschen weniger Anlass zur Hoffnung. Sonja hofft immer wieder auf das große Glück. Jedes Mal neu die Aufregung, wenn sie bei Parship einen Mann gefunden hat. Sieht er nicht süß aus? Und findest du, und meinst du nicht, und dann hat er zu mir gesagt, und ach ich weiß nicht aus noch ein, und soll ich zu dem Date den Rock anziehen oder doch die Lederhose. War ich mit fünfunddreißig auch so blauäugig? Wahrscheinlich. Was tut man nicht alles für seine Freundin. Man hört zu, und man berät. Auch wenn Sonja letztlich macht, was sie für richtig hält. So soll es sein. Nur, sie rasselt von einer Enttäuschung zur nächsten. Kennt aber zwischendurch die schönen Aufschwünge. Beneidenswert, und doch möchte ich nicht noch einmal in ihrem Alter sein und all das vor mir haben. Oder was wäre die Freiheit.

Lotte gibt Eberhard den Stift. Liegt mir auf der Zunge, dieser Fisch, sagt er, tippt die Kästchen durch, gibt ihr den Stift zurück. Zitterrochen! Danke, sagt sie und trägt es ein, liest vor: niederländischer Maler, verstorben, erster Buchstabe G. Er empfiehlt ihr Goya, mit halbem verschworenen Lächeln. Dösbaddel, sagt sie. Seine unterwürfige Dankbarkeit für minimale Freundlichkeiten. Gleich fängt er vor Erleichterung zu weinen an. Weiter. Griechisches Alphabet, der achte Buchstabe. Es sind in der Spielecke kleine Fragen. Die großen wälzt man im eigenen Schädel, rätselt rettungslos.

Sonja schießt die Männer in den Wind, sobald sie ihr nicht passen. Sie fragt, warum bleibst du bei diesem Unglücksmenschen?

Eberhard sitzt wieder an seinem Platz, er hat sich in der Zeitung festgelesen.

Erstaunlich, wie gut er noch aussieht. Das Bildnis des Dorian Gray. Wenn man uns nebeneinander sieht, fallen die dreizehn Jahre Altersunterschied kaum auf. Denn Mann und Frau werden sein ein Fleisch. Der Januskopf, die zwei Gesichter. Das Foto von uns bei dem Brunch bei Sonja letzten Winter, ein schönes Bild, vor allem von ihm. Eberhard sieht hell und heiter aus. Bei mir treten die Falten im Gesicht scharf raus. Ungleichmäßige Belichtung. Bald fünfundzwanzig Jahre Ehe. Ein Fleisch sind wir, zwei Köpfe. Mein Gesicht ist das des Zeugen.

Zur blauen Stunde

Sie liegen auf dem Teppich, beide atemlos. Paul hat Sonja dazu gebracht, sich am Boden mit ihm zu wälzen, schreiend und lachend. Sonja fährt sich durch das feuchte Haar, reibt ihre Wade. Das gibt bestimmt wieder blaue Flecken, sagt sie. Er räkelt sich und sieht ihr zu, wie sie aufsteht, nach ihrer Brille auf dem Tisch greift. Möchten der Herr etwas trinken, fragt sie, wie immer? Paul, die Arme hinterm Kopf verschränkt, denkt nach und nickt. In der Küche setzt Sonja für sich Espresso auf und holt Pauls dickwandiges Lieblingsglas. Sie füllt es wunschgemäß, trägt die Getränke, Zucker und eine Dose mit Keksen ins Wohnzimmer an den großen Esstisch, verbeugt sich. Monsieur, le repas est prêt, s'il vous plaît. Er versteht zwar kein Wort Französisch, wohl aber den Sinn, und er mag Floskeln und Rituale. Doch jetzt ignoriert er sie, liegt weiter auf dem Teppich. Auch gut. Dann kann sie sich an ihre Sachen machen.

Sie gießt Espresso ein, setzt sich und legt die Beine hoch. Sie blättert in einem Papierstapel. Darunter zwei handgeschriebene Briefe, die wirft sie weg.

Der Kieler kann mir gestohlen bleiben, nach dem Treffen letzte Woche. Sein romantisches Getue war mir gleich verdächtig. Nicht vergessen, nachher auf dem PC seine E-Mails zu löschen. Was hab ich je an dem gefunden?

Paul steht barfuß auf dem Teppich, ein Bein seitwärts ausgestreckt, die Arme ausgebreitet, ein Denkmal. Sein Finger lockt sie, aufzusehen und zu ihm zu kommen. Sonja sagt zu ihm, Fürst, amüsier dich. Ich will meine Sachen machen.

Er zuckt die Schultern, kommt an den Tisch und greift nach seinem Glas, nimmt einen durstigen Schluck und sagt Ahh. Wischt sich den Mund mit dem Handrücken ab.

Wenn er jetzt rülpst, fliegt er raus.

Der Wohnzimmertisch, zu massig für den Raum, ein altes Lieblingsstück, das Sonjas Großeltern gehörte. Der Tisch ist für sie das, was bei den Steinzeitmenschen Feuer in der heimatlichen Höhle war. Hier sitzen Angehörige und Freunde, schlagen sich die Bäuche voll, erzählen Heldengeschichten oder weinen sich aus, und manchmal schläft einer spät abends am Tisch einfach ein. Samstag heute, und die Tageszeit jetzt ist Sonja die liebste, sie heißt blaue Stunde.

Wie dumm, letzte Woche um diese Zeit auf den Kieler gewartet zu haben. Die Pumps haben drei Stunden lang gedrückt. Was tu ich mir bloß alles an nur wegen einem Mann.

Sie wackelt mit den Zehen in den dicken löchrigen Socken. Die sind handgestrickt von ihrer Tante, da lohnt sich das Stopfen. Sie öffnet den Knopf ihrer Hose. Pult etwas Dreck unter dem Daumennagel weg. Sie löffelt reichlich Zucker in die Tasse und schenkt sich nach. Wischt nachlässig Krümel zu Boden.

Der Esstisch: Spuren des Kampfs zwischen Chaos und Ordnung. Über der ganzen Fläche liegt eine ehemals orange, mittlerweile beinahe weißgeschrubbte abwaschbare und doch immer klebrige Decke. Auf der einen Tischhälfte CDs, eine Kerze im silbernen Halter. Bücher, Zeitungen, Blöcke und Stifte. Auf der anderen Hälfte Teller mit Käseresten und Bananenschalen, die Keksdose, das Tablett mit den Getränken. Zerknüllte Servietten und ein hüllenloser, bis zum Anschlag aufgedrehter abgenutzter und verschmierter Lippenstift. Ein angebissenes Brötchen, eine Salbentube. Das ganze Zimmer sieht nicht sehr viel besser aus.

Wann hört das auf. Bei anderen Frauen blitzt die Wohnung. Als Lotte neulich hier war, hat ihr Gesicht Bände gesprochen, als wäre sie meine Mutter. Gesagt hat sie kein Wort, aber man ist nicht blöde. Ob ich mit über fünfzig auch so resigniert aussehen werde? Der Lippenstift sieht eklig aus. Das war mein süßes Töchterchen. Moira hat erst einmal angerufen. Vielleicht ganz gut, wenn sie auf diesem Reiterhof kein Heimweh hat, wenn sie sich austobt. Seit sie in den Ferien ist, such ich vergeblich meine Schere. Die Streichhölzer sind auch wieder weg. Der letzte Lover hat sich meinen schönen roten Schirm unter den Nagel gerissen. Deswegen ruf ich ihn nicht noch mal an. Ich möchte wissen, was in dieser Wohnung mir allein gehört.

Sonja sieht Paul an. Wenn er weniger krümelte, wenn sein Hemd nicht immer aus der Hose hinge und er sich die Hände gelegentlich wüsche, wäre er vorzeigbar. Wie lange man sich schon kennt, vergleichsweise. Er hat sich in ein Buch vertieft, isst Keks. Sie schreibt einen Geburtstagsbrief an ihre alte Tante. Schön altmodisch von Hand, das hat die Tante gern. Schmatz nicht so, sagt sie abwesend in Pauls Richtung.

Er sieht sie an. Sie trägt das Armband, das er ihr geschenkt hat. Bohrt im Mund an ihrem Zahn, der wird ihr bald gezogen.

Paul sagt, der Keks schmeckt staubig. Aber ich habe ihn mit Mehl gebacken, sagt Sonja. Dann ist es gut, er nimmt sich noch einen und krümelt.

Freundliche Stille im Zimmer. Blaue Stunde, das ist die Zeit des Ausatmens, auch Paul genießt das. Er ist mit seinem Getränk beschäftigt oder mit nichts, er sieht zufrieden aus. Hört aber wieder nicht zu.

Paul war in Gedanken beim neuen Auto. Jetzt sieht er sie zerstreut an. Was? Ob ich deinen Brief mit unterschreiben will? Er wählt unter den vielen Stiften auf dem Tisch einen blauen und kritzelt gefällig. Dann nimmt er sich einen der Blöcke, blättert in alten Zeichnungen. Hier ist ein Boot mit vielen Rudern, sagt er. Es fährt nach Afrika. Aber nicht, um Elefanten die Zähne zu ziehen.

Er schlägt mehrere Seiten um, sieht ein Gewirr von gelben und grünen Ratschern an.

Moira macht einen Ausflug mit der Schule, sagt er. Ihr Zopf geht bis zur Erde. Was sie in der Hand hält, ist die Handtasche. Die ist so groß, damit sie Platz für alle ihre Pferde hat. Die Schüler haben an den Rändern Lehrerinnen. Sie passen auf, dass kein Mitschnacker kommt. Ich male jetzt ein neues Bild, sagt er, nimmt einen lila Stift.

Sehr schön, sagt Sonja. Sie liest sich fest in dem Artikel über die Beschleunigung der Zeit. Tempo als Freiheitserfahrung, zwei bis drei Leben in einem. Gesteigerte Erlebniszahl, die macht erfahrungsarm. So schreiben sie. Kann sein. Ich würde gerne wieder mal in Urlaub fahren. Der ständige Druck in der Firma. Wieso hab ich angefangen, abends zu Hause die E-Mails von den Kollegen zu checken? Um die Schrecken des Tages vorwegzunehmen? Alles läuft immer schneller. Die schaffen das demnächst noch, eine Schwangerschaft zu verkürzen auf nur neun Wochen. Wer die? Es zwingt einen doch keiner. Alle sind mit allen derart dicht verflochten, da kann man nicht aus der Reihe tanzen. Briefe von Hand, das braucht seine Zeit. Dabei schreibe ich eigentlich gerne mit einem richtigen Stift auf echtes Papier. Es kann eine nette Geste zur Tante sein. Oder es deutet auf Romantik hin. Und entweder passt Romantik, dann traut man selbst Schmetterlingen und Sternen, oder sie wirkt peinlich. Die handgeschriebenen Briefe vom Kieler. Am Telefon hat er geprahlt, was das für eine Mühe war. Falten, eintüten, frankieren, einstecken.

Sonja schneidet den Artikel aus und legt ihn in das Buch von der entdeckten Langsamkeit. Sie blättert im letzten Kontoauszug. Dem Kindsvater fällt es nicht ein, auch nur einen Cent über den Pflichtsatz zu zahlen. An Moiras Geburtstag wird er was springen lassen, irgendeinen unbrauchbaren Unsinn, für den er in ihren Augen dann wieder der Größte ist. *Oh mein Papa war eine wunderschöne Clown, oh mein Papa war eine große Kinstler*. Oma hat es mir vorgesungen mit ihrer zitterigen Kopfstimme, die haben wir gerne nachgemacht. Selige Zeiten einer Großfamilie, in der Erinnerung als Kind zumindest. Immerhin sehen Paul und Moira ihren Vater regelmäßig.

Na bitte, da ist der Beleg für die Überweisung an Waschbär. Was müssen die Leute gleich mahnen? Früher habe ich gedacht, Kaufen nach Katalog ist was für Dörfler. Unsinn. Man kann bei Tageslicht sehen, ob einem die Farben stehen, ob sie zu den anderen Kleidern passen. Die Therapeutin hat neulich fast ein Lächeln zustande gebracht, als ich ihr sagte, wie ich beim Einkaufen spare, mich selbst überliste: Eigentlich sollten es zwei Oberteile werden, dann ist es bei einem geblieben. Zwanzig Euro gespart!

Warum lachst du?, fragt Paul.

Weil ich an was gedacht habe.

Woran?

Ein Narr fragt mehr, als sieben Weise sagen können.

Er soll jetzt aufhören. Heute Morgen waren wir im Stadtpark bei den Rutschen, und vorhin habe ich ihn verwöhnt mit kitzeligen Scheingefechten.

Paul, wird das noch was mit deinem Bild?

Er winkt beruhigend, nimmt einen roten Stift. Sonja hört die rhythmischen Schwünge auf dem Papier, dann versinkt sie in ihren Papieren. Er redet vor sich hin.

Hier geht Papa zur Arbeit. Flugbegleiter, er kommt was rum. Da landet er auf der Alster zwischen den Segelbooten. Eins wird gesteuert von einer Tomate. Sie hat Stiefel an. Das sind aber eigentlich meine Schuhe. Sie geht bis zum Dom auf dem Heiligengeistfeld, um sich Mandeln und Würstchen zu kaufen. Das ist das Riesenrad. Und das die Geisterbahn. Ich tue ein paar Gespenster dazu. Die haben auch Schuhe und keine rasselnden Ketten. Sie könnten meine Tomate in eine Mücke verwandeln, aber das lassen sie lieber. Papa winkt vom Riesenrad dem Fürsten, bis er in einer Woche wiederkommt. Wievielmal schlafen ist eine Woche? Die Tomate hat eine Nase und putzt sie. Denn die Nase läuft. Die Nase rennt! Man kann sie nur noch klein erkennen. Hier vorne vor dem Geisterschloss halten zwei Zähne Wache. Es ist ein ganzes Gebiss. Klappt auf und zu. Aber den Fürsten verschlingt es nicht. Das Bild ist etwas voll geworden, die Geschichte geht aber noch weiter. Da. Das ist der Fürst. Sein Bauchnabel ist im Gesicht. Deshalb hat er auch Bauchweh. Gestern haben die Ohren gebrannt, er hat geschrien. Die Tomate schreit auch.

Neue Seite. Sturmflut. Matsch in allen Straßen und schwimmende Häuser so wie im Fernsehn. Da war ein Gewitter wie hier vorhin, oder es war der Tsunami. Zerdellerte Autos.

Paul nimmt sein Glas und kippt es vorsichtig über das Blatt. Es tröpfelt dick, ein kleiner See entsteht. Er hebt den Zeichenblock leicht an und schafft ein braunes Rinnsal.

Du fließt ins Meer, sagt er, und aufs Meer scheint die Sonne. Wasser wird Dunst und zur Wolke. Wenn sie schwer geworden ist, dann regnet sie sich aus.

Paul! Was soll der verschüttete Kaba?

Mama! Das gehört so!

Sonja sagt, anscheinend. Wenn du fertig bist mit dem Zeichnen, wisch bitte drumrum alles trocken.

Ich bin nicht fertig, sagt Paul, du fehlst noch.

Der Spiegel

Gemeinschaftspraxis Baumgarten und Stübben, Psychotherapie und Analyse. Mareike Baumgarten steht auf Zehenspitzen neben ihrem Schreibtisch vor dem kleinen ovalen Spiegel. Piet hat ihn ein bisschen zu hoch aufgehängt für eine wie sie, sie ist stolze einssechzig. Mit Pumps einsfünfundsechzig. Jetzt malt sie sich die Lippen nach, streicht ihre neue Bluse glatt. Ein grünes Silbergrau. Oder ein silbergraues Grün? Reine Viskose, ein Schnäppchen bei Waschbär. Das alternative Modell hat mit dem Bild im Katalog nicht übereingestimmt, ein billiges Rot, das hat sie der Firma zurückgeschickt.

Heute nur noch eine Sitzung, Herr Drews hat abgesagt, er wäre stark erkältet. Wer's glaubt, wird selig. Er hält sich für ein Alphatier und ist doch nur ein Pudding. Vielleicht hat die Intervention in der letzten Woche sein Ego gekränkt. Er feuert sein Eigenlob ab, klagt über den schlechten Teamgeist in seinem Betrieb. Die Zunge würde er sich abschneiden, wenn er sich selbst zuhören könnte. Wie soll man einen Pudding packen?

Sie lüftet, sieht aus dem Fenster. Allmählich wird sie hungrig. Piet hat zum Abendessen Aal versprochen.

Sie fährt vom Fenster zurück, unten geht schon die nächste Patientin. Die Preußin. Noch eine Viertelstunde Zeit! Sonja Becker wäre auch noch überpünktlich, wenn es darum ginge, sich mit Rinderwahn anzustecken. Sie behauptet zwar, schusselig zu sein, aber das wirkt nicht glaubhaft. Schon diese Körpersprache. Ein Pudding bewegt sich ganz anders. Warum trägt sie nur immer lasche T-Shirts.

Mareike schließt das Fenster, wäscht sich im Bad die Hände. Sonja Becker hat neulich bekannt, sie habe nach dem vorletzten Termin die Toilette benutzen müssen, daher sei man sich noch mal im Flur begegnet. Die schämt sich für ein normales Bedürfnis. Klassisches Beispiel, Regression bei Minderwertigkeitsgefühlen.

Draußen geht Sonja noch einmal um den Block, was soll sie heute ansprechen. Kinder, Kieler, Kinder, Kieler, sie probiert, was besser klingt. Wer die Schulaufgaben nicht gemacht hat, meldet sich freiwillig. Dann gibt es einen Strich. Drei Striche sind ein Eintrag. Drei Einträge ergeben einen Brief an die Eltern. Sonja weiß, das ist ihr privater Historienfilm.

Drinnen, Mareikes Sprechzimmer. Immer wieder versucht sie, es mit den Augen der Patienten zu sehen. Helle Wände, zwei Farbdrucke von Miró. Am Boden ein grüner wollener Teppich. Eine Couch für die Hardcore-Fälle, darauf der lilablaue Überwurf, hinter dem Kopfende steht der Analytikerthron. Schränke und Bücherregale. Neben dem Schreibtisch der Spiegel, dem sich die Patienten nie nähern. Zwei Sessel, dazwischen ein Tischchen, darauf eine Vase mit Blumen und Tempotüchern. Wie viele Seen von Tränen hier schon vergossen wurden, Mareike watet in Gedanken abends manchmal durch ein Meer, schmeckt Salz. Piet spöttelt immer über ihre Couch. Als er Mareike neulich abends endlich wieder einmal von der Arbeit abholte, lag er sofort darauf und machte Faxen. Wer bin ich, sagte er und fuchtelte. Bin ich ein Mann oder ein Hammel? Frau Doktor Baumgarten, zu Hilfe! Man hat mich ausgetauscht!

Du Kindskopf. Danke deinem Schöpfer, dass ich dich nicht analysiere. Warum hast du dir eine Therapeutin ans Bein gebunden, wenn dir meine Arbeit verdächtig ist?

Es klingelt, Mareike fährt auf. Sonja geht die zwölf Stufen zur Praxis hoch. Das Herzklopfen vor der Tür findet sie selbst übertrieben. Sie hängt ihre Jacke an die Garderobe, sieht im Flurspiegel ein starres Gesicht. In einer versteinerten Wiege liegen.

Drinnen im Sprechzimmer: Mareike denkt Aal, denkt Piet, sie reißt sich zusammen. Vor dem Spiegel schneidet sie eine Fratze. Was bist du? Tier? Pflanze? Ein Mineral?

Sonja geht auf die Therapeutin zu, sieht zu ihr auf. O mein stiller Baumgarten. Hoch oben im Wipfel ein Lächeln, das unentzifferbar ist.

Immer tut diese Patientin so, als wäre sie nur neunzig Zentimeter groß und nicht mit mir auf Augenhöhe.

Dann sitzen beide Frauen in den Sesseln. Mareike hat die Hände hinterm Kopf verschränkt. Die neue Bluse spannt nicht in den Schultern, sitzt wunderbar, selbst Piet hat ihr ein Kompliment gemacht. Braucht die Patientin wieder mal die Einladung zu reden? Mareike fragt, wie geht's Ihnen?

Der Preußin geht es so weit gut. Hier wird ihr immer leichter zumute. In diesem schönen Zimmer.

Mareike wartet auf das Aber.

Aber, sagt Sonja, so schön sieht es nicht überall aus.

Mareike sagt Ahem und wartet.

Tun wir so, als wärest du ein Pudding, und ich bin alle Übrigen, deine Mutter, dein Vater, dein Chef, deine Kinder. Wir rücken mit Messer und Gabel an. Es ist erstaunlich. Sonja Becker hat sich von ihrem Mann, einem notorischen Schürzenjäger, getrennt. In ihrem Job ist sie schon sieben Jahre lang. Sie und der Ex halten freundschaftlichen Kontakt. Die beiden Kinder sehen ihren Vater regelmäßig, sie gehen gern zur Schule und zur Kita. Die Patientin ist keine von diesen überbehütenden Müttern. Sie stemmt ihr Leben, sie glaubt es nur nicht.

Sonja redet von ihrer Unfähigkeit, die neue Software in der Firma zu installieren. Was auch kein anderer Kollege schaffte. Doch bei ihr denken alle, die ist dumm, die hat nicht mal Abitur.

Mareike fragt, wer sagt Ihnen denn so was auf den Kopf zu?

Niemand. Die Preußin kann Blicke lesen. Greife ich jetzt schon ein, oder überlass ich ihr die ganze Unterhaltung.

Sonja riecht, dass man sich in der Kita sorgt um ihren Sohn. Gerade weil Paul so gern dort ist. Da hat er zu Hause wohl nicht viel zu lachen. Fehlende Mutterliebe, denken die Kitafrauen, das fühlt Sonja Becker. Hier oben in ihrem Kopf.

Da ist die Quelle deiner Not.

Sonja fragt sich, was sie sagen soll. Frau Doktor Baumgarten sieht aus, als wäre auch sie nicht zufrieden mit ihr. Du spitzes hohes altes Nadelholz.

Übrigens hat sich der neue Bekannte bei mir zum Tee eingeladen. Der Kieler. Das hatte ich Ihnen neulich noch gar nicht erzählt.

Mareike fragt sich, sind das Umwege. Diese Patientin tut oft so, als wäre sie Hausierer. Bietet Garnröllchen an oder Schnürsenkel. Als hätte ihre Therapeutin zu entscheiden, wer die Themen setzt. Ich bin nicht dein Vater.

Sonja sagt, der Kieler hatte mich im Kino angesprochen, und dann rief er immer wieder an. Mareike nickt. Das hast du dreimal erwähnt und bist schnell weitergesprungen.

So ein spontanes Kennenlernen ist doch besser als bei Parship die Kontaktanzeigen? Partnerbörse, Stiftung Warentest, schon diese Wörter sind kaputt, oder nicht?

Mareike setzt das Lächeln einer Sphinx auf. Was meinst du denn selbst? Was sind deine Alternativen?

Sonja sagt, der Kieler schickte Salbeibonbons, als ich Husten hatte, mit einem handgeschriebenen Brief. Ihm läge an meiner Stimme!

Mareike lächelt die Patientin direkt an. Da spring ich rein mit der positiven Verstärkung.

Wie fühlen Sie sich, wenn Sie verehrt werden?

Sonjas Gesicht wird streng.

Es war absehbar, die Preußin lässt sich darauf nicht ein. Sicherer sind die vertrauten negativen Gefühle.

Sonja sagt, der Kieler hat nicht mich gemeint. Am Telefon hat er von japanischen Filmen erzählt, mit vorwurfsvollem Staunen, weil ich die nicht kenne. Die Storys sind zwar fade, aber man will keine Zicke sein. Fast jede Nacht hat er angerufen. Wenn er mit den Filmen fertig war, fing er an, von meiner Stimme zu schwärmen. Die hat er aber kaum gehört, weil er doch dauernd redete.

Eine Pause, dann zuckt sie die Schultern.

Na ja. Wenn er so sülzte, war das nett.

Waren Sie überrascht? Hat es etwas in Ihnen ausgelöst?

Die Patientin versteht die Frage nicht. Undenkbar, dass sie überhaupt mal einen Flirt genießt. Dass sie sieht, ein Mann geht vor ihr auf die Knie und liegt da richtig.

Sonja sagt, mir ging das alles etwas schnell. Man hat nicht jeden Tag einen Verehrer, und dann auch noch einen, der behauptet, Kinder zu mögen. Als er dann an einem Samstag kommen wollte, zur blauen Stunde, wusste ich nicht, wie lange die dauern würde. Ob ich ihn bei mir übernachten lassen wollte. Natürlich habe ich geputzt. Und meine Zehen frisch lackiert für alle Fälle. Ich habe übrigens auch eine Bluse aus reiner Viskose. Auch mit Silberschimmer, aber in Rot, die Farbe sieht aus wie ein Liebesapfel, sehr schön.

Unsinn, denkt Mareike. Das war ein scheußliches Tomatenrot im Waschbär-Katalog, und eine wie dich macht die Farbe nur blass!

Liebesapfel, sehr schön, sagt sie, und Sonja horcht dem Echo nach, verliert ihren Faden.

Wo war ich? Bei den Zehen. Bei der Schönheit. Bei der Vorbereitung. Also: Moira gut aufgehoben auf dem Reiterhof und Paul bei seinem Vater. Es ist fünf Uhr geworden, der Kieler ist nicht gekommen, es wurde halb sechs, so ein Penner. Vielleicht aber ein Unfall auf der Autobahn. Er kam mit eineinhalb Stunden Verspätung. Hatte kaum Zeit, um Tee zu trinken, wollte gleich weiter. Sonja zögert. So knuffig wie beim ersten Kennenlernen sah er eigentlich nicht aus. Bisschen zu dünn, bisschen zu klein, in etwa meine Länge. Einssechzig, das ist doch eine erbärmliche Größe.

Das ist im Gegenteil eine sehr schöne Größe! Mareike hat es nicht nötig, so was zu sagen. Und weiter?

Dass er seit Jahren geschieden ist, hatte er längst erzählt. Was er verschwiegen hat: In Altona gab's eine Freundin. Die hat ihn unlängst rausgeworfen. Da hat er sich auf die Pirsch gemacht und mich im Kino angebaggert. An dem besagten Samstag hat die Freundin sich mit ihm versöhnt. Er sagte, er wolle keine Geheimnisse vor mir haben. Deshalb nur der verspätete Blitztee bei mir, bevor er zu ihr zurück in die Kissen sauste.

Mareike freut sich in aller Vorsicht. Tonfall und Augenaufschlag ihrer Patientin sind wünschenswert spöttisch.

Dann haben Sie sich das Theater nicht zu Herzen gehen lassen?

Meine ältere Schwester hat Glück bei Männern, ich nie. Dabei lernt sie seltsame Typen kennen. Leute, die Motorrad fahren.

Mareike lacht in sich rein. Piet würde jetzt fragen, was an Motorradfahrern seltsam wäre. Er schwärmt noch immer von seinen früheren Touren.

Meine Schwester hatte sogar einmal einen Lover, der jedes Jahr Urlaub im Sauerland machte. Ein Freizeitangler.

Mareike sagt, auch so einer muss kein Verbrecher sein.

Eben! Meine Schwester kann sich einlassen auf Leute. Ich bin nur misstrauisch und engstirnig. Das geht aber doch nicht. Wie helfe ich Paul und Moira, fröhliche stolze Menschen zu werden?

Sind Ihre Kinder das nicht jetzt schon?, fragt Mareike freundlich.

Wieder weichst du auf die Nebenschiene aus.

Sonja hält sich an Kleinigkeiten fest, springt von Thema zu Thema.

Wortgeflügel, Mareike schweift ab, sie würde den nächsten Supervisionstermin gern vorverlegen. Sie zwingt sich zur Konzentration.

Die Gewichtsprobleme, Sonja ist zwei unausstehliche Kilos zu dick. Sogar ihre Mutter hat gestern gemeint, sie sehe gut aus.

Also waren Sie doch wieder bei ihr?

Die Patientin sagt empört, Mutter ist eine alte Frau!

Mareike stellt sich Preußens Mutter vor. Die sollte diesen Satz besser nicht hören.

Sonja erklärt, man muss sich um seine Eltern kümmern, solange man sie noch hat.

Ah ja, Mareike nickt. Was bist du für eine gute Tochter.

Sonja hört ah ja und sieht das damenhafte Nicken. Was war denn jetzt schon wieder falsch. Du kalte hohe Stechpalme.

Na ja, sagt sie, Mutter wird leider hinterrücks immer so aggressiv.

Vielleicht war es ein Kompliment, was sie Ihnen da machen wollte?

Das war eine Kritik, Sonja ist sicher. Wenn Mutter gut aussehen sagt, dann meint sie, dass ich fett bin. Ich fühle mich doch selbst nicht wohl mit dem Gewicht. Mutter ist eine Altersschönheit, die hat überhaupt ihr Leben im Griff. Bei mir sieht sie auf einen Blick, was alles nicht in Ordnung ist. Ich hätte mich aufbrezeln sollen für sie, mit meiner neuen Viskose-Bluse. Hier, das olivgrüne T-Shirt nennt sie verwaschen. Sie hätte es mir am liebsten vom Leib gerissen und sich nebenher vergewissert, ob ich tatsächlich einen unzüchtigen schwarzen BH trage. Moira sagt, der sehe aus wie eine Blindenbrille. Wie soll ich mich damit noch schön finden oder sogar verführerisch?

Mareike stutzt. Sag bloß, du kennst das Wort. Du gibst mir noch Anlass zu hoffen.

Aber Sonja macht eilig weiter. Mutter hat es auch nicht lassen können, auf das Ekzem an meinem Unterarm zu schielen. Ob ich es behandeln lasse und überhaupt endlich auch wieder beim Gynäkologen war. So ganz von Frau zu Frau.

Mareike sagt, viele Mütter können es auch bei erwachsenen Kindern nicht lassen, sie weiter zu lausen. Mischung aus Pflege, Kontrolle und Zärtlichkeit. Sie nickt ihrer Patientin zu, eine sanfte Verschwörung.

Sonja hatte das Atmen vergessen. O, mein stiller Baumgarten. In deinem Schatten gehe ich im Frieden.

Ja, sagt sie, das stimmt.

Eine entspannte kleine Pause, dann macht sie weiter: Ich versuche, anders mit den Kindern umzugehen. Man merkt doch, ob Moira angefasst werden will. Paul war von Anfang an viel verschmuster als sie. Aber wenn Moira das nicht braucht, wenn sie sich jetzt vom Reiterhof aus nicht meldet, dann werde ich ihr kein Heimweh einreden. Paul will immer kuscheln, und wie oft sagt er, Mama, ich hab dich ganz doll lieb.

Bist du bald fertig? Mein Kopf wird immer dick, wenn die Patientinnen zu viel von ihren Kindern reden. Kein Grund zur Eifersucht, im Gegenteil. Denn ein Hügel kann schließlich kein Tal sein. So wenig wie ein Kopf ein Bauch. Tweedledee und Tweedledum.

Mareike sagt, verständlich. Was Ihre Kinder angeht, sind Sie mit sich im Reinen?

Ich bin wohl doch keine Rabenmutter, Sonja wird rot.

Was für eine Schwerstarbeit, sich selbst Halleluja zu sagen. Erst kommt die Strafe und dann das Urteil.

Wieder setzt die Patientin ein strenges Gesicht auf. Es geht hier in der Stunde aber nicht um das, was gut läuft, sondern um das Nichtgelingen.

Oh dear. Du hältst dich selbst zum Narren, drehst dir alles um in deinem armen Kopf. Wie kann ich dir helfen, ein realistisches Selbstbild zu kriegen. Adieu, preußisches Regiment. Darf ich vorstellen, Herzkönigin.

Sonja kreist in Selbstvorwürfen. Mareike folgt dem Auf und Ab der Rede, fragt nach, sagt was, Zeit fließt, dann sieht sie auf die Uhr und leitet die Verabschiedung ein. Noch eine Intervention zum Thema Schönheit und Verführung, als Anregung zum Nachdenken, dann bedankt sich die Preußin und geht.

Wieder öffnet Mareike das Fenster. So eine zähe Sitzung. Was hab ich überhört? Wo wäre mehr Verstärkung angebracht gewesen? Viele Patienten fürchten jede Änderung in ihrem Leben. Mit den Jahren kriegt das Therapeuten-Ethos Schrammen. Der Einfluss ist begrenzt. Manchmal bewirkt ein neuer Mann mehr Wunder als das Zuhören und Nachfragen. Sonja Becker hat sich bestenfalls entlastet, fällt ihren Lieben in den nächsten Tagen weniger mit Klagen auf den Geist.

Piet tobt seinen Ärger im Garten aus, mit möglichst lärmenden Geräten. In der letzten Zeit schläft er oft schlecht, fährt stöhnend auf. Schleicht aus dem Schlafzimmer ins Arbeitszimmer auf die Couch, um über einer Fachzeitschrift zu dösen, bis es hell genug ist, dass er aufstehen kann. Sonntags läuft er seine Runde, ob es gießt oder schneit.

Sie steht vor dem Spiegel. Die Bluse, silbergraugrüne Viskose, ein Stoff, der leicht fällt. Sie öffnet die drei oberen Knöpfe. Kühle weiße Alabasterhaut, von feinen blauen Adern durchzogen. Spieglein, Spieglein an der Wand. Die Schönste im Land.

Gestern ist Piet beim Laufen in ein Gewitter geraten, kam dann stolz verschwitzt und nass ins Schlafzimmer zurück. Schluhupf uhunter die Deck. Ein Löwenhunger.

Der Aal, den er nachher mitbringen will, wie viele Kalorien hat der? Das ist aber nicht die Frage. Ich bin so wenig eine Preußin wie ein Pudding. Ich könnte eine Lilie im Urwald sein. Oder ein Pflaumenbaum, wespenumsummt. Tun wir so, als wäre ich ein Schwein. Piet wäre eine Schlammpfütze, und ich würde mich darin suhlen, schwitzend, grunzend.

Das alte Lied

Er, Piet, ist im Einklang mit sich und der Welt, und so kann er mit den anderen Männern hier auf dem Schattenplatz vor der Scheune liegen und seine Pause genießen. Er blinzelt in die Landschaft, sieht weiter hinten Frauen, die breiten das Heu aus. Piet findet die Welt weich gepolstert. Es könnte Winter sein, wenn Schneemassen alle scharfen Kanten verdecken, natürlich ist Sommer, die Zeit fürs Heu. Der Wind läuft durch die Felder. Piet ist da, mit Haut und Haar in einer Landschaft, die der auf den Bildern der niederländischen Meister gleicht. So heißt das, die niederländischen Meister, und er, Piet, kennt diesen Ausdruck. Auch ein Landarbeiter kann etwas von Bildern verstehen, kann teilnehmen an Gesprächen, die wer auch immer über Kunst führt. Er muss sich nicht schämen für die sogenannte Bildungsferne, das ist das neue Wort für Leute, denen er als Kind niemals begegnete. In seiner Kindheit gab es Bürger, die sonntags Museen besuchten, und es gab kleine Leute, wozu auch Landarbeiter zählten.

Jetzt ist er einer von ihnen, am richtigen Platz. Er lehnt an einem Gatter, sieht das Ganze, und es ist gut. Gelbe Kornfelder, das grüne Heu, Rotbuchen umstehen den nächstgelegenen Hof. Ein Hanswurst mit der Narrenkappe auf dem Kopf springt winkend über die Wiese, der Nachbar zieht mit dem Esel vorbei, eine Windmühle dreht sich weiter entfernt, und er hört das halblaute Sprechen der Freunde, das Rufen und Lachen der Frauen. Mittendrin er, Piet, ein Mannsbild. In Gummistiefeln und im blauen Arbeitsoverall. Er raucht, schiebt den Hut in den Nacken. Hier ist er unter seinesgleichen, friedfertigen Leuten, die ihrem Tagewerk nachgehen. So lässt es sich leben, Feldarbeit, das gemeinsame Essen an langen Tafeln, wie auf den

Bildern von Brueghel, natürlich kennt er diesen Namen, er ist doch keinesfalls ungebildet. Humanistisches Gymnasium, mit Erfolg beendet. Niemand kann ihm etwas vorwerfen, und sein jetziges Dasein muss jeder ihm gönnen.

In der Hand hält er die Forke, mit der er einem Schwein in der vorüberziehenden Herde den Rücken kratzt. Die Schweinehirtin lächelt ihn an, Mareikes Lächeln. Es ist ein Einverständnis zwischen ihnen ohne jede Scheu. Sie hatten schon mehrfach beisammen gelegen im Birkenwald auf einer Lichtung, jetzt sprechen sie über Einfaches, Kleines, Nahes. Dazu haben sie alles Recht auf dieser Erde. Man kann sich das nicht oft genug sagen. Die Hirtin geht weiter, und er sieht ihr nach, ihrem schwingenden Rock, dann hebt er den Blick in die Wolken.

Der Himmel ist höher geworden, tiefer, die Wolken sind lichtumrandet, und er selbst liegt am Boden und hält einen Telefonhörer mit beiden Händen fest. Es ist seine Schwester Lotte, mit der er telefoniert. Sie ist seine ältere Schwester, arbeitet als Übersetzerin, oft ist sie wochenlang in Rom, er hat nur den Namen der Straße vergessen, in der sie dann wohnt. Es heißt nicht Via Appia, nicht Via Dolorosa, aber er wird seine Schwester finden, schließlich hat er sie schon einmal in Italien besucht. Roma aeterna, das ewige Rom, sein Latein hat er nicht vergessen, darüber muss er sich keine Sorgen machen. Sorglos kann er sein, solange die große Schwester mit ihm redet, sie hat ihn schon als Kind immer geschützt, ermutigt, getröstet, und er dreht an der Telefonschnur und hört die klare Stimme der Schwester. So soll es immer weitergehen. Es besteht keinerlei Grund zur Furcht, denn Lotte spricht.

Und hier bei ihm geht so wie dort und überall alles weiter im Flug. Daher gehen oft die Einzelheiten unter, oder sie kommen nur ganz nebenbei zur Sprache. Ich bitte dich, was ist, verglichen mit dem Dreifachunglück in Japan und dem zu erwartenden Börsencrash schon ein kleiner familiärer Ärger. Deshalb kann er noch immer an der Telefonschnur zwirbeln und hoffen, hoffen: dass er gleich wieder am Gatter steht und die Kuhherde draußen auf einer Weide sich zum Zug formieren sieht. Die Schwarzbunten trotten in einer langen Reihe dem Melken entgegen. Alles in schönster Ordnung. Nur um ihn selbst im niedergedrückten welken Gras dieses Chaos aus Balken, Waschmaschinentrommeln, Öltonnen, zerbrochenen Stühlen und Kabeln. Das Telefonkabel, mit dem er spielt, ist seltsam lang geworden, bald wird er es aus der Buchse reißen. Aber noch hält er den Hörer, er liegt auf dem Boden lang hingestreckt und hat die Verbindung zu Lottes Stimme. Doch jetzt kann er den Telefonapparat selbst nicht mehr sehen. Ich bitte dich, wo ist da das Problem? Die große Schwester sagt von fern, dass es so schlimm nicht sein kann. Erst mal geht es darum, den Verstand zu bewahren und weiterzumachen wie immer.

Er, Piet, ist nicht der Typ, der seine Aufgaben vernachlässigt, und deshalb steht er jetzt in der Küche von früher, er hat die Krümel von den Brotbrettchen in den Abfalleimer gefegt und die Käserinde für die Meisen in kleine Brocken zerschnitten, er hat den Vögeln ihr Futter ins Häuschen geschrappt und das Fenster zum Lüften gekippt. Von Zigarettenrauch kann in der Küche keine Rede sein. Er hat im Boiler das Wasser erhitzt, jetzt spült er das Mittagsgeschirr. Teller für Teller, Messer für Messer. Er füllt Kartoffel- und Sauerkrautreste aus ihren Töpfen in Schalen, lässt sie auskühlen, ehe er sie mit Untertassen bedeckt in den Kühlschrank stellt. Alles macht er richtig, geübt aus Tausenden von Tagen. Eben noch hat seine Mutter, bevor sie zum Mittagsschlaf ging, ihm gesagt, sie mischt sich nicht ein. Ich bitte dich. Das ist kein Grund zur Angst, denn er weiß jeden Schritt, den er zu tun hat, hier in der Küche.

Keiner wird ihn zerstören, nur weil er den Raum aufräumt so wie immer, seitdem Lotte in Berlin studiert. Also schrubbt er die Töpfe mit dem Drahtschwamm, beim Abtrocknen benutzt er das Gläsertuch für die Gläser, das festere Tuch für die anderen Sachen. Keiner kann ihm nachsagen, dass er mit dem Geschirr klappert. Er räumt es leise an seinen Ort, und er horcht.

Draußen gibt es die Alltagsgeräusche, das Glockenläuten vom Turm, den Verkehrslärm. Nur dass er sich fragt, was war seine Schuld, und woraus wird ihm der Strick gedreht, ihm, Piet, dem Zweitgeborenen der Familie Kaiser, dem einzigen Sohn, an dem der Schöpfer, wie es bereits in der Bibel heißt, sein Wohlgefallen hat. Auch wenn nicht er, Piet, es war, von dem in der Bibel gesprochen wurde. Im Buch der Bücher geht es um einzelne Glieder in einer großen Familienkette, fortgesetzt werden Söhne und Töchter gezeugt. Das ist die Hauptsache. Namen sind Schall und Rauch, so steht es geschrieben. Er, Piet, hat es gewagt, den großen Kaisernamen zu verwandeln in den stillen Baumgarten. Er hat aber nicht nur seinen Nachnamen gewechselt, er hat bisher auch keinen eigenen Sohn und keine Tochter. Doch solches Versagen bedeutet noch lange kein Todesurteil. Ich bitte dich, man hat doch noch das ganze Leben Zeit, nicht wahr? Auch ist er ja immer noch Schüler, ein Gymnasiast, und deshalb macht er auch ganz normal weiter, er hängt die Küchentücher über die Heizung, reinigt das Spülbecken, fegt den Raum. Er ist keiner von denen, die heimlich Dreck unter den Küchenschrank schieben, er hantiert mit der Schaufel, mit dem Handbesen.

Man muss in der Sicherheit dieser Küche, deren Türe geschlossen ist, nur immer weitermachen, die vertrauten Griffe laufen wie von selbst, es gibt keinen Grund zur Angst, ich bitte dich. Später, gleich, wird er sich unters Dach in sein Zimmer verziehen und Ruhe haben. Bis dort oben kommt ihm so schnell keiner nach. Das Mittagessen ist vorbei. Es hatte sich draußen bezogen, es hatte im Esszimmer sich was zusammengezogen, verdichtet, bewölkt, verfinstert, die Luft war schwül. Auch in der Küche ist es stickig, aber er weigert sich, aus der Normalität zu stürzen, zu schwitzen vor Schwüle und Angst. Schließlich gibt es auch noch die Schwester, in ihrem Studium in Berlin. Es gibt die Kehrschaufel, den Handfeger, und mit dem streift er die Flusen vom Besen, mit der Hand pflückt er die letzten Staubflocken ab. Wie gründlich er ist, was soll man ihm da vorwerfen. So sauber, wie die Küche ist, ist sie das Gegenteil von Schuld. Er sieht sich um, nimmt seine paar Sachen vom Tisch. Terminkalender, Hausschlüssel, das Handy und die Zigaretten und den Aschenbecher. Er ist ein erwachsener Mann in der Blüte der Jahre, so hieß das früher. Oben in der Dachstube kann er den Sturm vorüberziehen lassen. Er muss nichts tun als abwarten, es muss ihm nicht eng in der Kehle werden. Aber es ist ihm eng im Hals. Sein Herz schlägt darin. Es ist zu viel Herz im Hals.

Er öffnet leise die Küchentür und will die Treppe hoch.

Es schießt der Vater aus dem Wohnzimmer. Es baut der Vater sich in einem Abstand vor ihm auf, mit jedem Atemzug wird er größer. Es bebt der Vater vor Wut.

Da weiß er, Piet, er ist erkannt worden in seiner Schuld. Jetzt ist ihm nicht mehr zu helfen, von keiner Menschenseele auf der Welt, und es ist ja auch niemand da, weder Mutter noch Schwester, ganz zu schweigen vom Hanswurst und von den Knechten und der Schweinehirtin. Der Vater ist ganz wahnsinnig vor Wut, das gibt ihm Kraft, er stößt den Finger vor wie eine Lanze, wieder und wieder zeigt er damit auf Piet. Aber Piet besteht auf dem Einfachen, Kleinen und Nahen, er grüßt, er sagt Hallo, so wie es sich gehört bei einer Begegnung. Unter Menschen gibt man sich ein Zeichen des Erkennens.

Das Gehör setzt aus und die Welt erstarrt, während der weiße knöchrige Finger des Vaters vor- und zurückstößt.

Auf dem Land ist es üblich zu grüßen, man lüftet den Hut oder nickt sich immerhin zu. Es bedeutet, dass man auf Gewalt verzichtet.

Das Hören setzt wieder ein. Blumenbreughel! Bauernbreughel! Unterschiede!

Wie soll man Jan und Pieter Breughel auseinanderhalten, der eigene Name ist keine Eselsbrücke. Ein Esel wurde festgebunden an der Windmühle, der Müller setzte sie in Gang. Die Mühlen in den Niederlanden. Brueghel der Ältere starb wo und wann? Man krümmt sich unter der Schuldenlast. Der Esel ist erhängt, was ist ein Galgenstrick, ein Strick ist ein gedrehter Faden. Er, Piet, steht auf Fadenbeinen vor dem Vater, die Welt wippt vor und zurück auf dem Vaterfinger, der Vaterkopf ist hochrot, Kopfkugel, die glühende Blitze schießt.

Ich bitte dich, bleib bei Vernunft. Wie musst du deinen Vater grüßen?

Und Piet kommt wieder zur Vernunft, und die Gedanken denken, dass sie frei sind.

Kleiner Irrtum.

So wie die Verwechslung der Breughels.

Es gibt kleine Irrtümer und große, und für die bezahlt man mit dem Leben.

Wenn man nicht um sein Leben bittet oder darum kämpft, und er, Piet, öffnet weit die Augen und sieht seinen Vater, der alt ist und klein. Man könnte ihm die Handgelenke umdrehen, ihn unschädlich machen, denn der Vater ist zumindest jetzt nicht größer als Piet selbst. Doch gleich darauf turmhoch. Vaters Verwandlungen von Augenblick zu Augenblick. Und Piets Gedanken denken noch, der Vater ist kleiner und schwächer denn je, es wäre Unrecht, auf ihn loszugehen, als der Vater schon wieder ein Riese ist, zwecklos, ihn anzugreifen, er kommt immer näher. Jetzt heißt es, zurückzuweichen, vielleicht den Arm auszustrecken, um einen letzten Abstand zu wahren. Denn Vaters Fingerspitze ist eine Lanze, und Piet hat den Tod verdient, den Stich durchs Herz. In ihrem Mittagsschlaf lacht seine Mutter. Der Vater kommt näher, längst hat in Berlin die römische Schwester den Telefonhörer aufgelegt, das Atmen wird schwer. Ich bitte dich. Alles ist ein weißes und gelbes und rotes Glühen, ein Hämmern und Stechen, heiß, schreit, rot.

*

Piet wacht auf. Sein Herz schlägt schnell, unregelmäßig. Er heißt Piet Baumgarten, ist promovierter Kunsthistoriker in leitender Position, es ist vier Uhr nachts, er liegt neben seiner Frau Mareike. Sein Vater ist längst tot. Die Besuche bei der Mutter überlässt er meistens seiner Schwester. Seine eigene Zivildienstzeit nahe der niederländischen Grenze auf einem ökologischen Bauernhof, die so idyllisch wie im Traum nicht war, liegt über dreißig Jahre zurück. Draußen singen die Drosseln im Stadtteil Eimsbüttel, Regen tropft auf das Blechdach des Carports.

Wie musst du deinen Vater grüßen? Die Antwort heißt richtig: Hallo, lieber Papa. Oder lieber Vater oder Herr Vater, wer kann das sagen.

Nachtschicht

Andrea sitzt im Dienstfahrzeug, auf dem Beifahrersitz ihr Kollege Bernd. Beide rauchen bei offenstehenden Autofenstern, stecken sich am Ende ihrer Zigaretten gleich neue an. Die Fahrten mit dem Smart sind ihre Pausen. Drei Uhr nachts. Das Radio bringt um diese Zeit nur Weichgespültes, und so legen sie oft CDs ein. Sie mögen sich, deshalb erträgt Bernd die Beatles, die keine Ahnung hatten, aber das weiß Andrea selbst. *Will you still need me, will you still feed me, when I'm sixty-four.* Bernd antwortet mit einer Scheibe voll Geschepper. Musik, die er vor dreißig Jahren mit einem Freund aufnahm, sie nannten ihre Band *lost hope.* Improvisationen für Saxophon und Trommel, ein schluchzendes oder zorniges Lärmen. Mindestens einmal pro Schicht will Bernd sich an seine Jugend erinnern. Den Schalter umlegen, so sagt er. Andrea nimmt es hin, auch wenn sie es nicht begreift. Als wäre dieser Krach eine angemessene Reaktion auf die Arbeitszeit zwischen den Pausen.

Jetzt gerade läuft keine Musik, durch die offenen Fenster hören sie die Autoreifen schleifen. Stille Straßen, schwach erleuchtet. Andrea sieht ein Liebespaar eng umschlungen über den Rübenkamp laufen, zwei Männer, als gehöre nur ihnen die Straße. Einmal ein blinkender Notarztwagen, auf die Sirene kann er verzichten, um diese Zeit ist kaum noch ein Mensch unterwegs. In Uhlenhorst dann vor ihnen ein Taxi, es scheint zu schlendern, der Fahrer hofft auf einen Nachtwandler. Eine Stimmung, als sollten alle, die noch unterwegs sind, sich gegenseitig grüßen. Die Letzten, die jetzt in der Stadt bei Bewusstsein sind.

Als Andrea Kind war, wurde abends gebetet: *Du aber schläfst und schlummerst nicht, du treuer Gott im Sternen-*

licht. Sie hatte verstanden, Menschen schlummern, Gott jedoch schläft.

Es schlummerten auch der Kanarienvogel und die Katze, leicht aufzuschrecken. Der Schlaf war Gott vorbehalten, war etwas Tiefes, ohne Ende.

Bei der Gesundheitshilfe hat es vorhin geklingelt, der Notruf ist an die Nachtschicht weitergeleitet worden. Eine Nummer aus St. Georg, eine Frau Kaiser, wer war sie noch gleich. Ständig wechselnde Patienten. Andrea parkt das Auto, Baumeisterstraße, zum Hansaplatz nur ein paar Schritte. Tagsüber ist hier der Russenstrich. Videoüberwachung neuerdings, und Schilder verbieten das Tragen von Waffen. Kleinkriminelle können sich das Pflaster allerdings schon lange nicht mehr leisten, das Viertel soll friedlich geworden sein.

Bernd wühlt den Haus- und Wohnungsschlüssel aus der Tasche. Im Treppenhaus fällt ihm ein: Mit der haben wir nicht viel Last, Frau Kaiser ist so ein Puppi von knapp fünfzig Kilo. Das Gewicht ist egal, sagt Andrea, wenn sie sich steif machen, kriege ich Schweißausbrüche. War Frau Kaiser nicht reichlich taub? Dann schreien wir gleich also sämtliche Nachbarn wach.

Bernd schließt die Wohnungstür auf, schaltet das Licht ein.

Sie waren in den letzten Monaten vielleicht zwei-, dreimal bei der Patientin oder Kundin oder Klientin, unter sich bleiben sie bei dem Ausdruck Patient. Die Akte Kaiser ist noch nicht dick, sie wissen nur dürftige Daten. Jahrgang 1928, ziemlich blind und taub. Mittlere Depression. In einem Bericht stand das Wort renitent. War sie berufstätig? Keine Ahnung. Der Ehemann verstorben vor vielleicht sechs Jahren. Ein Sohn, Herr Doktor Baumgarten, der sich kaum sehen lässt, eine Tochter, auch die kommt unregelmäßig, ist oft im Ausland. Sonstige Angehörige: eine demente Schwester, Pflegeheim Neumünster. Die Nachbarin weiß wohl ganz gut Bescheid, hat sich beim Tagesdienst mehrfach beschwert wegen Fernseherlärm. Frau Kaiser wird gelegentlich besucht von einer jüngeren Bekannten. Immerhin ein privater Kontakt zusätzlich zu den Kindern. Die Tochter zahlt den Pflegedienst, zweimal am Tag je eine Viertelstunde. Ansonsten sieht sie nur den Fußpfleger, die Friseurin, die Putzfrau. Selten den Arzt, sie ist so weit gesund. Oder sie sagt nicht, was ihr fehlt.

Die beiden hören aus der Küche, hier bin ich. Der Kühlschrank steht offen. Frau Kaiser sitzt im kurzärmeligen Nachthemd auf dem Boden, schief an die Backofentür gelehnt. Neben ihr eine Pfütze aus Milch. Das Glas ist in drei große Scherben zersprungen, also von dieser Seite aus nichts zu befürchten, die Patientin wird sich kaum geschnitten haben. Bernd sagt, guten Abend und guten Morgen, Frau Kaiser. Er schließt die Kühlschranktür. Seine tiefe Stimme ist für Schwerhörige besser verstehbar als die von Andrea. Dafür redet sie langsamer, akzentuiert auch gut. Sie fragt, wie geht's Ihnen? Haben Sie sich beim Fallen wehgetan?

Unbegreiflich, dass jemand um diese Zeit kalte Schlabbermilch trinken will. Andrea hätte gern am Ende eine gute Seele, die ihr tief nachts, wenn sie hochschreckt aus einem Albtraum, ungefragt ein Stück Schokolade ans Bett bringt. Die ihr so lange vorliest, bis sie wieder eingeschlafen ist.

Vorsichtig tasten sie Frau Kaiser ab. Mal wieder ein Schreck in der Morgenstunde, sagt Andrea. Frau Kaisers bloße Unterarme sind kalt. Wie bitte, fragt sie und dreht ihren Kopf und legt eine Hand ans Ohr. Das war ein Schreck in der Morgenstunde für Sie? Ja, sagt Frau Kaiser. Tut Ihnen was weh, fragt Bernd laut. Nein. Nur der Schreck. Die rutschigen Pantoffeln.

Gut, dass Sie sich gemeldet haben, sagt Andrea. Hoffentlich haben wir Sie nicht zu lange warten lassen. Frieren Sie?

Wie bitte, sagt Frau Kaiser automatisch, und als sie verstanden hat, Unsinn. Ich habe den Notknopf gedrückt, und schon waren Sie da.

Andrea weiß, es gibt Physiotherapeuten, die üben mit Patienten ganz gezielt das Aufrichten und Hochstützen nach einem simulierten Sturz. Frau Kaiser bekommt aber keine Krankengymnastik.

Andrea und Bernd helfen ihr auf, die Patientin macht sich steif, schließlich steht sie, an jedem Arm einen Pfleger. Wie sieht die Welt aus der Vertikalen aus, fragt Bernd. Frau Kaiser hat ihn nicht verstanden. Bisschen schwindelig, fragt Andrea, wollen Sie sich erst mal setzen? Sie geht mit der Alten zum Küchenstuhl, hilft ihr in eine Strickjacke, setzt sich zu ihr. Bernd sammelt die Scherben zusammen, wischt Milch auf. Narrenhände, sagt Frau Kaiser, tut mir leid. Das kann doch jedem mal passieren, sagt Andrea. Und Sie beschmieren ja auch nicht die Wände. Ihr Handy klingelt, der nächste Notfall. Adenauerallee, fast um die Ecke, gut. Bernd füllt ein neues Glas mit Milch. Soll ich sie Ihnen warm machen? Andrea sieht, wie seine Augen nach der Mikrowelle suchen, die kann er hier vergessen. Er denkt nicht darüber nach, dass viele Alte sich vor neuer Technik fürchten. Wie bitte, sagt Frau Kaiser. Möchten Sie die Milch gern warm trinken, fragt Andrea. Unsinn, das kostet alles. Zeit ist Geld! Bernd geht ins Schlafzimmer, das Bett richten. Wohin will Ihr Kompagnon, fragt Frau Kaiser.

Der will dir deine Stützstrümpfe und deine drei Taler stehlen. Bernd ist ein guter Kollege, behutsam, freundlich, kompetent und ruhig. Aber auch er vergisst manchmal das kleine Einmaleins der Pflege. Immer erst erklären, was man vorhat. Sonst muss man sich nicht wundern, wenn Patienten die Orientierung verlieren. Andrea sagt, er klopft Ihr Kissen auf und zieht die Laken stramm. Die Alte schüttelt den Kopf, das kostet nur wieder. Sie hebt den Finger gegen

Andreas Einspruch: Man muss im Leben für alles zahlen! Ja und nein, sagt Andrea. Blicklos trinkt Frau Kaiser in kleinen Schlucken von ihrer kalten Milch. Die Zeit steht still für einen Augenblick.

Gleich werde ich dich ins Bad begleiten, wenn du dich nicht sträubst wie neulich. Ich werde fragen, ob du eine frische Windel willst. Männer haben es beim Pinkeln leichter, selbst im Liegen geht es noch mit der praktischen Flasche. Du schaffst es aber wohl noch allein mit dem Klo. Für Bettlägrige sind Pfannen der Horror. Wasser laufen lassen hilft, in einer Waschschüssel plätschern hilft auch. So weit bist du noch nicht. Hast es jetzt schon schwer genug. Von Blindheit und Taubheit, von Langeweile, Angst und Alleinsein hat dir vor über achtzig Jahren an deiner Wiege niemand gesungen. Du siehst so unerreichbar aus, so gottverlassen. Eintritt verboten, steht auf deiner Stirn. Dass du meine Hand auf deinem Unterarm zulässt.

Haben Sie die Jacke früher einmal selbst gestrickt, Frau Kaiser? Keine Antwort. Sie hat es nicht gehört, oder sie will nicht reden. Oder sie braucht ihre Zeit. Dass ihr das Herz nicht auf der Zunge liegt, sieht man sofort.

Unsinn, sagt Frau Kaiser, Handarbeiten verderben die Augen. Besser, man ruiniert sie sich mit Lesen.

Wenn ich mehr Zeit hätte, würde ich nachfragen. Bernd kommt in die Küche, er zeigt auf die Uhr. Der Patient in der Adenauerallee wird uns kaum weglaufen. Unsere Klienten kommen nicht mehr weit.

When I get older losing my hair many years from now. Will you still need me, will you still feed me, when I'm sixty-four.

Du bist jetzt, warte, vierundachtzig. Wer sagt dir, ich brauch dich. *Gott der Herr hat sie gezählet, dass ihm auch nicht eines fehlet.* Lug und Trug.

Möchten Sie noch ins Bad, Frau Kaiser, fragt Andrea. Soll ich Ihnen helfen?

Wie bitte? Nein. Ich möchte schlafen.

Bernd stellt das leere Milchglas in die Spüle. Sagt dir laut ins Ohr, dann geht's jetzt in die Heia.

Schlafen und schlummern.

Bernd macht zu seinem Spruch ein Clownsgesicht. Du verziehst keine Miene. Wie sah es wohl aus, wenn du lachtest, wenn dein Gesicht sich belebt hat?

Andrea sagt zu Bernd, schreib du schon die Papiere, ich bring sie allein ins Bett. Die Patientin hier ist einfacher zu versorgen als vorhin der Riese im Rübenkamp. Der war nicht nur schwer, der schrie auch anfallartig. Erschreckend jedes Mal, trotz aller Erfahrung.

Als Bernd ins Schlafzimmer kommt, liegt Frau Kaiser im Bett auf dem Rücken, die Augen geschlossen, ihre Hände über der Brust gefaltet. Andrea hockt neben ihr. Liegen Sie so bequem? Keine Antwort.

Andrea zupft an der Decke. Ich will mit dir nicht schreien. So könnte ich nicht einschlafen, lieber in Seitenlage, als läge man bei jemandem im Arm. Das hast du schätzungsweise sechs Jahre nicht mehr erlebt. Hast deine Kinder aufgezogen und deinen Mann versorgt bis zuletzt, musst dich seither allein gerade halten. Wehe, wenn eine alte Frau das nicht schafft. Witwer kriegen frische Frauen oder dürfen sich hängenlassen, jeder versteht das. Eine verkommene Alte, das ist gesellschaftlich nicht akzeptiert und passt auch nicht ins Selbstbild. Du und deinesgleichen, ihr haltet bis ins hohe Alter eine Art von Ordnung aufrecht. Manchmal sieht die Ordnung seltsam aus, aber du hast dein System. Siehst nicht die vielen Flecken in der Wohnung. In deiner Spüle liegen vier unterschiedliche Schwämmchen, und hier auf dem Nachttisch neben einem Buch noch mal zwei Lappen für irgendwas. Du mit deinen Augen, was willst du mit einem Buch? Wozu brauchst du die Lappen? Erzähl mir nicht, der Tagesdienst hätte die organisiert. Wahrscheinlich warst du früher mal ein Putzteufel. Hast die verschmierte Schnute deines Sohns mit Spucke gereinigt, hast ihn danach geküsst, glückliche Mutter, die du mal warst. Worüber würdest du dich heute freuen?

Abends hilft Ihnen doch immer jemand mit den Stützstrümpfen? Die Kollegen könnten Ihnen Milch ans Bett stellen, damit Sie nachts nicht rausmüssen.

Wie bitte? Frau Kaiser öffnet die Augen. Tewje, der Milchmann. Kennen Sie das? Sie zeigt auf das Buch auf dem Nachttisch. Ich kanns nicht mehr lesen. Aber ein Buch am Bett muss sein.

Andere Frauen in deinem Alter haben einen Teddy auf dem Kopfkissen. Den sprechen sie an.

Andrea sagt, mal gehört, den Titel. Bei mir liegt auch immer ein Buch am Bett.

Wie bitte? Ja. Abends Milch ans Bett. Gute Idee, Frau Kaiser verzieht das Gesicht. Sie bringt etwas zustande, das könnte ein Lächeln sein. Sie sagt: Erst kommt der Milchmann und dann der Sandmann.

Bernd beugt sich zum Bett runter, tätschelt Frau Kaisers Hand.

Ich halte Sie nur auf, sagt sie, Sie haben sicher noch zu tun.

Andrea steht auf. Jetzt wünschst du dir, wir würden Nein sagen. Dann würde ich dir vorlesen.

Es tut uns leid, Frau Kaiser. Wir müssen weiter.

Drei Uhr zwanzig. Der Hausflur, die Straße, das Auto. Bernd und Andrea rauchen, er gießt Kaffee aus der Thermoskanne in einen Becher, aus dem beide abwechselnd trinken.

Unklar, ob eine wie Frau Kaiser schlummert oder schläft.

Gediegen, sagt Bernd, ein Buch am Bett einer Blinden.

Stark sehbehindert, sagt Andrea.

Kurz vor zwölf

Ein kleines Wohnzimmer, Bücherschränke nehmen zwei Wände ein. Überall hängen Fotografien auf Augenhöhe, die sind in ihren Rahmen ausgebleicht. Vergilbte Gardinen. Auf der Fensterbank eine Messinggießkanne, daneben stehen Alpenveilchen und Azaleen in Lachen aus Wasser. Kissen mit gestickten Rosenmustern im Sofa, Filethäkelei auf dem Sofatisch. Einmal täglich wird der klobige Fernseher für die Tagesschau eingeschaltet. Renate Kaiser sitzt im verfleckten Lieblingssessel gegenüber der Wanduhr, einem hölzernen geschnitzten Kasten. Auf einem Beistelltischchen an ihrer Seite ein Radiorecorder, ein paar Kassetten, ein Henkelbecher mit Tee und das Telefon mit den behindertengerechten großen Tasten. Neben einem Schälchen liegen Pflaumensteine und ein nasser Teebeutel.

Elf Schläge, der Regulator mir gegenüber, ich höre ihn gut. Wenn ich alleine bin. Wir beide, mein Herzschlag, dein Pendeln. Wir sind nicht aufzuhalten. Mit dir hat man Geduld. Die Putzfrau zieht dich auf und lobt dich. Du bist nur eine Sache. Ich bin lebendig, das macht manche Leute ungeduldig. Hören Sie mich, Frau Kaiser? Sehen Sie hier diesen Knopf für den Notruf, Frau Kaiser? Können Sie ihn fühlen, Frau Kaiser? Vielleicht sollte ich Notrufknöpfe schmecken. Wenn ein Sinn schwächer wird oder ausfällt, werden die übrigen schärfer und helfen, so sagt man. Mir fehlt der Sinn bei der Sache. Frau Kaiser, arbeiten Sie doch bitte zusammen mit uns. Frau Kaiser, lassen Sie liegen, was runterfällt. Es nützt nichts, wenn Sie beim Bücken schwindelig werden und stürzen. Guten Appetit, Frau Kaiser.

Ich hatte einmal einen Vornamen. Frau Kaiser, das klang auf der Arbeit respektvoll. Jetzt klingt es hohl. Kein Alfred sagt mehr Schatz. Heißest du vielleicht Rumpelstilz? Die

Wanduhr hat längst elf geschlagen. *Was immer geschah im Leben, sie pochte den Takt dazu. Sie schlug am Morgen der Liebe, sie schlug an des Freundes Bahr'.* Ein Machwerk des Dichters Seidl, Schwulst, und entsprechend vertont. Gestern noch hat Lotte es solo gesungen im Schulchor, meine innere Uhr stimmt nicht, das ist schon wieder dreißig Jahre her. Wie eben erst gewesen, dafür werden die Stunden mir lang. Seit sechs Uhr morgens auf den Beinen, man könnte noch etwas schlummern. Daumen drehen. Das geräderte Essen kommt gegen halb zwei. Ich mache keinen Streit. Doch in mir ist oft Unwetter, das stürmt und schüttelt mich. Aus der Entfernung sieht das keiner. Verloren in einer weiten verwehten diesigen Gegend. Die langen Wege als Kind, an Sonntagen die Wanderungen, immer überrascht von Regengüssen, das kann doch nicht sein. Aber ich weiß noch, wie das Wasser in den Schuhen quatschte. Zu Hause runter mit dem nassen Zeug, trocken gerubbelt werden. Warme Milch und eine Wärmflasche und alle Zeit der Welt. Die kleinen Freuden sind der Sinn der Sache.

Ich muss noch was erledigen. Zur Apotheke, das Rezept für Alfred, die Tabletten für Herrn Kaiser bitte. Es ist die falsche Apotheke, der falsche Stadtteil, ich bin verlaufen, dabei brennt auf dem Herd das Essen an, in seinem Bettchen schreit das Kind, Piet zahnt, hat hohes Fieber. Schatz, sei ruhig, das wird schon wieder. Alfreds Stimme. So oft eine Hilfe. Regelmäßig atmen, ein und aus, damit sich der Sturm beruhigt. Weißt du allmählich, was die Uhr geschlagen hat? Familienstand: verwitwet. Alter: vierundachtzig. Das mechanische Pendeln der Uhr, früher hab ich es nie gehört, und jetzt, mit den tauben Ohren, folgt einem das strenge Hin und Her nach überallhin.

Die Daumen drehen Kreise. Sinnlose Hände. Und wie sie sich geplagt haben, beim speckigen ersten Schal, den man in Kinderzeiten stricken musste. Unbegreiflich, wie

Mädchen und erwachsene Frauen sich freiwillig ihre Augen verderben mit Nadel und Faden. Meine Schwester hat ihren Verstand verhäkelt. Ich war gerne ein Blaustrumpf. Im Alter wird man für dumm verkauft, und doch hab ich alle Tassen im Schrank. Nur dass man kaum was sieht und kaum etwas versteht. Aber den Tonfall kann ich hören. Bemüht und gereizt, bei jedem, der kommt.

Hat es geklingelt? Haustür, Telefon? Schnell hoch, den Türknopf drücken, besser nicht. Viele falsche Leute schleichen sich ein. Das war doch ein deutliches Schellen? Kurz lang kurz, so hat es Lotte früher gemacht. Ich habe den Elternsprechtag vergessen. Was wollte ich im Flur? Und wem gehört die Schirmmütze in meiner Garderobe? Hier waren unlängst fremde Leute. Denn der Mützenfreund ist auch längst tot. Schulkamerad von Alfred. Wenn er kam, hab ich den beiden kaum zugehört, was sollte ich mit ihren Tafelschwamm-Erinnerungen. Die liebe Eifersucht. Nach Alfreds Tod kam er weiter. Rupert, so hieß er. Einmal schenkte er mir das Bild von einem Klassentreffen aus den neunziger Jahren. Ich musste schon die Lupe nehmen. Elbdampferfahrt, an Bord neun alte Männer, einer mit Dackel auf dem Arm, alle gebeugt und gebeutelt, und doch sahen sie staunend aus wie kleine Kinder. Oder dachte ich es, weil ich wusste, sie kannten sich noch aus der Kreidezeit? Alfred und Rupert mit umeinandergelegten Armen. Ich wäre gern schon als Kind mit Alfred zur Schule gegangen. So eine schöne Grabrede, die Rupert ihm gehalten hat. Danach kam er pünktlich alle vierzehn Tage zu Besuch, als wäre jetzt ich sein Freund. Bis ihn der Krebs geholt hat. Seine Marie lässt sich nur einmal im Monat hier blicken, obwohl sie doch auch inzwischen allein ist. Die schreibt Geschichten von heute. Mir sind die alten Meister lieber, und das weiß sie auch. Wenn sie kommt, liest sie oft etwas vor. Turgenjews Memoiren eines Jägers.

Was hat in meiner Garderobe die Mütze verloren? Wer vom Pflegedienst trägt eine dunkle Mütze? Der Trauervogel war keine Amsel. Ich würde gern noch mal das Lied einer Amsel hören. Frau Kaiser, Sie müssen sich etwas mehr Mühe geben. Wenn Sie das Hörgrät nicht regelmäßig tragen, bekommen Sie keine Übung damit. Manchmal wird man gescholten von der Putzfrau und dem Pflegedienst. Als wäre man ein Kind. Die große Zeit als Bibliothekarin und als Schatz. Ich war für viele viel, das wissen vor allem die Toten. Ihre Blicke auf einen sind selten streng, mehr teilnahmsvoll. All die Albernheiten, mit denen man sich Mühe geben muss. Bis heute die kleinen alltäglichen Gesten, auch meinen Toten zuliebe. Ich mach schon, Alfred, keine Sorge. Der Haushalt bleibt, wie du ihn kennst. Das Kalenderblatt ist aber noch nicht abgerissen und die Blumen noch nicht gegossen, der Arm nicht eingerieben. Alles bleibt liegen, wenn man Daumen dreht und sich im Trüben suhlt.

Bis das Mittagessen kommt, muss ich den Tisch gedeckt haben. Küchentürklinke. Die Hände wissen aus Jahrzehnten alles, die Höhe der Schubladen und die Schranktürgriffe, man braucht nicht viel Hilfe. Doch wo ist die Serviette? Erst mal hinsetzen und überlegen. Als Kinder haben wir nach verlorenen Sachen gerufen. Judith, so hieß der Teddy, war demnach ein Mann. Deshalb hieß er der Judith. Männer in meinem Alter gibt es nicht mehr, als Vorbilder können jetzt nur noch Frauen dienen. Natürlich braucht ein alter Mensch noch Vorbilder! Man muss es lernen, die letzten Schritte zu gehen, muss das Sterben lernen, man kann doch nicht alles selbst erfinden. Auch wenn das Letzte von selbst kommt. Oder kommt überhaupt alles von selbst? Lütten Piet hat lange nicht gesprochen, und dann plötzlich wie ein Wasserfall. Als Kind habe ich Vater mehr nachgeeifert als unserer Mutter. Deshalb wahrscheinlich auch der Damenbart, ein Kummer als junge Frau, aber Alfred war angetan, ganz und gar. Wer sagt mir jetzt, wohin mit meinem dicken Kopf und mit den dünnen Spinnenbeinen? Wer sagt mir jetzt, wohin und für wen? Die Beine wollen den Kopf nicht mehr tragen, der Kopf muss den Beinen Beine machen. Man muss sich zwingen, morgens diese mühsamen zehn Stufen bis zum Briefkasten zu gehen. Oder am Arm der Putzfrau raus, wenigstens einmal eine Runde um den Brunnen auf dem Hansaplatz. Elena geht nicht gern mit mir. Putzt lieber Fenster. Was hat ein Sehbehinderter von klaren Scheiben, an denen höchstens eine Meise sich den Schädel einschlägt.

Der Kopf ist das Problem, die Beine nicht. Ständig melden sich oben die Feinde zu Wort. Erinnern mich an Alfreds Kurschatten. Alles verziehen. Trotzdem mag ich nicht an diese beiden Jahre denken. Mutters Backpfeifen sind auch verziehen. Die größten Feinde sind die eigenen Verfehlungen. Vaters Blick, als ich ihn beleidigte vor den Nachbarn, zwölf Jahre war ich gerade mal und gnadenlos im Recht, mein Vater wurde rot vor Scham. Alfred, wie ich ihn. Nicht daran denken. Es ist heute Mittwoch. An Schönes denken. Piet, wie er mir erzählte von der ersten Jugendliebe, stockend anfangs. Dann hat er mir sogar ein Foto der Flamme gezeigt. Die hatte auch einen Schnurrbart! Aber man hütet sich, etwas zu sagen. Schwer verständlich, warum er sich so sehr zurückgezogen hat in seine Arbeit. Alfred war so stolz auf ihn, das hat er nie begriffen. Lotte, wenn sie hier ist, hat immer nur meinen Haushalt im Kopf. Besorgt, dass die alte Mutter verkommt. Mein Haushalt geht sie nichts an, der läuft, wenn sich nicht alles einmischt.

Eben. Wo ist die Serviette. Liegt nicht auf ihrem Platz auf der Ablage rechts vom Herd. Ich habe den Langen vom Pflegedienst unter Verdacht, diesen Bernd. Auch die Handtücher werden weniger. Gestern habe ich sie durchgezählt, acht Stück waren noch da. Die anderen sollen alle in der Wäsche sein? Ich mache keinen Krach mit meinen Hilfen.

Wenn sie nicht stehlen, dann haben sie einen Waschzwang. Erstens ist da kein Fleck auf meiner Bluse, zweitens kann man ihn auswaschen. Sie bringen meine Lappen durcheinander. Nie vergessen sie, nach meinem Hörgerät zu fragen, aber dass Blinde Ordnung brauchen, ihre eigene Ordnung, das ist zu hoch für sie. Messer, Gabel, Nachtischlöffel, alles liegt goldrichtig da. Nur die Serviette fehlt. Ein Tempo tut es auch. Was würde Lotte denken. Das Verkommen geht schleichend, man muss gegenhalten. Jeden Tag ein Kalenderblatt abreißen. Die Zahlen leidlich klar, die Texte sind nicht einmal mit der Lupe zu entziffern. Manchmal liest mir einer vom Pflegedienst den Psalm des Tages vor. *Ich will mein Ohr dem Weisheitsspruche neigen, zum Zitherklang mein Rätselfragen lösen.* Zither, Synonym für Harfe. Kreuzworträtsel gehen auch nicht mehr, nicht mal die großen, die mir Lotte mitbrachte. Eine Freude weniger. Bücher sind lang vorbei. Der freundliche Fußpfleger hat aber immer ein, zwei Fragen parat. Deutsche Autorin, 1900 bis 1983, erster und letzter Buchstabe S. Kinderleichtes Rätsel für eine wie mich. Ich wollte, mir würden Wolfsklauen wachsen, dann käme der Fußmensch öfter.

Das Kalenderblatt in den Papierkorb, hinter der Küchentür sollte er stehen. Was liegt neben dem Korb. Meine Pantoffelfüße haben Augen. Kein schweres Buch, eine leichte Schachtel ist das. Man muss hinter Elena herräumen und hinter allen, die hier mitmischen.

Jetzt die Gießkanne für die Blumen, im Wohnzimmer auf dem Fensterbord rechts. Renate! Halt deine fünf Sinne beisammen und pass auf die Sessel auf, sonst holst du dir Beulen. Die Uhr sagt kurz vor zwölf. *Und wird sie auch einmal träger, und drohte zu stocken ihr Lauf. So zog der Meister immer großmütig sie wieder auf.* Lotte hatte eine schöne Stimme, als sie noch im Schulchor sang. Jetzt weiß ich wieder, heute Nacht. Im Traum meine eignen vergessenen Rechenaufgaben. Ich wachte auf und wollte Milch trinken. Einer hat mich von hinten gestoßen, ich bin gefallen. Narrheiten. Mach dir nichts vor, kein Mensch war da. Du bist nur schwindelig geworden. Pass gefälligst auf. Der Pflegedienst musste kommen, zur Strafe kein Nachtisch. Eine alte Frau wird nicht bestraft. Sie wird nur umsorgt von liebenden Händen. Warum ist dann das Fensterbrett so nass, wer ertränkt meine Blumen? Ich habe heute Morgen doch noch nicht gegossen. Ein Lappen aus der Küche, besser ein Handtuch vielleicht, oder beides. Eins nach dem anderen. Mit der Kanne zurück in die Küche. Vielleicht ist da noch nicht gegossen worden. Meine Blumen versorge ich selbst! Man muss ihnen alles sechs Mal sagen, wer ist hier taub. Sturm, lege dich. Die Pflegedienstleute wechseln ständig, wie können sie alles behalten. Die Blumen sollen sie mir aber lassen. Ich fühle, ob Wasser im Untersatz steht. Wenn keiner mich verrückt macht, komme ich zurecht. Nach Strich und Faden wird man bedient im Alter, das ist eine Strafe. Nicht für Geld und gute Worte würde ich zu Lotte ziehen. Das gäbe häusliche Gewalt, so nennt man das heute. Kommt in den besten Familien vor. Man hat davon gehört und konnte es kaum glauben. Dann weiß man eines Tages für den Rest des Lebens, was die Uhr geschlagen hat. Das hätte man sich früher nicht gedacht.

Aber als Alfred die letzten Wochen des Lebens im Pflegebett lag, *es ist heute Mittwoch,*

aber als Alfred die letzten Wochen des Lebens im Pflegebett lag und aussteigen wollte einmal in seiner Verwirrtheit, *nicht daran denken,*

aber als Alfred die letzten Wochen des Lebens im Pflegebett lag und aussteigen wollte einmal in seiner Verwirrtheit und aufrecht im Bett stand und ich dich sah von der Küche aus und erstarrte, *der Name Renate Kaiser,*

aber als Alfred die letzten Wochen des Lebens im Pflegebett lag und aussteigen wollte einmal in seiner Verwirrtheit und aufrecht im Bett stand und ich dich sah von der Küche aus und erstarrte vor Angst dass du fällst und ich schrie, *Renate Kaiser, geboren am 7.11.1928,*

aber als Alfred die letzten Wochen des Lebens im Pflegebett lag und aussteigen wollte einmal in seiner Verwirrtheit und aufrecht im Bett stand und ich dich sah von der Küche aus und erstarrte vor Angst dass du fällst und ich schrie und du legtest dich wieder hin und ich konnte mich aus der Küche nicht rühren ich hatte Angst an dein Bett zu kommen, *die Adresse ist Hansaplatz 5,*

aber als Alfred die letzten Wochen des Lebens im Pflegebett lag und aussteigen wollte einmal in seiner Verwirrtheit und aufrecht im Bett stand und ich dich sah von der Küche aus und erstarrte vor Angst dass du fällst und ich schrie und du legtest dich wieder hin und ich konnte mich aus der Küche nicht rühren ich hatte Angst an dein Bett zu kommen und dich zu schütteln und anzuschreien, *die Blutgruppe: A Rhesus negativ*,

aber als Alfred die letzten Wochen des Lebens im Pflegebett lag und aussteigen wollte einmal in seiner Verwirrtheit und aufrecht im Bett stand und ich dich sah von der Küche aus und erstarrte vor Angst dass du fällst und ich schrie und du legtest dich wieder hin und ich konnte mich aus der Küche nicht rühren ich hatte Angst an dein Bett zu kommen und dich zu schütteln und anzuschreien und wer hat gelacht in der Küche gelacht bis zum Herzzerreißen, *es ist heute Mittwoch,*

aber als Alfred die letzten Wochen des Lebens im Pflegebett lag und aussteigen wollte einmal in seiner Verwirrtheit und aufrecht im Bett stand und ich dich sah von der Küche aus und erstarrte vor Angst dass du fällst und ich schrie und du legtest dich wieder hin und ich konnte mich aus der Küche nicht rühren ich hatte Angst an dein Bett zu kommen und dich zu schütteln und anzuschreien und wer hat gelacht in der Küche gelacht bis zum Herzzerreißen. Später hast du meine Hand gehalten. Nur ich weiß es jetzt noch. Es bleibt aber die Schuld nicht wieder aufzuheben lebenslänglich, *heute ist Mittwoch, kurz vor zwölf.*

Wann weiß man, was die Uhr geschlagen hat.

*

Wahrscheinlich würde es genügen, wenn der Text hier endete.

Doch im Wunsch des Geschichtenerzählers nach einem guten Ende schreibt Marie: *Tatsächlich hat Frau Kaiser nicht nur Tag für Tag die grausame Erinnerung daran, wie ihre Seele brach.*

Ein Satz kann einen nächsten Satz herbeirufen, doch hier scheint es nicht viele gute Auswege zu geben, alles kippt.

Frau Kaiser hat viel mehr die Fähigkeit, sich zu erinnern, lang verloren. Seit der Demenz lebt sie in einer eigenen Welt, die keiner kennt, in der aber vielleicht am Ende doch Alfred und sie zusammen sind.

Marie streicht diese Sätze durch. Sie enthalten keine Spur von Wahrheit.

Wieder einmal sitzt sie bei der alten Frau, die nicht demenzkrank ist, um ihr was vorzulesen.

Die sagt: Meine Putzfrau macht beim Aufräumen nur Kraut und Rüben. Neulich lagen die Geschichten von Turgenjew noch hier auf dem Tisch. Ein schwarzer Leinenband. Wenn Sie Glück haben, finden Sie ihn irgendwo auf Augenhöhe in dem Regal bei den französischen Romanen, da muss sich Elena nicht bücken. Ach was. Sie hat ihn ganz korrekt zu den Russen gestellt? Hätte ich mir denken können. Die ist hell im Kopf. Das Hörgerät brauche ich nicht, das pfeift nur. Mit den bloßen Ohren geht es besser. Dann versteht man alles.

Bruder Bernd

Erst mal warmlaufen. Sonst sind sie meist im miefigen Gymnastikraum, heute ist ausnahmsweise die Turnhalle frei. Noch bevor der dicke Trainingsleiter Manfred da ist, sind alle schon in Bewegung, rennen und hüpfen. Bernd sagt zu einem Mitsportler, während er aufschließt: Die Kleinen haben Auslauf.

Der Schwingboden der Turnhalle Wolgastschule vibriert unter den Tritten von zwölf Erwachsenen im Alter über vierzig. Bernd ist immer noch Mitglied hier beim Sportverein Vorwärts St. Georg, obwohl er seit Jahren in Horn lebt. Gewohnheitstier. Und so trägt er auch das T-Shirt mit dem St. Georg-Logo, das aus den siebziger Jahren stammen könnte oder von noch früher. Vorwärts, adelante und baut auf, baut auf. Vorbei.

Der dicke Manfred macht immer ein bisschen verbales Tamtam, ansonsten wird ehrlich Sport getrieben, auch wenn die Discomusik Bernds Haare zu Berge stehen lässt. Die neue kleine Blonde hat sich einen Ball gegriffen, titscht ihn. Bernd läuft geduldig im großen Kreis, findet sein Tempo. Schritt-Schritt-Schritt-Schritt, aus-at-men. Manfred am anderen Ende der Halle legt einen Spurt ein, hält sich neben Bernd und sagt mit falschem Staunen: Also doch keine Zeitlupe, du läufst tatsächlich so langsam wie immer. Sie grinsen sich an. Manfreds Sprüche, das Salz in der Suppe. Nach der Arbeit mit Alten, Behinderten und Sterbenskranken ist Bernd zufrieden, hier seinen Schweiß zu vergießen und mit anderen rumzupflaumen. Vor ihm läuft Piet, immer brav entlang an den Bodenmarkierungen fürs Basketball. Noch beim Joggen hält er gerne Vorträge. Erklärt der neuen Elena den Spätfilm von gestern Abend. Was hat einer wie Piet hier noch verloren. Der lebt doch längst in besseren Gefilden, ein nobles sentimentales Bürschchen. Manfred federt vorbei, ruft Abspanngucker. Einige Frauen haben sich schon aufs Gehen verlegt, sie quatschen ohne Ende.

Vater sagte manchmal zu Sigrid, sabbel dich rund, kannst kugeln. Seine jüngere Schwester hätte auch Missionar werden können. Prediger oder Pharmavertretung, das nimmt sich nicht viel. Bernd begreift nicht, wie sie sich auf diesen Job einlassen konnte. Es geht ihn nichts an. Die Sit-ups gehen ihn was an. Nicht hochreißen den Rumpf! Also das Heben, das Ziehen und Halten, dann Dehnen und Strecken. Dann das Ausschütteln. Auf und ab, dabei das Atmen nicht vergessen. Manfreds peinsame Musik erleichtert die Bewegungen. Sigrid hört auch immer Katzenmusik, schaltet aber das Radio in ihrem Zimmer leiser, wenn sie hört, dass er nach Hause kommt. Sie gibt den rücksichtsvollen Gast. Ihm wäre lieber, wenn sie nach dem Duschen lüftete, wenn sie ein Auge auf die nassen Pflaster hätte, die er immer wieder finden muss. Er arbeitet als Pfleger beruflich mit Körpern, hält sich für unempfindlich, nichts kann ihn schrecken. Nur Sigrid ist ihm fremd von Kopf bis Fuß. Giraffenhals und Storchenbeine. Griffelfinger. Beim Spülen hat sie ihm zwei Teegläser zerbrochen, wollte ihm neue besorgen. Behauptete, es gebe bei Ikea schöne Angebote, auch für Tischsets. Kataloge durchblättern und Seiten mit dem Finger nass anlecken, ja, das kann sie. Und nachher für ihn kochen wollen.

Dumpf und abwesend hat Bernd im Kniestand, beide Arme aufgestützt, seinen Oberkörper gesenkt, gehoben, gesenkt. Einfache Liegestütze für die Warmduscher, sagt Manfred. Und jetzt eine Übung, damit ihr bald alle wieder unbesorgt Bikinis tragen könnt. Der schüttere Typ, der immer auf welken Socken antanzt, statt Hallenschläppchen mitzubringen, ruft laut, ich trag nur Einteiler. Bernd verliert sich gern im Anblick der Birkenzweige, die durch die Oberlichter in die Turnhalle hereinzuwehen scheinen. Er liegt auf dem Rücken auf seiner Matte, noch einmal Bauchmuskeltraining, er hebt die Beine und senkt sie, sieht einen Ausschnitt der Birke draußen im Wind. Das ist alles, was er braucht. Die Krampfadern der Sportskollegen interessieren ihn nicht. Seine Berufskrankheit begleitet ihn aber auch hier: Manchmal weiß er, wie die Leute aussahen als Kinder und wie sie aussehen werden als Alte. So weiß er auch, was aus Sigrid wird, wenn sich bei seiner Schwester nicht bald gewaltig etwas ändert. Eine schreckhafte Greisin, deren Überspielungsversuche ihr keiner mehr glaubt. Noch wirkt sie auf die meisten Zeitgenossen stark und souverän bis ins verbindliche Lächeln, ihn täuscht sie nicht. Ihr fehlt der Boden unter den Füßen, und ihre letzte Dummheit bringt ihn zur Verzweiflung.

Fahrradfahren auf dem Rücken auf der Matte. Draußen reitet er auf seinem Drahtesel jedes Jahr bis tief in den Winter. Ansonsten fährt er mit Bus und Bahn, wohin es ihn zieht, und auf der Arbeit reißen sich die Kollegen ums Autofahren. Warum also will er der Schwester nicht seinen Führerschein überlassen, er hilft ihr doch gern bei allem, und Blut ist dicker als Wasser. Wirklich? Wirklich nein. Sigrid weiß, was er von ihrem Job hält. Natürlich hat er mehr Vorurteile als Kenntnisse in Sachen pharmazeutische Produkte. Daher muss sie ihm nicht erzählen, was sich bei ihren Firmen verbessert, da vermeidet er jede Debatte. Zu ihrem Fahrstil hat er eine klare Position. Sie gefährdet sich, ihre Zeitgenossen, vergiftet die Umwelt. Für Fußgänger und Radfahrer wie ihn sind Raser das Allerletzte. Tempoüberschreitung als ein revolutionärer Akt der Selbstbestimmung? Wenn sie geblitzt worden ist, soll er behaupten, ihr Auto am fraglichen Tag gefahren zu haben, leider mit ganzen hundertdreißig Stundenkilometern. Damit sie weitersaust wie gehabt? Als sie mit schreckensweiten Augen neulich anfing von der Führerscheintragödie, die am Horizont droht, tat sie ihm leid. Mit Clownsgesicht hat er gefragt, was lernt es dich? Nichts, hat sie gesagt. Ihn angefunkelt wie in alten Zeiten als Kind, sie müsse nun mal Termine einhalten, das sei eben ihr Risiko. Er hat sich zu einem Warnspruch hinreißen lassen: Du wirst im Leben nicht mehr froh, wenn du den ersten Zeitgenossen umgenietet hast. Sigrid hat das vom Tisch gefegt. Er könne mal mit ihr fahren, sie habe noch nie einen Unfall gebaut. Verkehrsgefährdend wären nur die Duftbaumfahrer. Dummbratze ist gar ein Ausdruck für das, was sie ist. Verantwortungslos. Und er soll jetzt die Karre aus dem Dreck ziehen. Erpresserin, denn er ist nachher schuld, wenn sie vielleicht den Job verliert, ohne den Führerschein. Er hat gefragt, ob sie sich einen Arbeitslosen mieten wolle, der sie im Fall der Fälle ein Vierteljahr lang kutschieren würde. Er könne ihr von jetzt auf gleich einen Bekannten vermitteln. Ihre Arbeitgeber würden nichts erfahren. Sigrid hatte abgewunken, er mache sich keine Vorstellungen, wie viele Kilometer sie täglich abreißen müsse. Und dann noch die Wartezeit für den Chauffeur bezahlen, während sie in Arztpraxen und Apotheken ihr Einmannstück spiele? Er, Bernd, sei ihre letzte Hoffnung. Sein Führerschein, den er abgeben würde bei einem worst case. Wenn sie tatsächlich geblitzt worden wäre. Sie habe im Auto Schal und Mütze getragen, die Heizung kaputt, ein Foto könnte allenfalls ihre Augen zeigen. Bernd hatte angeboten, ihr von jetzt auf gleich das Geldgeschenk vom letzten Jahr zurückzugeben. Die Schwester hatte ihm aus heiterem Himmel fünftausend Euro überwiesen, mit dem bloßen Kommentar, Mäusephobie. Das Geld liegt unberührt auf der hohen Kante, sie kann es haben. Sigrids ablehnendes Gesicht.

Freie Partnerwahl, ruft Manfred. Mit den Medizinbällen die Übungen zu zweit. An alle, die es mit dem Rücken haben: Macht es wie die Igel bei der Paarung, vor-sich-tig! Bernds Rücken ist nicht der beste, auch wenn es in der Pflege mittlerweile so viele technische Tricks gibt. Seine Länge ist das Problem, und er bückt sich zu oft. Das vorbildliche Heben aus den Beinen raus vergisst man, wenn gerade wieder ein Patient umkippt und man ihn auffängt, ohne nachzudenken, aus dem Rücken raus. Er räkelt sich vorsichtig. Gelobt sei Vorwärts St. Georg. Manfreds Musikmaschine jault von moon und love. Die lasche graue Jogginghose seines Partners, der liegt bäuchlings. Bernd kniet hinter ihm, hält seine Waden fest, während der Schüttere sich abmüht mit dem Ball über dem Kopf.

Sigrid sagte, niemals würde sie in einer Gruppe Sport machen. Die Ausdünstung der anderen, die dummen Witzeleien, nicht ihr Ding. Bernd macht der Schwester keine Vorschriften. Aber der Führerschein. Was stört dich bloß an einem illegalen Akt, sagte Sigrid neulich, sonst nölst du immer gegen die Regierung, gegen das System. Ihm verschlug es die Sprache. Erst eine Stunde später hat er bei ihr angeklopft und stehend in der Tür mit streng verschlossenen Armen erklärt: Er halte es für Spießertum, wenn Freiheitswille sich in Steuerhinterziehung oder Tempoüberschreitung äußere. Er wolle noch im bestmöglichen Staat Gesetze haben und eine Polizei, die ihn und seinesgleichen vor rasenden Irren schützten. Sigrids Nicken. Sie will nicht seine Argumente, sie will seinen Lappen.

Wenn er gleich nach Hause kommt, wird sie wieder gekocht haben. Vielleicht hat sie auch Blumen hingestellt. Geben und Nehmen müssen ausgewogen sein, sagte sie neulich. Als hätte sie ihm nicht spontan von ihrem Geld geschenkt. Als wäre das Leben ein Deal. Er ist noch nie auf die Idee gekommen, unter seinen Freunden nachzurechnen, ob er für jedes Dutzend Äpfel auch zwölf Stück zurückbekam. Schuldenfreiheit, Unabhängigkeit vom Rest der Welt, wo hat's das je gegeben. Man kann gelegentlich mal nachdenken, ob man eins dieser Egoschweine ist, die immer nur die Hand aufhalten. Beziehungen sind aber keine säuberlichen Rechnungen, die null zu null aufgehen. Mal schenkt man, mal gibt's was geschenkt. Allerdings keinen Führerschein.

Kniehebelauf für die ganze Runde, und wer an den Sprossenwänden ist, legt bitte je drei Klimmzüge ein, sagt Manfred. Dann milde zu Elena, die sich an den Sprossen quält: Du hast ein Recht auf deinen Schmerz.

So ist es. Sigrid soll in ihrem selbstgemachten Knast so lange schmoren, wie sie will, er wird das Thema Tempoüberschreitung nicht von sich aus anschneiden. Seit sie bei ihm wohnt und sie beide zwangsläufig mehr Tuchfühlung miteinander haben, sieht er, wie sie sich anstrengt. Fährt Mutter im Rollstuhl spazieren, renoviert mit der Tochter deren Wohnung in Bremen, macht ihren Job, geht einmal in der Woche zu der Obdachlosenorganisation und hilft. Aber sie kann ihm mittlerweile nichts mehr recht machen. Den Pennern Kaffee ausschenken und geduldig die Ohren hinhalten, das dient ihrem eigenen guten Gewissen. Manchmal fragt sie ihn, wie war's auf der Arbeit, und will garantiert die neuen Elendsgeschichten hören. Sie soll sich mit ihrem Führerscheinelend befassen. Bernd weiß, dass er ungerecht ist, das heißt: so gerecht, dass es kracht, ein eisenharter Mönch, dem seine Prinzipien wichtiger sind als der Schutz seiner Schwester. Der tugendhafte Bruder Bernd. Als wäre sein eigenes Leben makellos, ein Bilderbuch, in dem jeder blättern kann ohne Schreck. Aber er hält seine Leichen in Schach! Im tiefsten Keller schmachten sie, wollen ans Licht, sie werden es nie wieder sehen. Und weil gerade jetzt eine der Leichen den Namen Christa stöhnt, dann anfängt zu grinsen und ihren grüngelben Kopf in seinen eigenen hineinsteckt, bestraft er sie mit drei extra Klimmzügen.

Wie zornig er noch immer auf die alte Freundin Christa ist, er muss ihr eine Grenze setzen. Weg mit dir von mir! Er zieht sich an den Holmen hoch.

Übertreib es nicht, sagt Manfred. Besser breit sterben als dünn leben.

Piet plagt sich mit den Fenstern ab, er könnte wissen, dass sie sich nicht öffnen lassen. Zum Lockerwerden jetzt die hölzernen Reifen. Manfred versucht, die Stunden abwechslungsreich zu gestalten. Dabei ist es egal, ob sie mit Seilen, Keulen oder mit Bällen hantieren, Hauptsache Bewegung. Locker laufend treiben sie die Reifen vor sich her. Heitere Narrenbande. Allgemeines Juchzen, als Elena durch den Reifen hechten will und mit ihm auf dem Boden landet. Achtet auf verirrte Mitsportler, ruft Manfred und springt elegant durch seinen, kommt gleich wieder auf die Füße. Wie dick er ist und doch ein Gummimensch. Schüttelt sich mühelos hinter dem Rücken von oben nach unten die Hände. Kann stehend seine Nase auf die Knie legen, ohne sich an den Waden festzuhalten. Der Schüttere meldet Bissspuren an seinem Holzreifen. Nehmt euch ein Beispiel, sagt Manfred, da hat sich also einer wirklich abgekämpft.

Auch er, Bernd, gibt sich Mühe, sein Leben in Ordnung zu halten. Dass ich nur tu, was ich in der Erinnerung ertrage. Er schüttelt sich vor Scham. Aus gutem Grund gibt es inzwischen keine alte Freundin Christa mehr, in seinem neuen Adressbuch steht ihr Name nicht, und ihre Telefonnummer wird er auch eines Tages vergessen haben. Gewohnheitstier hin oder her, er kann keinen Mitwisser brauchen. Denn niemals gab es nirgends einen Zögling, der auf die Strafe einer Gouvernante wartete. Kein demütiger Bruder Bernd erlebte je die Wonne der Bestätigung, ich bin. Es gab nicht Schmerzen, die in Lust umschlugen und ihn zur Erleuchtung führten. Fühllosigkeit wird weder von Verletzungen durchbrochen, noch sind Verletzungen Berührungen. Amen, Amen, Amen.

Es gibt nur den ehrlichen Schmerz des Vereinsmitglieds Bernd, der sich jetzt gerade den leicht gezerrten Wadenmuskel reibt und auf die Nachfrage von Manfred sagt, geht schon. Mit seinen Leichen wird Bernd alleine fertig, in seinem Keller ist nichts mehr. Nein sagen üben. Ganz bei sich selbst bleiben, auch gegenüber seiner Schwester. Was ist ein Kavaliersdelikt, und was ist kriminell? Wäre Sigrid ein fremder Mensch, würde er sagen, löffel deine Suppe selbst aus. Sie ist aber seine Schwester. Wie dick ist Blut, was schert ihn das, selbst beste Freunde kann man abschütteln. Und trotzdem zwingen Sigrid und die alte Freundin Christa ihn zurück in seine Kopfzelle, während er hier nur Rumpf, Arme und Beine sein will.

Er sieht das Gesicht von Christa vor sich. Es ist in ihm nicht Zorn, es ist die Scham, die schreit lautlos: Weg mit mir von dir! Es gibt keinen Bernd, der einer Freundin sich selbst gesteht, es gibt nur den Sportler bei Vorwärts St. Georg. Punkt, und Schluss aus.

Die Turnhalle. Holzdecke, Oberlichter, Sprossenwände, der Boden voller Markierungen für verschiedene Mannschaftsspiele. Discosound, schlechter werdende Luft. Dreizehn Erwachsene in ausgebeulten Kleidern, dreizehn verschwitzte Leute, die sich vergleichbar bewegen, hinter jeder Stirn läuft ein eigener Film. Schließlich stehen sie zu milden meditativen Klängen gerade nebeneinander, breiten ihre Arme aus in Schulterhöhe, heben sie über die Köpfe, halten, atmen langsam und bewusst. Eure Wirbelsäulen sind Perlenketten, sagt Manfred im Schamanentonfall. Dreizehn Erwachsene mit ausgestreckten Armen, sie wippen sacht auf den Zehenspitzen.

Sie würde alles tun

Sie sitzt in seiner kleinen dunklen Wohnküche, sie trinkt aus einem seiner Becher, isst von einem seiner Teller. Schneewittchen bei den Zwergen. Dabei sind die Geschwister lange dünne Bohnenstangen. Vaters Trost, wenn andere Kinder spotteten: Ihr seid keine Schnatterenten, ihr werdet beide mal Schwäne. Familie hält zusammen.

Sigrid findet, Verwandte sind alles Verrückte. Trotzdem ist sie für ein paar Wochen untergekrochen beim Bruder, sie will nicht immer nur die beste Freundin fragen, wenn sie Hilfe braucht. Der Brand im Haus war nicht ihre Schuld. Wo soll sie hin, bis ihre Wohnung wieder zu betreten ist, und was kann sie dafür, wenn mit dem Renovieren alles länger dauert?

Bernd hatte ihr ein Zimmer angeboten.

Jetzt zahlt sie einen Teil seiner Miete, sie kocht und kauft ein, stellt manchmal Blumen in die Küche. Doch das scheint falsch zu sein, ein ökologisches Verbrechen. Von Tag zu Tag wird sie vorsichtiger. Wenn er erschöpft vom Pflegedienst kommt, zieht sie sich aus der kleinen Küche in das noch kleinere Gästezimmer zurück. Der Beruf hat ihn verändert. Dünn ist er geworden, Tendenz zum sterbenden Schwan. Wie sehr sie ihn früher bewunderte. Nur seinetwegen hat sie Biologie studiert. Ihr Weg in die Pharma war leidlich logisch. Er hat das Studium bald abgebrochen, ist jahrelang durch die Welt gezogen. Schausteller-Gehilfe, Landarbeit, Kellnern und Klosterleben bei Heiligen aller Couleur. Pharmavertretung wär nichts für ihn. Zu wenig geschmeidig. Als Kind war er ein Quirl, es war schön, mit ihm Quatsch zu machen. Oft hat sie ihn herumgekriegt, mit ihr Tauschen zu spielen. Sie saßen am Boden in seinem Zimmer, als Sichtschutz zwischen ihnen die kleine Truhe.

Sie sortierten ihren Kram, geheimnistuerisch, mit Überraschungen war trotzdem kaum zu rechnen. Sigrid wählte bedenklich, hielt ein Steckschachspiel hoch und rief dem Bruder zu: Eins-A-Steckschach, ideal auf Reisen! Die fehlenden drei Bauern sind durch handgeschnitzte Streichhölzer ersetzt! Bernds verächtliche Grimasse. Sein Gegenangebot: Der rote Luftballon, mit dem kam er immer gleich anfangs. Beide wussten, er hatte ein winziges Loch. Prima Wasserschleuder, sagte Bernd lässig, bestens bewährt. Sie tauschten, schüttelten sich gemessen die Hände über der Truhe. Der Flummi namens Blum, so hieß im Hallenbad der Bademeister, wechselte jedes Mal den Besitzer, auch ein schartiges Geodreieck. Wie üblich lehnte Bernd die einbeinige Barbie ab, die vom Vater den Namen Frau Ahab bekommen hatte. Greifen Sie zu! Ramsch, Plunder, Trödel, Krimskrams. Die Clous sparten sie sich fürs Ende auf. Bernd hob behutsam ein blaues Auto ohne Vorderräder auf seiner Handfläche hoch und sagte gedämpft: Onkelchen. Das dienstälteste unserer Rennfahrzeuge. Die Leute überschlugen sich, wenn er den Salto mortale schaffte. Jede Lackschramme steht für ein überlebtes Abenteuer. Von diesem Wagen trenn ich mich so schwer, als wär's von meinem eignen Sohn. Sigrids Gegenangebot war angemessen. Sie hielt eine Tonpfeife hoch und versprach: Wer aus ihr raucht, der sieht bald weiße Mäuse! Sie platzten los und fielen übereinander her, das strenge Ritual des Tauschens endete immer in einem Ringkampf.

Wenn Sigrid tagsüber von der einen Praxis zum nächsten Krankenhaus saust, fällt ihr das Spiel oft ein. Schauspielerin hätte sie werden sollen, anstatt mit dem Musterkoffer von einem Termin zum anderen zu hetzen und dann geschniegelt und verschwitzt in Praxisräumen zu sitzen, ignoriert von MTAs, bis ein Herr Doktor oder Apotheker bitten lässt. Bei all dem demütigenden Warten macht sie gute

Miene, ehe sich die Gelegenheit bietet, ihre Probepackungen loszuwerden. Die abschätzigen Augen der Angestellten sagen ihr fahrendes Volk, sagen Vertreter. Sigrid ist aber Künstlerin! Jedenfalls vor dem inneren Auge. Da hebt sie dramatisch ein Fläschchen hoch. Wer diesen Trank einnimmt, wird niemals Schlafprobleme haben, kann zugleich der Grippe vorbeugen, und mit den Hühneraugen ist es auch vorbei. Mit solchen Fantasien heitert sie sich auf, wenn wieder ein Gesprächstermin sich verschiebt, und sie muss doch weiter, zum nächsten Kunden. Sigrid erträgt die ewige Eile beim Unterwegssein, das stressverstärkende Warten, den Druck der Firmen, Abschlüsse zu liefern. Sie ist eine gute Vertreterin, vertrauenswürdig und solide, überzeugend, ohne die Kunden zu überrollen. Aber zwischen Schnelsen und Volksdorf, Harburg und Nienstedten sind ihre Termine ohne Tempoüberschreitung nicht zu schaffen. Seit Wochen zittert sie jeden Tag, ob Behördenpost kommt. Sie scheut den Weg zum Briefkasten. Ohne Führerschein ist sie aufgeschmissen, und sie hatte schon einmal ein teures Verfahren, musste bauchpinseln und bitten, um mit einer saftigen Geldstrafe leidlich davonzukommen. Tempo hundertdreißig und Handy am Ohr, aber es geht nicht anders. Bernds Bemerkungen gegen die mobile Gesellschaft und gegen ihr Auto sind fehl am Platz. Das Parken hier in Horn in seiner Straße ist unmöglich, so was darf man doch sagen. Schön für ihn, wenn er kaum ökologische Fußspuren hinterlässt, sie könnte ohne Auto ihren Job nicht machen. Und ohne Job würde Friederike jetzt nicht studieren. Bernd hat auch selbst etwas von seiner motorisierten Schwester. Neulich ihr Angebot, seine alten Pluten zum Recyclinghof zu fahren. Dann war sie ein Wochenende bei ihrer Tochter in Bremen, auch um ihn nicht ständig zu stören, und er hat prompt die Sachen allein weggeschafft. Sie hätte ihm gern geholfen.

Ein lachender Junge, der sich in einen wortkargen Eremiten verwandelt. Gerade mal sechzehn war er, als er das Fisch- und Fleischessen verweigerte zu Mutters Freude. Sein kahler Kühlschrank neulich, als sie bei ihm einzog. Als wäre er wieder der picklige Jüngling von vierundzwanzig, der seine Schwester zu einem Treffen bei Tchibo bestellte. Da sagte er ihr, er würde das Biostudium schmeißen. Er tauge nicht dazu, in Laboren Mikroben zu zählen, er werde lostrampen der Nase nach, bis Indien. Er griff sich alle Milchdöschen und Zuckertütchen, die auf den Tischen lagen, rührte deren Inhalt in seiner Tasse zu Brei. Den löffelte er und sagte auf ihren Blick: Er wolle sich an ein einfaches Dasein gewöhnen. Bei Zeus, das hat er getan. Neulich in seinem Kühlschrank Quark, Schwarzbrot, Gemüse. Kein Käse. Sie dachte erst, es liege an dem miesen Einkommen bei der Gesundheitshilfe. Was er bestritten hat. Warum kauft er dann Dreck bei Lidl? Er weiß doch, wie die Kette mit den Angestellten umspringt, was sagt sein Gewissen dazu. Wenn Lidl sein muss, könnte er die Bio-Möhren nehmen. Besser wäre es, er ginge auf den Markt. Man hat auch eine Verpflichtung sich selbst gegenüber, nicht nur gegenüber der leidenden Tierwelt. Sigrid selbst isst niemals Industrieviehzeug, höchstens glückliche Hühner und Kälber. Ihr erster Akt bei Bernd: den Kühlschrank ihres Bruders vollzupacken. In seinem Sinne, selbstverständlich, sie kann ein paar Wochen auf Fleisch verzichten. Sie kocht Risotto, Kartoffelauflauf, was er will.

Sigrid seufzt in der dunklen Küche. Eine Buche im Hinterhof nimmt das Licht weg. Bäume absägen, Schnittblumen kaufen, alles verboten. Man isst rein nichts, was Augen hat und einen ansieht. Man fährt auch keine umweltmörderische Karre. Hat ihr Bruder das Rennauto Onkelchen ganz vergessen? Wenn sie erst wieder in den eigenen vier Wänden ist, wird sie sich drei Pfannen Schnitzel braten.

Das Schwein kann Augen machen, wie es will. Prinzipien sind wichtig, Lockerlassen auch. Heute hat sie dem Bruder wieder Kuchen mitgebracht.

Mit einem Danke muss man bei Bernd nicht rechnen. Sigrid will nur, dass Ausgewogenheit herrscht zwischen Geben und Nehmen. Tonpfeife gegen Rennauto. Sein strenger Blick, als sie ihm vorschlug, seinen Führerschein sperren zu lassen. Nur als Möglichkeit gedacht. Vielleicht nicht als wirklicher Ausweg. Doch damit hat sie bereits ein Gedanken- und Wörterverbrechen begangen, wie bei Orwell. Dabei fährt sie mittlerweile meistens wie das reinste Osterlamm.

Sie kocht sich einen Cappuccino. Zum Glück hat sie daran gedacht, wenigstens ihre Maschine mitzubringen. Bernd hat bloß einen altmodischen Kaffeebrüher. Der Cappuccino ist ein Trick, denn zum Kaffee gehört eine Zeitung. Die liegt im Briefkasten, der ist eine tickende Bombe. Sie zwingt sich runter ins Treppenhaus. Wieder ist sie zwölf Jahre alt und zittert vor dem Lehrer, der sich Zeit lässt, während er die Namensliste seiner Schüler durchgeht, um ein paar von ihnen abzufragen. Wieder stellt der Lehrer fest, ihr könnt noch stiller sein als still. Nicht mein Wille geschehe, sondern deiner, sagte Jesus in Gethsemane zu Gott, vergeblich. Aber man kann auch Glück haben. Wer sich freiwillig unterwirft, dem ist das Schicksal vielleicht gnädig. Oder durchschaut es die Taktik? Die Letzten werden die Ersten sein, also stellt man sich ganz bescheiden hinten an, um vorn groß rauszukommen. Haarspaltereien, warum mussten unsere Eltern strenggläubige Christen sein. Sigrid sagt, nicht mein Wille geschehe, und öffnet den Briefkasten ihres Bruders. Pizza-Werbung und die Zeitung, sonst nichts. Jetzt kann sie ausatmen. Jetzt fängt der Feierabend an, es gibt was zu feiern, ein Nichts, das nennt sich keine Behördenpost. Sie macht es sich mit dem Cappuccino bequem am Tisch und liest sich durch die TAZ. Auch die Zeitung ist ein Plus, das sie in Bernds Wohnung gebracht hat. Wie kommt er ohne aus? Die Reportagen der Gabriele Goettle, präzise und nüchtern, scheinbar emotionsfrei, aber man selbst entwickelt Gefühle.

Letztlich geht es immer um Gefühle. Einfühlung und Empathie. Auch bei den Obdachlosen, um die sie sich kümmert, dreht es sich nicht nur ums Kaffee-Ausschenken, das können die selbst. Wichtiger ist es, sich auszutauschen von Gleich zu Gleich. I-i-ich ich heiße F-f-Fritz. Und ich bin Sigrid. Mit den Pennern lässt sich nicht mal locker über das Wetter reden, weil einer wie Fritz ein besonderes Lied davon singen kann. Hoffentlich hat er sich nicht verguckt. Und wenn? Dann muss er auch bei Regen weiter draußen vor sich hinsingen. Einzige Möglichkeit für ihn, dass er einmal nicht stottert.

Wie schnell es geht, auf der Straße zu landen. Auch Frauen kann es passieren. Bernd muss verstehen, dass sie seine Hilfe braucht. Sigrid hat alle Namen in ihrem Adressbuch gecheckt, es blieb nur seiner. Wenn die Behörde ihr den Führerschein wegnimmt, kann sie Hartz 4 anmelden. Er reitet auf seinen Prinzipien rum, auf Kleppern, die kurz vor dem Abdecker stehen. Als hätte er als Kind niemals geschrien vor Begeisterung, wenn Onkelchen seine Kurven kratzte. Geschwindigkeit ist ein Menschheitstraum, und bei ihr selbst kommt der Druck von außen dazu. Bernd müsste nur sagen, er hätte ihr Auto am fraglichen Tag gefahren, er gäbe den Führerschein ab für ein Vierteljahr, fertig. Die Lösung wäre narrensicher. Wenn sie überhaupt geblitzt wurde. Auf dem Foto wird man kaum etwas erkennen. Bernd braucht den Ausweis ohnehin nicht. Kann er überhaupt noch fahren? Sein sternkaltes Gesicht, als sie den Vorschlag machte. Sie wollte ihn neulich nur auf den Super-GAU vorbereiten, der vielleicht ausbleibt. Aber wenn er eintritt, wenn. Seit Wochen ist Sigrids Kopf eine Falle. Sie wacht morgens auf, und da sind die Stäbe, sie will nachts schlafen, immer noch ist sie umstellt.

Sie wagt nicht mehr, das Thema anzuschneiden. Sie hat ein Gedankenverbrechen begangen, ein Wörterverbrechen, für das der Bruder sie mit Verachtung straft. Sigrid versucht, Bernd seine Wünsche von den Augen abzulesen. Bitte. Steckschach gegen Geodreieck. Noch nie hat er sie abgewiesen. Das kann er nicht, das darf er nicht. Er darf sie auch nicht verachten.

Mir geschehe nach seinem Willen. Was für ein widerlicher Satz. In einer Diktatur wäre sie korrumpierbar, das ist ihr inzwischen klar geworden. Hemmungslos würde sie nicht nur den Bruder, sondern auch alle Behördenmenschen bestechen und schmieren, nur damit man sie in Ruhe ließe. Wie weit sie gehen würde? Keine Ahnung. Besser nicht darüber nachdenken, man verliert den letzten Rest Würde. An ihrer Würde hängt sie aber. Und deshalb faltet sie die Zeitung und fängt an, die Küche des Bruders aufzuräumen, zu saugen, sie wischt auch den Flur. Dann setzt sie sich an die Steuererklärung. In ihrem Leben muss sie irgendetwas richtig machen.

Fischers Fritz

Fahrenkrug, Bad Segeberg. Im Zug zurück nach Hamburg. Draußen Windräder und gelbe Rapsfelder und manchmal Kühe, über einen Feldweg läuft ein Mann, sein Hund tollt um ihn. Weiden, eingezäunt von krüppeligen Pflöcken. Sie stehen still und fahren doch an mir vorbei. Am Bahndamm blühen die Lupinen. Ein Mäusebussard kreist im Aufwind. Alles großes Kino. Vierzehn Euro neunzig, teures Kino. Der Schaffner benimmt sich wie bei den anderen auch. Danke, bitte, gute Fahrt.

Fahrenkrug, Kreis Segeberg. Der Ort hat früher einmal einen Preis gemacht bei *Unser Dorf soll schöner werden*. Wer abbrennt in so einem Kaff, bleibt nicht mehr lange unter den bösen Augen von Tante Rose und Nachbars Lumpi, der landet in Hamburg oder Berlin. Fahrenkrug, Kreis Segeberg, der reetgedeckte Kindergarten für die jüngsten Bürger unseres Ortes. So heißt das in der Werbesprache. Jedes Nest versucht, junge Familien an sich zu ziehen. Der geharkte öffentliche Spielplatz mit Rutsche und Schaukel, obwohl die meisten Häuser Gärten haben. Ein Mann, der ohne Kind auf einem Spielplatz sitzt, wirkt überall verdächtig. Ich würde nie in Fahrenkrug auf einer öffentlichen Bank sitzen. Die Tageskarte gilt für den gesamten HVV-Bereich, man könnte ganz legal weiterfahren bis Buxtehude, weiter nach Himmelpforten. Einmal Himmelpforten bis nach Höllental. Mit leichtem Gepäck. Der kleine Rucksack ist so gut wie neu. Jack Wolfskin, ganz was Feines, das haben jetzt alle. Ich könnte auch nach Büchen juckeln, früher letzte Station vor der Zonengrenze. Tagelang und wochenlang die Überlegung, wo verbringt man seine Ferien. Ich fahr lieber zu mir nach Haus nach Hamburg. Jeder Mensch hat einen Heimweg.

Die Namen der Stationen, Kupfermühle, Bargteheide, Gartenholz. Das klingt alles nach Ferien und nach Vergangenheit, nach Kindheit aus Filmen. Station Hasselbrook, ich bin zu müde, um hier umzusteigen und weiterzufahren, könnte im Barmbeker Stadtpark romantische Baumwipfel rauschen hören, dann weiter zum Airport, Reisende gucken. Zugvögel. Ich habe fünfzehn Euro auf den Kopf gehauen und möchte nichts wie nach Haus. Den Alten geht's wie immer, im Rucksack drei Stücke von Mutters Kuchen. Zweimal im Jahr bei ihnen aufkreuzen in Fahrenkrug, halbjährlich Telefon, das reicht. Jeder geht seinen Weg. Nach dreizehn Jahren Sendepause wagen die beiden Alten es nicht mehr, groß nachzufragen. Glotze läuft, man schielt danach und bläst in einen Kaffee, alles klar. Mutter hat mich fast sofort erkannt, als ich unangemeldet in der Haustür stand. Wuselt gleich in die Küche, schickt mich zu Vater, in die gute Stube, so sagt sie noch immer.

Hier draußen Baumärkte und Hochhäuser, wer will in Hasselbrook wohnen. Ob die Adresse stimmt, wollten die Alten wissen, und ob ich Mutters Weihnachtspost neulich bekommen habe. Logisch. Nach einem Telefonanschluss hat sie natürlich auch gefragt, den gibt's nicht, es gibt auch kein Handy. Aus die Maus, und Mutter hat nur noch gesagt, das größte Glück ist die Gesundheit. Damit war man beim Rheuma vom Alten, beim Wetter und konnte so weiterplätschern. Am Ende muss Mutter natürlich doch ein paar Tränen verdrücken. Weil eine Mutter ihrem Kind ins Herz sieht. Immer noch ein guter Kerl, ihr Fritzchen. Was will sie damit sagen. Wer aus der Reihe fällt, ist automatisch ein Verbrecher?

Sie hat ein paar Kartoffeln mehr geschält, die Soße gestreckt, Fleisch gab's genug, in ihren Soßen könnte man versinken. Familie hält zusammen, sagte sie, egal, was passiert. Wieder eine Pause, bevor der Alte vom Fußball anfing. Bei den Migranten kommt das hin mit den Familien, die Clans und Communities funktionieren. Schwarze Schafe werden aufgefangen. Aber es gibt auch Osteuropäer, die wollen nicht in der Heimat schmachten, die zieht's in den Luxus hierhin. Deutsche Frauen fallen auch nicht schnell ins Bodenlose, kein Schimmer, woran das liegt. Bessere Kontakte. Nicht so hohe Rösser, die sie reiten. Da tut sich dann für Frauen doch immer noch eine Tür auf, wird ein Tischlein gedeckt und ein Bettchen bereitet. Ein männlicher versackter Deutscher holt sich, wenn er Glück hat, einmal monatlich bei einem früheren Kollegen seine Post ab. Seit Mutters Weihnachtskarte kam nichts mehr, woher denn auch. Keine Rechnungen für Möbel, Telefon und Strom. Ich komm zurecht, auch ohne Staatsknete. Fühl mich damit nicht wohl. Wer liegt der Gesellschaft wohl mehr auf der Tasche, die Beamten mit ihren Bezügen, die lebensgefährlich bedrohten Banken oder solche wie wir.

Dein Weltbild ist bisschen einfach gestrickt, hat neulich der zeitungsversessene Lehrer gesagt, der immer gleich dreimal die *Hinz & Kunzt* abnimmt, der gerne plauscht, das gibt ihm ein gutes Feeling. Besser einfach gestrickt als paar Schrauben locker und ohne den Durchblick. Man muss bei allem die Interessenfrage stellen. Hier am Hauptbahnhof zum Beispiel. Die Musik am Ausgang ist nicht für die Reisenden gedacht, dass die auf Wolken gehen. Mozarts Mucke killt den Punks und Drogies den letzten Nerv, darum geht's, jetzt halten sie woanders ihre Kaffeekränzchen. Hamburger wissen das, nur das Volk aus Fahrenkrug oder Frankfurt staunt.

Noch reichlich Zeit, bis der Caritas-Stützpunkt aufmacht. Was tun, sprach Lenin, oder war es Zeus? Jeden Nachmittag um diese Zeit das höchstpersönliche Tief, dem ist auch mit Kaffee nicht beizukommen, den es oft kostenlos gibt. Die beiden Bierflaschen drüben sind mir egal, die kann ein anderer zu Gold machen. Heute sind den ganzen Tag nur Ferien. Vor Karstadt in der Möncke winkt ein Kollege mit der Hinze-Kunze zu mir rüber. Der würde ganz gern einen Schnack halten. Demnächst mal wieder. Runter zum Rathausmarkt. Neben dem Heine-Denkmal sitzen auf dem großen Bank-Quadrat in kleinem Abstand zum Touristenvolk schon zwei Spezialisten beim Bier, den einen kenn ich. So gut man sich eben kennt, wenn man mal Platte gemacht hat nebeneinander. Lass dich nieder, Fritz, nimm deinen Rucksack ab und leg ihn neben dich und blinzel in die Sonne. Was hat der Zausel mit dem tätowierten Youngster da zu reden? Höchstens zwanzig Jahre. Auch ein Unbehauster, man hat einen Blick dafür. Den Youngster hab ich hier noch nie gesehen. Mittlerweile denkt man manchmal, so einer soll arbeiten gehen. Nur weil man selbst geschuftet hat und als wüsste man nicht, es gibt zu viele Überflüssige. Wahrscheinlich steckt die Angst vor Konkurrenz in solchen Gedanken, Konkurrenz um leere Flaschen.

Die Mutti mit dem Kinderwagen sieht so aus, als wollte sie sich setzen. Höflich, wie man ist, legt man den Rucksack auf den Boden, siehe da, sie setzt sich neben mich. Hat mich nicht erkannt als einen Unberührbaren. Ich könnte ein Tourist von sonst wo sein. Rasiert. Passabler kurzer Haarschnitt. Einmal täglich sonst wo duschen, was längst nicht alle Behausten tun. Anständige Jacke, saubere Hose. Ganz wichtig: die Hände. Das A und O sind die Hände. Auch wenn es aus früheren Zeiten noch arbeitsgewohnte Pranken sind, auch wenn sie so wie das Gesicht vom Aufenthalt in Wind und Wetter sprechen, die Hände müssen sauber sein. Einfetten einmal täglich. Zukunft gibt es nicht, doch Trauerränder an den Fingernägeln zeigen an, die Würde ist futsch. Spinn dich aus, Fritz Fischer. Wenn dein Schlafsack wieder mal durch ist vor Nässe, wenn die Bronchitits wütet zwischen Oktober und Mai, dann hältst du dein Nickerchen im Finanzamtlokus oder über einer Zeitung in der guten alten Bücherei. Mir geht es danke. Ich bin sogar schon angebettelt worden. Meine Schuhe sehen aus wie neu, wenn auch nicht gerade der letzte Schrei, verglichen mit den anderen, die hier am Rathausmarkt vorübergehen. Opa-Gesundheitsschuhe in freundlichem Beige, das Oma lieber sah an ihrem Männe als trübe korrektes Schwarz. Männe trug bestimmt auch eierschalfarbene Windjacken, weil Oma das so mochte. In meinem Alter Opaschuhe, dünnes Leder, das höchstens drei Wochen aushält, die Kleiderkammer hat neulich versagt. Bequem sind diese Treter schon. Kaum abgelaufen. Wer hat sie wohl vorher getragen? Tag und Nacht will man so Dinger aber auch nicht an den Füßen haben. Die Kinderwagenmutti neben mir schiebt ihre Karre auf und ab, telefoniert und lässt die Zehen aus den Flipflops winken. Rundum begehrliche Blicke auf ihre Füße. Wenn ich jetzt meine Treter auszöge. Auch wenn die Füße gewaschen sind. Die Jugend darf machen, was Alte nicht dürfen und Penner erst recht nicht. Mensch ist eben nicht gleich Mensch, alles Interessenfragen. Keine Lust, zu Kreuz zu kriechen. Da lässt man sich da und dort nicht mehr sehen, und die Behausten stellen selten Fragen. Bald kann man nicht mehr mitpalavern bei den Zukunftsplänen, die sie alle haben. Vater will seine Blumenbeete planieren, Rasen macht weniger Arbeit. Mutter fiebert der silbernen Hochzeit von irgendeiner Cousine entgegen. Was sie denn sagen soll, wenn sie gefragt wird? Alles paletti bei Fritz, der macht seinen Kram. Immer unterwegs, hat immer zu tun.

Hab ich wenig zu bedenken oder viel? Unsereins lebt heute, lauter Seelen in der reinen Gegenwart. Die lästigen Bedürfnisse und Leiden der sterblichen Hülle, Harndrang, Frieren, Raucherhusten, Ekzeme und dicke Füße. Paar Angelegenheiten laufen wie am Schnürchen. Waschen und Wäschewechsel, das große Gepäck, die Flaschensammelei und der Verkauf der Zeitungen. Ich quatsche selten Leute an, das bringt nur Sprüche wegen dem Stottern. Mutter konnte bei der Taufe noch nicht wissen, was für ein Witz es würde mit Fischers Fritz, in der Schule später. Namen können schiefgehen. Aber man muss sich zwingen zu sprechen. Sonst verdorrt die Zunge. Na, ju-ju-junge F-F-Frau? Auch ei-ei-eine Hi-hi-Hinz und Ku-ku-Kunzt? Die Mitleidsschiene ist nicht mein Ding. King George hat auch gestottert, toller Film war das. Die Behausten werden nie begreifen, dass unsereins auch mal mitreden kann. Der Lehrer ist immer wieder geplättet. Dem könnte ich einen Vortrag halten über Interessen. Der eine gönnt sich mehr Alk, der Nächste muss lange Finger machen für teure Drogen, und einer wie ich steht auf Kino, Bahnfahren oder mal Essen beim Griechen. Dann häng ich eben länger vor der Petrikirche rum und halte unsere Zeitung hoch. King Bertie hatte nicht nur den weisen Lehrer gegen das Stottern, sondern auch eine liebende Frau. Wenn Fritz sich verliebt, sind es meist Alkifrauen. Doch. Es gibt romantische Nächte. Kommt immer auf die Begleitung an. Aufs Wetter und auf gute Schlafplätze. Nicht zu abgelegen und doch für sich. Außenalster kannst du vergessen, obwohl die Teichhühner nachts schön platschen. Fischers kleine Nachtmusik. Aber von Ruhesanft keine Rede mehr, wenn die bessergestellten Söhnchen aus Pöseldorf im Rudel aggressiv werden. Oder die arbeitslosen Prolls in Hamm, da kannst du nur ganz schnelle Beine machen. Schlafen in Frieden jwd, wo man nicht ganz leicht hinkommt. Oder im Schutz der bürgernahen Polizei, die manchmal freundlich ist von Mensch zu Mensch. Auch Cops haben Interessen, so wie auch die Kaufleute. Ohne uns wären sie aufgeschmissen! Wir passen auf, dass nachts keiner einbricht bei Saturn oder auch bei den Weihnachtsbudenbetreibern. Wir sind für das Innenstadtgeschehen unentbehrlich! Wer setzt so einen

Schwachsinn in die Welt. Es wachsen Narren unbegossen, lasst mich bloß nach Haus.

In ein, zwei Stunden hol ich das große Gepäck vom Caritas-Stützpunkt, nur der kleine Sprung rüber bis Klosterwall. Noch so ein schönes Beispiel für Interessen. Warum ist die Caritas so nett, den Kruscht von Unbehausten tagsüber zu horten? Warum denn nicht, wenn ein Ehrenamtlicher die Arme für uns offenhält und die Miete durch Spenden reinkommt. Wer zahlt? Natürlich die Geschäfte in der Innenstadt. Die haben nichts gegen Obdachlose. Nur etwas gegen die vermüllten Einkaufswagen mit unserer erbärmlichen Habe. Der Anblick schreckt Kunden vom Konsumieren ab. Also finanzieren die Läden den Stützpunkt, und mein Interesse ist es, unbelastet dahinzuwandeln, nur mit dem kleinen Rucksack. Dabei bin ich kein Messie. Immer die Spreu vom Weizen trennen, das sagt die Heilsarmee auch. Was bleibt, wiegt schwer. Von Jahr zu Jahr. Schlafsack, Isomatte, Regenzeug. Taschenlampe. Die prallvolle Tüte mit Waschkram und Medikamenten. Paracetamol und Aspirin, für üble Stunden das kostbare Novalgin. Ein bis zwei wechselnde Bücher oder Zeitschriften, eine Kerze für die romantischen Nächte. Kartenspiel und Notproviant. Unterwäsche, feste Wechselschuhe. Schal und Handschuhe, Pullover, Mütze für die kalten Nächte selbst jetzt noch im Sommer. Kleinstradio und Batterien, Papierkram und ein paar Fotos aus besseren Tagen. Taschenmesser, Klopapier. Zwanzig Kilo hat man schnell beisammen. Was schaufelt man für einen Werktag in den kleinen Rucksack? Jeden Morgen muss das entschieden werden, ein Kunststück in Logistik. Sonntags, wenn in der Innenstadt die Läden dicht sind, bezahlen die Geschäfte nicht für den Stützpunkt. Sonntags sind Penner nicht ihr Interesse. Sonntags schleppt man seine ganzen Pluten durch die Gegend, oder man zahlt für ein teures Schließfach.

Drüben ein Kollege, schleicht der unsichtbaren Route nach, die kein Passant sonst kennt, von Mülleimer zu Mülleimer. Die Kinderwagenmutti zieht auf ihren Flipflops weiter. Bänke ohne Rücklehne, ein Blödsinn. Und meine Schuhe hier sind wirklich Opaschuhe. Derartig neu, vermutlich von einem Toten. Auch hier gilt die Interessenfrage. Männe stirbt, und die verwirrte Witwe schenkt ihrem gefassten Sohnemann paar Schlipse und Pullunder, die der Alte nie getragen hat. Dann verstreut sie seine restlichen Gewänder an soziale Einrichtungen aller Art. A) Hat sie davon paar gute Gefühle. B) Fürchtet sie Motten im Kleiderschrank.

Sieh einer an, ich muss ja wirklich fein in Schale sein, da kommt die nächste müde Maus und guckt und geht nicht weiter, setzt sich neben mich. Fummelt an ihrem Handy, was suchen die alle immer, die sind doch hier. Jetzt steckt sie sich ein Zigarillo an, das ist wieder sympathisch, gerade weil es sich für Frauen nicht gehört. Wenn sie mir eine anbietet, fall ich vom Glauben ab. Die ist aber ganz vergattert in eigenen Sorgen, raucht nicht in Ruhe. Was stiert die auf meine Schuhe. Ich habe schon mal zu einem Paar Stiefeln gesagt, na Jungs, jetzt kommt ihr noch mal auf die Piste. Schuhe oder Schlafsack halten lange bei den Behausten, die benutzen ihre Sachen kaum. Die Stiefel haben anfangs die Nasen gerümpft, wir sind erst allmählich ins Plaudern gekommen. Sonst reden höchstens die Professionellen und die Ehrenamtlichen mit einem, die sind aber abends froh, ihre Klienten vom Hals zu haben. Sigrid heißt die Lange mit den Storchenbeinen, bei der müsste ich mich auf die Zehen stellen, um nur mal die Nasen gegenseitig zu reiben. Alles Eskimos oder was. Gestern hat sie sich bei mir ausgeheult. Wochenlange Angst vor Führerscheinentzug, da hätte sie mal früher etwas sagen sollen. Mädchen! Wenn die fragliche Tour schon so lange her ist, dann hat dich keiner geblitzt. Nun mach dir nicht ins Hemd! Fast hätte sie sich runtergebeugt zu mir, für einen Kuss. Fritz hat anscheinend einen Stein im Brett bei Frauen.

Die Zigarillofrau hier neben mir steht leider wortlos auf, ihr Bein zieht sie ein bisschen nach. Das würde passen, Stotterer und Hinkebein. Wir hätten paar Takte reden können. Was soll ich mit andern Pennern, außer notwendige Infos tauschen. Viele Kumpels meiden ihresgleichen, man zieht sich nur gegenseitig noch tiefer runter. Wieder einer vollgepisst oder verdroschen. Oder, meist, so stumpf geworden in nur einem Jahr auf freier Wildbahn, dass der Horizont noch gerade reicht zum nächsten Schuss, zur nächsten Mahlzeit. Wenig Gelegenheit zum Reden. Manchmal in der Bücherhalle mit den freundlichen Angestellten paar Wörter. Oder in Parks ein kleiner Schlagabtausch zu Politik und Fußball. Natürlich kann ich mitreden. Fast jeden Tag zwei Stunden in der Bücherei oder auch mehr, sie kennen einen. Mal ein Krimi, mal nur Trockenheit und Wärme. Immer Abendblatt und MOPO. Was nützt es aber, auf dem Laufenden zu sein, wenn man Hemmungen hat wegen dem Stottern. Hart genug, die Zeitung anzubieten. Ich quatsche keinen zufälligen Nachbarn auf der Bank bei Planten un Blomen an. Wenn einer von sich aus loslegt, gut. Aber spätestens, wenn er auf seinen Chef kommt, wird's heikel. Man kramt in den Erinnerungen, lügt was zusammen. Selbst bei Hartz Vierern darf man keinesfalls die Obdachlosigkeit erwähnen, da kann man sich gleich ein Schild umhängen, Lepra. Man liest die Hirnverrenkungen der Behausten, so ein Typ ohne Hütte klaut oder reitet auf Turkey, oder er weint dir was vor. Noch schlimmer, wenn einer neugierig ist und es gut meint. Sind wir im Zoo oder was.

Die Dichter und die Heilsarmee-Soldaten tönen gern von Einsamkeit und was sie aus den Menschen macht. Kein Skatturnier bei Hinz und Kunzt, kein kluges Kopfkonstrukt hebt einen auf. Leben in der reinen Gegenwart, Warten auf nichts. Man reißt seine Zeit ab, geduldig, zwangsläufig. Bis man umfällt. Bis auf dem Friedhof Öjendorf am Pennerbaum ein neues Namensschildchen hängt. Fi-hi-hischers Fritz. Was soll ich einstweilen sagen? Wem?

Bald geht's nach Hause. Home, sweet home, in meinen Schlafsack kommt keiner rein.

Nun rauch noch eine, Fritz. Und sieh dir diesen funkelndschwarzen BMW mit Diplomaten-Zeichen an, parkt direkt neben den hohen schmiedeeisernen Toren vom Rathaus. Der Reiseführer drüben ist eingekeilt von Touristen. Fahrradrikschas kurven, und ein Pummeljunge schiebt den eigenen Kinderwagen. Auf ihrem Sockel eine der von Kopf bis Fuß versilberten Gestalten, bewegt sich zur Musik aus ihrem Ghettobluster, bietet Äpfel an, ein alter Hut. Aber die Leute machen Fotos. Sonniger Tag bringt gutes Geschäft. Paar Schritte weiter dieser alte Schnauzbart mit dem Klangbrettchen. Der klimpert auf der Holzleiter mit X die leichten hellen Töne. Zwei Bullen im lockeren Sheriff-Gang und bei den Souvenirbuden das Drängen um Ständer mit Schals. Die Behausten und die Unbehausten gehen ihrer Wege, Tauben tucken. Ratten der Lüfte, das lass sie besser nicht hören. Korrekt müssten sie Kühe der Lüfte heißen, wo sie die Brut füttern mit Milchbrei aus Rotz und Gras. Viele mit Knorpelfüßen, kranken Augen und verwüstetem Gefieder. Auch die vertreiben sich die Zeit auf ihre Weise. Aufgerissene Wolkendecke, die Sonne weiß nicht, wen sie bescheint.

So ist das

Ein arbeitsfreier Nachmittag, das heißt, notwendige Erledigungen. Christa nimmt die Bahn von Wandsbek in die Innenstadt. Ihr Augenarzt hat seine Praxis an den Jungfernstieg verlegt, ein Besuch bei ihm war längst fällig. Trotz des Termins hat sie fast eine Stunde warten müssen. Statt des Arztes war eine Vertretung da, die sagte, als sie Tropfen gab, nun zucken Sie nicht so. Dann Zahlen lesen und Fliegendreck deuten. Die Vertretung schüttelte den Kopf, als wäre die Patientin eine schlechte Schülerin. Christa geht weiter zu einer Boutique in der Nähe der Alsterarkaden, empfohlen von der Nachbarin. Kleider aus schwedischer Bullerbü-Welt für gesetzte Grüne, nichts für Christa, das sieht sie schnell. Aber sie gibt sich Mühe, braucht für die Hochzeit einer Kollegin was Neues. Die anderen Kundinnen sehen so aus, als wären sie hier richtig. Christa greift nach einer sonnengelben Bluse und einem maisfarbenen Rock. Vielleicht haben die andern Frauen hier auch alle Zweifel. Sie steht vor einer Kabine an. Warum probiert sie Gelb, wenn sie doch weiß, es steht ihr nicht. Im Spiegel wirkt ihr Körper grau. Christa sieht sich ins Gesicht, das passt zum Rest. Ist blass und ausdruckslos, ist auf dem i der Tupfen.

Sie verlässt den Laden ohne Ergebnis. Vor dem Bucerius Kunst-Forum wird sie beinahe überrannt von einem hageren Langen in Tweed. Immerhin entschuldigt er sich höflich. Kavalier alter Schule, und der hatte tatsächlich noch einen Blutschwamm am Kinn. So was sieht man heute so selten wie Zahnlücken, Skoliosen und Hüftluxationen.

Christas Hüftschmerzen werden seit Tagen nicht besser, sie setzt sich am Rathausmarkt beim Heine-Denkmal auf einen der freien Plätze. Neben ihr der Mann trägt Schuhe, die so aussehen, als hätte er sie aus dem Altenheim gestohlen. Einkaufen ist wohl wirklich nicht jedermanns Sache. Ein Zigarillo zum Trost, dann muss sie weiter. Bei Saturn wird sie in ihrem Drang, voranzukommen, abgebremst vom Schlendrian der anderen Kunden. Sie kauft im vierten Stock eine CD für Marie, die wieder mal in Portugal bei ihrer Freundin Lino ist. In einem Eselskaff in den Bergen am Ende der Welt, und ausgerechnet da schreibt sie von Hamburg. Das Geschenk für Marie muss nachher zur Post, der Umschlag ist vorbereitet. Heute war Christa zu spät auf dem Markt, der Fischkarren schon weg. Abends wird ihre Tochter Franziska aus München kommen, sie hat ihr vollmundig ein Meerestier zum Essen angekündigt. Und weil es in der Hafenstadt kaum Fischhöker gibt, die Ladenmieten können nur Ketten wie Rossmann zahlen, muss Christa jetzt weiter zu Karstadt, zur Lebensmittelabteilung ins Untergeschoss. In den Auslagen Forellen, Seelachs, Krabben, Austern, Hummer. Sie nimmt den billigsten Pangasius aus irgendeinem asiatischen Gewässer, wahrscheinlich ist er direkt vor der Küste bei Fukushima geschwommen. Es ist ihr schnurz, aber sie denkt an Strahlen. Jetzt zur Post in den Hauptbahnhof, zum Ausgang Schauspielhaus. Die Post ist umgezogen, liegt mittlerweile auf der Mönckebergseite des Bahnhofs, versteckt im ersten Stockwerk von Presse und Buch. Zurück durch die Wandelhalle. Fette Geruchsmischung aus der Gourmetstation. Das Blitzen von Lichtern, alles ruft nach Beachtung. Selbst der graue Boden kann zum Werbeträger werden. www.esprit.com. Zuverlässig meldet sich der Kopfschmerz. Christa steckt in einer Aura, gähnt in einem fort, die Augen flimmern. Alles ist zu schnell, zu laut. Das Gesicht scheint zu kribbeln.

Ein Hitzeschwall, als sie Bernds schlaksige Bewegungen erkennt und seinen Lederjackenrücken. Die linke Schulter etwas hochgezogen. Der alte Freund überragt die meisten, die hier gehen. Immer erkennt man andere zuerst an den Bewegungen. Trotz der schmerzenden Hüfte hinkt sie schneller, dann hält sie inne. Er hat den Kontakt zu ihr abgebrochen.

Sie hatten sich beim Trampen kennengelernt, im Winter 1979. Standen in Westberlin und kamen nicht fort, obwohl das sonst immer flutschte. Schneegraupel, Eisfüße, aber sie redeten sich in Wärme beim Warten. Endlich hielt ein Volvofahrer, er wollte Christa mitnehmen. Sie hatte sich ein Herz gefasst: Der Lange mit der dicken Trommel und dem großen Rucksack müsse mit. Der Fahrer stöhnte und stieg aus, um den Kofferraum aufzuschließen. Bernd und Christa auf der Rückbank, fröhlich zogen sie die Stiefel und die Parkas aus, die Schals und Handschuhe und Mützen. Das Auto roch schon bald nach Knoblauchbrot, Patschuli, nasser Wolle.

Christa wird von zwei jungen Mädchen zur Seite gedrängt, beide geschminkt, die Sonnenbrillen in den Haaren. Highheels, Netzstrümpfe und schwarze Minilederröcke. Jugenduniform von jetzt. Wie sehr sich die Leute gleichen, so unterschiedlich sie sind, das fällt einem meist erst viel später auf. Christa hat Patschuli lang nicht mehr gerochen.

In ihrem Kopf der pochende Schmerz, natürlich hat sie die Tabletten gegen die Migräne nicht dabei. Wie an einer Schnur gezogen, geht sie Bernd nach. Was wäre, wenn sie ihn ansprechen würde? Spontane Umarmung, verlegene Floskeln, eisiges Nicken, ein Blick wie durch Glas? Sie hatten sich nie aus den Augen verloren, hatten die Brüche im Leben des anderen mehr oder weniger miterlebt. Als Stefan sich von Christa scheiden ließ, war Bernd ein guter Zuhörer. Sein komplizierter Beinbruch, sie kaufte für ihn ein und half ihm bei mühsamen Wegen. Ihre Witze über Humpelbein und Hinkehüfte, ein Trost. Sie gingen zusammen ins Kino, bekochten sich gegenseitig, berieten sich immer wieder in Liebessachen. Natürlich hatten sie erwogen, etwas miteinander anzufangen, fuhren aber beim ersten Kussversuch auseinander, es wäre wie ein Geschwisterinzest gewesen. Die Freundschaft hielt, als Christa ihre Märchenphase hatte und hinter jeder Kröte Familiendramen entdeckte. Die Freundschaft hielt Bernds Depressionen aus, die zuverlässig nach dem Ende einer seiner Liebesleidenschaften auftraten. In Krisenzeiten riefen sie sich manchmal tiefnachts an, oder einer stand vor des anderen Tür. Ihre Freundschaft war unbedingt.

Eine Gruppe Fußballfans verstellt Christas Weg, aber sie behält Bernd im Auge. Beim letzten Treffen, mehr als ein Jahr lang ist es her, hatten sie abends in seiner Küche gesessen. Sie sah ihn an und sorgte sich und fragte, was ist los. Seine neue Liebe wieder abgehauen. Bernd fragte, warum wollen Frauen immer Machos haben. Er könne das nicht: Rivalen mit der Keule niederschlagen und das Weibsbild an den Haaren in die eigene Höhle schleifen. Andersrum: Warum gerate er immer an Frauen, denen er nichts recht machen könne. Sie achteten ihn nicht, behandelten ihn wie ein lästiges Haustier. Er brauche Freundlichkeit und Respekt, versuche das selbst zu geben und werde verachtet. Bernd fragte sie, ob sie ein furchtbares Geheimnis wissen wolle. Dann ging er nur durch die winzige Küche. Fing schließlich an mit: auch egal. Dann sei er eben kein richtiger Mann. Wahrscheinlich sei er ein Küchenkanari im Käfig. Hocke klein auf seiner Stange. Wage das Aufsehn nicht. Er sei kein demütiger Zögling einer strengen Gouvernante. Niemals im realen Leben habe er eine Frau um Erziehung gebeten. Wer alle seine Fantasien verwirklichen wolle, sei kopfkrank. Bernd hievte diese Sätze Stück für Stück aus sich raus. Christa hatte versucht, das Gras wachsen zu hören. Bernd sagte, er hasse Gewalt in jeder Form. Kein Mensch wolle leibeigen sein in Wirklichkeit. An eine Freiheit in Fesseln glaube er nicht.

Christa war damals erleichtert, auch wenn sie nicht ganz sicher war, ihn richtig verstanden zu haben. Du bist also nicht krebskrank, hast keinen Freund verraten, keinen deiner Patienten vergiftet? Alles nein. Bernd sagte, seine Kopfgeburten seien schlimm genug. Er habe zu Professionellen gehen wollen, zu Psychologen oder zu Prostituierten. Beiden Berufen traue er nicht übern Weg. Dann sprach er übergangslos von den kranken Banken. Sie war irritiert, aber so kannte sie ihn, also nahm sie das hin, sie beide hatten ja Zeit. Vor seiner Wohnungstür der übliche Abschied. Bisschen Theater mit Püffen, große Umarmung. Er fragte sie noch, ob sie schweigen könne, auch das war vertrautes Theater. Also legte Christa eine Hand aufs Herz und fuhr sich mit der anderen über die Kehle: Hand aufs Herz und Tod dem Lügner. So kannten und mochten sie sich.

Dann rief Bernd nicht zurück, als sie ihm in den nächsten Wochen mehrfach auf seinen Anrufbeantworter sprach.

Dann seine E-Mail, aus der lange geplanten gemeinsamen Fahrt zum Konzert einer Lieblingsband in Berlin werde nichts.

Dann seine verschlossene Tür bei erleuchteten Fenstern, als sie, wieder wochenlang später, abends bei ihm klingelte.

Sie fühlte sich genarrt. Keine Antwort auf einen Brief. Sie kam sich wie ein Stalker vor, als sie zu einer öffentlichen Telefonsäule ging. Seine Stimme, sein Name. Sein Tonfall klang ausgeglichen wie sonst. Ob sie ihn verletzt habe? Wie sie denn darauf komme. Sie sei das Beste, was ihm untergekommen sei über viele Jahre. Er wolle sie nicht wiedersehen.

Das Ding hieß früher Telefonzelle. Die war aber schon lang nicht mehr ein schützender Kokon. Wind riss an den Kleidern, und der Regen fiel. Sie stand an der Säule mit dem magentafarbenen Telefonsymbol, sie hielt den klebrigen Hörer. Bernds klare Stimme. Bis zum letzten Treffen habe sie ihn achten können, einen Menschen mit normalen Macken. Warum er die Tür ins verbotene Zimmer geöffnet habe, begreife er nicht. Sein Fehler, sich vor ihr bloßzustellen. Selbst wenn sie künftig schweige wie das sprichwörtliche Grab, sei alles anders. Sie solle ihm nichts von Respekt unter Freunden erzählen. Wann immer sie ihn künftig sehe, werde sie Unaussprechliches von ihm denken müssen.

Christa hatte was sagen, fragen, einwenden wollen.

Er diskutiere nicht. Sollen die Freigeister sich verdreschen lassen, sollen die Masos stolz sein auf ihren Schmerz, sollen sie um die öffentliche Anerkennung ihrer Perversionen kämpfen. Er brauche keinen Zeugen seiner Träume. In Wirklichkeit habe er immer etwas völlig anderes gesucht als das in seiner Fantasie. Er könne niemanden achten, der einen derart verächtlichen Menschen wie ihn am Ende doch achten würde. Er wünsche nicht, in ihren Augen künftig seine Scham zu lesen.

Ein Polizeiauto raste mit Blaulicht und Sirenenlärm vorbei. Zuletzt Bernds Zischeln: das Ende einer wunderbaren Freundschaft. Danach hatte er aufgelegt.

Und jetzt steht er da, am Bahnhofsausgang Mönckebergstraße, vor einem Blumenladen wartend.

Christa hatte ihm noch mal geschrieben. Keine Antwort.

Sie hinkt zur Post im ersten Stock. Steht in der Schlange, liest eine SMS ihrer Tochter, ihr Zug habe zwanzig Minuten Verspätung. Keine Anrede, auch kein lg für liebe Grüße. Die klirrende Kälte von SMS, das ist nicht Franziskas Schuld, das muss am Medium liegen oder an Christa. Zu Hause ist der Tisch gedeckt, die Kartoffeln liegen geschält im Topf, der Salat ist geputzt, die Meerrettichsoße muss nur noch aufgewärmt werden. Christa gibt den Umschlag für Marie auf. Unten sieht sie, Bernd geht einer kleinen Frau entgegen.

Große Umarmung, ein inniger Kuss, dann schlendern die beiden Hand in Hand weg.

Franziska will nur zum Essen kommen, dann wird sie den Vater besuchen, dort übernachten. Das Verhältnis von Mutter und Tochter ist schlecht. Franziska macht ihr, nicht beiden Elternteilen, noch immer die Scheidung zum Vorwurf. Man sieht sich höchstens zwei Mal im Jahr. *Ach Gott, wenn nur mein Freund es wüsst, wie mir in Vigo so einsam ist.* Christa pflegt ihre paar Kontakte. Manchmal hatten sie und Bernd sich ausgemalt, wie sie als Alte miteinander telefonieren würden, wenn es zu schwierig wäre, mit dem Rollator von Stadtteil zu Stadtteil zu kommen. Sie müssten ins Telefon schreien, schwerhörig beide. Sie würden die Todesanzeigen im Abendblatt miteinander verhandeln. Es gibt kaum einen Menschen, der von Christa so viel weiß wie Bernd, auch von all ihrem Scheitern. Der Ehemann weg, die Tochter fremd. *Was wurde aus dem König Don Juan? Die Infanten von Aragon, was ward aus ihnen?* Man geht ein paar Jahre lang nebeneinanderher, dann verlaufen die Wege sich. Freundschaften enden nicht immer mit einem Streit, manche versickern. Einige Freunde und Angehörige sind gestorben. Die Namensliste derer, die man nichts mehr fragen kann, wird länger.

Christa geht runter zum Gleis vierzehn, ans Ende des Bahnsteigs, da steckt sie sich ein Zigarillo an, zur Stärkung. Sie schützt es mit der Hand gegen das Nieseln. Wie kalt es geworden ist. Marie hat mal gefragt, was ist mit Bernd. Weg, sagte Christa, keine Ahnung, warum. Marie fragte, spinnt der?

Christa hatte abgelenkt. Kein Zorn, keine Rachegelüste, nur Resignation. Man kann sich von ihr scheiden lassen, kann sie als Mutter ablehnen und sie im Job herumschubsen. Das Wort, wenn Jugendliche heute sich beleidigen, heißt Opfer. Bernd hatte früher mal gesagt, ich will nicht

Opfer sein und nicht Täter, tätig will ich sein und raus aus dem Schwarzweiß. Es ging um die westdeutsche Friedensbewegung, um den Ostwest-Konflikt. Bernd fand: Es kann nicht sein, dass Politik wie Fußball funktioniert, bei dem es nur zwei Teams gibt. Es muss noch mehr geben als Null und Eins. Christa sagt sich, heul doch, du Opfer. Die Schüler heute haben die Lehren des Neoliberalismus verstanden.

Früher hat sie sich manchmal mit dem Gedanken getröstet, zumindest am Lebensende könne man Dinge klären. Sie würde alle bitten, noch einmal bei ihr vorbeizukommen. Alles, alles würde sich lösen. Auch von dieser Idee hat sie Abstand genommen. Ihr Vater hätte in seinen letzten Jahren die Konfrontation mit den Erinnerungen seiner Tochter nicht ertragen, sie mochte ihm am Ende keine Grausamkeiten zumuten. Umgekehrt würde sie selbst wahrscheinlich auch nicht wissen wollen, was sie Franziska angetan hat. Im Übrigen wäre es ein paar Leuten gleichgültig, wenn sie sich unerwartet noch mal melden würde, sie wäre in ihrem Bewusstsein schon längst nicht mehr da. Es würden Missverständnisse nicht geklärt, Auseinandersetzungen nicht geführt, kein Knoten würde gelöst, Verzeihung nicht erbeten und nicht geschenkt, nie gäbe es das große Atemholen, nichts hellte sich je endlich auf. Für Bernd ist sie eben gestorben, zu Lebzeiten eine Leiche.

Christa fängt an zu kichern. Ein überreiztes Kichern, das abbricht, als sie die nächste SMS von Franziska liest. Personenschaden, Weiterreise unklar. Vergiss das Essen, fahre gleich weiter zu Papa. Vielleicht morgen noch Kaffee, F.

Christa staunt ihr Display an. Sie staunt mit offenem Mund. Die Welt hält still. So ist das! Christa atmet aus, sie denkt, die Luft ist raus. So ist das! Der Regionalzug auf Gleis dreizehn fährt langsam an, Richtung Neumünster, sie sieht den roten Rücklichtern nach, die sich im Diesigen verlieren. So ist das!

Die U1 führt nach Wandsbek, nach Hause. Dunkle Wohnung, leblos. Dort gehört es heute Abend zu den Aufgaben, die Zimmerdecke anzustarren. Christa nimmt den Bahnhofsausgang Mönckebergstraße, hinkt an der Kunsthalle vorbei zur Außenalster runter. Sie zieht die Schultertasche über ihre Brust. Es regnet, als sie den Fußweg am Wasser erreicht. In der Tasche nur Kleinkram, Ausweis, Schlüssel, Geld, das Päckchen mit dem Fisch. Sie könnte die Tasche ins Wasser werfen. Was sollten Schwäne einem niedersinkenden ledernen Ding Beachtung schenken, die Vögel würden so wie immer langsam auf der Oberfläche treiben. Sie geht an der amerikanischen Botschaft vorbei. Regentropfen werfen Blasen auf dem Wasser. Kaum ein Mensch unterwegs, außer den hartnäckigen Joggern. Christas Schuhe sind an den Nähten undicht, feuchte Wärme, sie denkt an bleiche aufquellende Zehen. Zum Trost tätschelt sie ihre Tasche. Die Brille beschlagen, vertropft, man könnte sie abnehmen und auch in die Alster werfen. Nur so. Wen schert's. Ein zierliches Gestell, mit einem Griff zu zerbrechen, und hat doch jahrelang gute Arbeit geleistet. Auch wenn die Arztvertretung tadelte, Ihr letzter Besuch beim Kollegen ist zu lange her. Christa ist doch kein Adler, der aus großer Höhe eine Maus erkennen muss. Sie und ein Adler. Sie und ein Küchenkanari. Sie hört die kurze Flötenstrophe einer Amsel. Und es lag auf seinem Schmerzenslager einstmals der Kaiser von China, inständig bat er die graue Nachtigall zu singen. Während der ganze Hofstaat schon mit der Nachfolgefrage beschäftigt war. Christa versucht, die Tonfolge selbst zu pfeifen. Am Ufer pinkelt ein Mann ins Wasser, dieses Bild erinnert sie an irgendetwas. Ihr Kopfschmerz ist weg. Auf der Krugkoppelbrücke kommt ein Radfahrer ihr entgegen, sie müsste ausweichen, das kriegt sie nicht mit. Aufwachen, Alte, sagt er, und sie nickt und sieht ihm nach, dann hält sie ihr Gesicht dem Regen hin. Schön ist es, an eine heiße Dusche zu Hause zu denken, schön ist das Quaken der Enten unter der Brücke. Sie geht, stolpert über die eigenen Füße, schlägt beinahe hin. So ist das, sagt sie sich, wenn man nicht aufpasst. Der Regen lässt nach, sie putzt ihre Brille. Eine Leiche kann keine Brille abnehmen, nicht stolpern, nicht gehen, sie staunt, der Gedanke ist neu. Am Denkmal auf der Höhe Schöne Aussicht watscheln Graugänse, trippeln Möwen. Sie nimmt ihren Fisch aus der Tasche, zerreißt ihn in kleine Brocken, wirft sie weit und hoch raus übers Wasser. Die Vögel streiten kreischend um den Leckerbissen. Schöne Aussicht, einig zu sein mit sich, und schön das Hupen am Schwanenwik Ecke Sechslingspforte, schön auch das Quatschgeräusch in den eigenen Schuhen. Christa denkt, so ist das. Und wenn es so ist, könnte sie die ganze Nacht lang immer neue Runden um die Alster gehen, wenn sie will. Denn wenn es so ist, ist sie frei.

Das Leben der Bilder im Kopf

Die Kunsthalle: hohe Säle, breite Treppen, gedämpftes Licht. Klaus sitzt im ersten Stock auf einer Bank und entspannt den Nacken, sieht auf seine Schuhe, sammelt Kraft für die nächste Runde. Andere Schuhe schlurfen vorbei, zwischendurch das Herdentrampeln einer Schulklasse. An den Schuhen erkennt man die Leute. Bildungsbeflissene auf leisen Sohlen, nicht unbedingt, sieh mal die Highheels der Damen. Die Ruhe heute hier ist angenehm. Neulich die Ausstellungseröffnung im Bucerius Kunst-Forum am Rathaus, in dem Gedränge ist ihm schwindelig geworden. Nie wieder macht er so was mit. Was denken die Gemälde sich bei unserm Anblick? Sie erblassen. Menschheit, das ist Natur auf zwei Beinen mit Hut auf dem Kopf. Menschheit, das sind Geschlipste, die Bilder mit Regenschirmen traktieren. Einen Handstand vor Freude hat ganz bestimmt noch keiner vor einem Bild gemacht, und wahrscheinlich gab's nie einen Kniefall.

Belebte Ruhe hier drinnen, hier ist man vergleichsweise sicher. Sturm, Hitze und Regen bleiben draußen, die Natur hat höchstens im Bild was verloren. Bänke und Personal überall. Ein Schrei oder auch nur ein auffälliges Stolpern und Schwanken, sofort würden die kultivierten Mitmenschen was tun. Draußen herrscht Todesgefahr seit jeher. Ein Atemzug wird der letzte sein, und ein Herz zerspringt ohne Klirren. Ich weiß jetzt fast alles.

Das Leben macht weiter. Man könnte im Wald umfallen, die Eichhörnchen hüpften weiter, und Ameisen liefen einem übers Gesicht. In der Mönckebergstraße stürzen, es würde sich schnell ein Kreis von Passanten bilden, ich läge unrührbar. Der leichte Infarkt letztes Jahr gibt bis heute zu denken. Mit fünfundsechzig ist man nicht alt, nicht heute, nicht hier.

Hier im Museum gefunden werden, zusammengebrochen vor einem Bild. Ich weiß noch nicht, vor welchem. Aber das Bild kennt mich wahrscheinlich längst, hat mich ausgewählt unter all den Leuten. Tritt ein, wird es sagen, willkommen. Endlich zu Hause sein, von Kindheit an verlaufen. Die Sonntagsausflüge in der Eifel mit Vater und Mutter, verloren im Wald, das Versteckspiel der Eltern, Hänsel und Gretel. Es gab keine Schwester. Das Schluchzen, allein. Der Alte wollte keine Heulsuse, er wollte einen Sohn. Aber wenn es dann an den Heimweg ging, wusste er auch nicht weiter. Die höhnischen Markierungen der Wanderpfade, trotzdem haben wir uns jedes Mal verirrt. Regen, immer Regen. Nass bis auf die Haut, und doch wir lachen, wir lachen, wir la-ha-chen. Irgendwann irgendwo ein Dorf, eine kalte verräucherte Kneipe. Vater machte Männchen, bis ein mildtätiger Hinterwäldler die Familie durch Felder und Käffer bis hin zum Parkplatz am Waldrand fuhr, wo das Auto stand. Auf kurvigen Straßen zurück nach Köln, mit nichts als der kalten Gasthauslimo im Magen, in den Ohren das Elternpoltern, die sich mit ein, zwei Schnäpsen Wärme angetrunken hatten. Ich: Auf dem Rücksitz ein nasser Gnom, der sah am Fenster Regentropfen ineinanderfließen und in der Schwärze gleißende Autolichter.

Bis heute bevorzugt Klaus Städte, und bis heute in Städten das Innere von Gebäuden, Kinos, Theater, Museen. Denn selbst in Hamburg verirrt er sich noch nach Jahrzehnten. Ein Plan hilft ihm nicht, er könnte auch ein Schnittmuster entziffern wollen. Aber die Museen findet er im Schlaf. Die Kunsthalle ist sicher. Hier lassen sich sturmgepeitschte Meere, dunkle Wälder, verräucherte Wirtshäuser betrachten, ohne dass man alles selbst erleiden muss. Hier bin ich Gast, gerne gesehen von den Bildern, die ich mit Blicken belebe. Hier sterbe ich und will in eins von ihnen übergehen.

Eine Horde von Kindern rückt an, höchstens zehn Jahre sind sie alt. Der Lehrer erzählt ihnen was über den Schinken von Philipp Otto Runge, *Bildnis der Eltern*. Schlechte Akustik. Man kann es kaum verstehen, was er ihnen sagt. Die Kinder lümmeln auf dem Boden. Ein paar von ihnen sehen aus, als wäre eine Sammlung von Gemälden ganz fremdes Terrain. Nicht viele Eltern schleifen ihren Nachwuchs in Museen, teure Eintrittskarten. Die meisten Kinder kennen hauptsächlich laufende, zuckende Bilder. Jetzt liegen sie hier mit Papier und Stiften vor Runge. Was sehen sie. Ob sie es mögen, dass ein Bild so lange stehenbleibt, wie sie es ansehen wollen? Wie will der Lehrer sie ködern, dass sie im Stillstand Bewegungen, Regungen aller Art entdecken.

Klaus schlendert näher.

Böse Blicke der Kinder, die üben das aber erst noch. Tatsächlich bösartig sehen die Eltern von Runge aus. Im Alter ist man selbst verantwortlich für sein Gesicht. Gerlinde sagt das manchmal, sie bedenkt dabei nicht, dass der Mensch auch genetisch bestimmt ist. Ihre Eltern korpulent, mit rosig faltenlosen runden Bäckchen. Meine Vorfahren hatten alle schon früh ihre Runzeln, hageres Volk, dem die Erfahrungen buchstäblich in die Gesichter geschnitten waren.

Ein paar der Kinderskizzen ähneln Comics. Malt nicht, was ihr wisst, sondern das, was ihr seht, sagt der Lehrer. Einer der Kleinen tobt sich aus in Farben, wenig realistisch, aber ein ausdrucksstarkes Geschmiere. Aus den strengen Zügen der Eltern von Runge ist eine einzige grimmige Fratze geworden. Ein Kinderschreck, nicht schlecht.

Auf zu Odysseus. Den alten Freund besuch ich jedes Mal, Abteilung neuere Meister, den Seitenraum finde ich aber nie. Muss immer wieder fragen nach dem Beckmann-Bild. Odysseus auf dem Lager bei Calypso.

Selbst das Museum ist ein Wald. Odysseus wird durch die Welt geschleudert. Er hatte aber immerhin Gefährten.

Bei Calypso war er allein, die anderen sind wohl alle umgekommen? Schiffbruch? Bilder sprechen von Katastrophen, ohne mit einer Wimper zu zucken. Schlachtenmalereien, ungezählte Tote, paar pompöse Sieger hoch zu Ross, hat je ein Gemälde sich schon mal zusammengerollt vor Scham?

Hier ist er ja, rotbärtig und behelmt, Odysseus. Er, ich, liegend in den Armen einer schönen Frau, und das ist die Kunst. Gefährliches Leben. Odysseus träumt von seiner Heimat, von der Ferne, von Vergangenheit und Zukunft. Calypso ist geschmückt mit einer Halskette aus Federn, rundes Weib, weich wie Gerlinde. Die wartet und webt zu Hause, so schickt es sich. Schön wär's. Neuerdings muss ich das Abendessen kochen. Penelope kommt frühestens um acht Uhr aus den Bücherhallen von der Arbeit.

In Calypsos Armen liegen, sich umgarnen lassen, einsam und kühl in die Ferne starren. Gerlinde hat keinen Sinn für das Bild. Für seine Tiefendimension. Sie sieht nur ewigen Geschlechterkrieg, den Mann, der auszieht in ferne Gefilde, die lockende bittende Frau. Existentielles ist ihr zu hoch. Sie schafft nicht mal den Rollentausch, sich selbst als Odysseus zu sehen. Er, ich, der Held muss für die Halbgöttin ein Fremder bleiben, weil er sterblich ist. Was weiß Calypso von begrenzter Lebenszeit? Sie hat noch keinen Herzinfarkt gehabt. Odysseus ist ein Krieger, stark und sportlich, ohne Blutschwamm im Gesicht, dafür mit wehrhaft rotem Bart. Mich langweilt zu Hause der Hometrainer, es helfen auch keine Hörbücher, die mir Gerlinde mitbringt aus der Bücherei. Damit ich Kreise trete. Odysseus hat sich nicht verführen lassen von der Schlange. Man muss es einmal deutlich sagen: Das Versprechen ewiger Jugend bedeutet, ewig unreif zu bleiben. Odysseus, er und ich, wir wachsen an Erfahrungen, selbst wenn es nur die der Endlichkeit ist.

Der Herzinfarkt war kein Zuwachs an Reife. Aus der Erfahrung lernen, lieber Gott. Ich bleibe verloren im Wald, ein Kind. Einer wie ich, der nimmt die Lebensschläge anfangs kindlich ungläubig. Dann nimmt er sie kindlich wichtig. Bleibt kindlich widerstandsfähig bis zum Finale. Ob Gerlinde schon begriffen hat, dass ich ihr jederzeit wegsterben kann? Sie glaubt an Quark und Sport. Odysseus, er, ich, schaut Calypso nicht an, lässt sich nicht verführen, sieht aus dem Bild hinaus. Er würde gerne fliegen wie das Vogeltier, das bei ihm hockt. Calypsos Paradies ist die Gefangenschaft. Odysseus will an Penelopes heimischen Herd, er will zurück in die Sterblichkeit. Alles sehr unklar. Auch Penelope hat keine Ahnung, die webt und trennt auf. Sie wartet, wie es sich gehört. Sie, ich, lange Stunden allein zu Haus, seit meiner Pensionierung. Während andere draußen fröhlich kämpfen. Penelope hatte immerhin einen ganzen Hofstaat und lästige Freier. Unsereins ist alleine zu Hause verloren. Besser, sich zu beschäftigen. Was hat sich Beckmann wohl gedacht bei dem antiken Stoff. Maler sollen nicht denken, noch so ein Satz, der sich bezweifeln lässt. Mir nämlich widerfährt das Denken. Ich bin im Wald verlaufen. Beckmann war im Exil in Amsterdam, als er Odysseus malte. Grachten, stündliche Glockenspiele von den Kirchtürmen und kopje koffie met gebak. In dunklen Amsterdamer Kneipen tischkleeds, Tischkleider, ein Paradies, für Beckmann wohl kaum, oder doch? 1943 war er schon lang Flüchtling. Kann sein, er hat sich selbst als Odysseus nach Hause gesehnt. Was ist ein Zuhause? Hat er von der Vergangenheit geträumt, von der Zukunft? Deutschland, ein Unheim, wer hat das gesagt.

Bitte nicht zu nah herantreten, hört Klaus, fährt zurück und ist nicht gemeint. Er sagt in Richtung des Beckmann-Bildes das bisschen Holländisch, das er noch weiß: Hartelijk dank, tot ziens. Geht weiter, lässt sich treiben. Läuft einem Mann mit Cowboystiefeln hinterher, gerät mit ihm zu den alten Meistern.

Der Thomasaltar, 1424, Thomas von Canterbury wird verhöhnt. Noch reitet er auf einem edlen Ross, dem ist aber schon von rohen Gesellen mit grausamem Grinsen der Schweif abgeschnitten worden. Dicke Blutstropfen, der Stoff, aus dem die Träume sind. Der Cowboy, drei Schritte weiter, verströmt Duftwellen, billiges Shampoo. Gerlinde cremt sich nach dem Duschen ein. Wärme im Bad, Nebel im Spiegel und der nackte Ölschinken und patsch, und Finger weg, und noch mal patsch. Der Cowboy zieht die Kamera, knipst rauf und runter. Warte nur, gleich kommt ein Wächter. Euren Schlagabtausch will ich nicht hören.

Klaus besinnt sich im Weitergehen. Ich würde gern dem kleinen Ölschinken noch guten Tag sagen. Dem Stillleben von etwa 1700. Wildbret mit funkelndem Wein, wie hieß der Maler? Vielleicht war es auch Bier in einem Seidel und ein Fastenhering auf dem Teller. Der Maler hieß so ähnlich wie die Obdachlosenzeitung, Kunz oder Hinz. Ich werde ihn in meinen Freundeskreis aufnehmen. War es ein Stillleben mit Glaspokal? Der Faltenwurf der weißen Tischdecke. Als die dreißig Jahre Krieg endlich vorüber waren, als es endlich wieder aufwärtsging, wollten die wohlhabenden Leute zeigen, was sie hatten. Kostbare Zitronen von weither. Der Besitz in Stillleben verdoppelt und verewigt. Nicht genug, dass ihre Jagderfolge ausgeblutet in der Küche hingen oder ihnen schon gebraten vor der Nase standen. Sie wollten ihren Reichtum gerne an der Wand sehen, golden gerahmt. Aber weil sie früher noch moralisch imprägniert waren, gibt's auf den Stillleben auch immer eine Mahnung, ein Memento mori. Nature morte, wir sind vergänglich. Der Maler hieß ganz sicher Hinz. Mich interessiert vor allem die halbe geschälte Zitrone auf seinem Bild. Man konnte sie riechen und schmecken und fühlen. Bisschen vertrocknet schon. Und dann auch noch eine Fliege, gemalt! Ein Trompe-l'Œil, ein Augentäuscher. Johann Georg

Hinz, das war der volle Name. Das Bild ist geblieben, vom Maler sind höchstens noch Zähne und Knochen übrig, vielleicht auch nur Staub. Er hat bestimmt gefeixt, als er die Fliege malte. Die sah so aus, als krabble sie über das Bild. Was wohl der Auftraggeber sagte zu so einer eigenmächtigen Frechheit? Wird sich gegraust haben. Es kommt der Tag, da bin ich kalt gelb tot. Und über mein Gesicht läuft eine Fliege.

Klaus sucht jetzt nach dem Stillleben. Im ersten Stock bei den alten Meistern kein Hinz. Säle, Nebenräume, und drüben schon wieder Leibls drei Frauen in einer Kirchenbank. Zurück. Wohin. Ein Wächter verweist ihn nach unten, im Hamburger Gang könnte er fündig werden. Warum hängen sie Bilder aus einer Epoche mal ins Parterre, mal in den ersten Stock. Überflüssige Tücke. Klaus will sofort das Hinz-Bild ansehen und vergleichen mit seiner Erinnerung, in der die Farben leuchten.

Man müsste alte Gemälde leihen können, auch als Privatmensch, wie Bücher. Bilder könnten wandern. Vielleicht mal einen Angestellten fragen und gleich ein konkretes Angebot machen. Der Museumsmensch sähe misstrauisch aus. Andere Uniformierte kämen dazu. Sie würden mich aufs öffentliche Eigentum verweisen, dass da nicht jeder kommen und ausleihen dürfe. Ich würde mit Verweis auf die Kinder sagen: Museen sollten kostenfrei für alle sein. Sie würden erklären, der Staat hat kein Geld, er braucht schon längst für Museen Mäzene. Ich würde rufen, wir sind der Staat, die Bevölkerung nämlich, die Bilder gehören uns! Sie würden anfangen, mich anzureden mit guter Mann. Da würde ich, längst verloren, beschwichtigen: Es sollten alle sich an Bildern freuen können. Sie würden schließen, die Menschen sind unterschiedlich, der eine bevorzugt Kultur, der nächste kauft sich Elektroschrott. Ich ginge innerlich in die Luft, mein armes Herz hätte es wieder auszubaden.

Besser keine Aufregung. Solang ein Narr schweigt, hält man ihn für klug. Aber in Museen lagern Tausende von Bildern, die nie ein Besucher sieht! Ich reg mich auf.

Wo ist mein Fliegen- und Zitronenschinken. Alte Meister, neue Meister. Die neuen sind auch lang tot, siehe Beckmann. Gedenke, dass du sterben musst, das wird mir zugeflüstert von Bild zu Bild. Ich glaube nicht an den Tod. Die Schülerinnen werden immer süßer. O Mandelaugen, o liebliche Locken in Gold, lila gesträhnt. Tatsache ist, ich werde immer älter. Da fläzen sie im Pulk am Mosaikfußboden, lausen sich und tippeln auf den Handys, statt dem Lehrer zuzuhören. Die Mädchenaugen sagen mir, verdrück dich, Opa. Sie starren unverhohlen auf das Hämangiom an meinem Kinn. Noch nie gesehen, was?

Überhaupt der gnadenlose Blick der Jungen, so scheint es mir jetzt. Vielleicht ist das ganz falsch, denn früher fand ich die Blicke der Alten so böse wie die von Runges Eltern. Wer ist wohl mehr zu fürchten, die Jungen oder die Alten? Immer steckt man fest in seiner jeweiligen Existenz, hat immer den Platz auf der guten Seite. Früher das Misstrauen der Alten und die Missgunst gegen uns, wir waren so unverschämt, unsere Jeans zu beschriften und Westberlin zu bevölkern, statt Dienst am Vaterland zu leisten. Rupert war anders als seine Jahrgangsgenossen, eine Art besserer Vater für viele von uns, er wäre jetzt vierundachtzig. Neugierig war er, aber dann doch wieder tumb. Auch ihn hab ich einmal hierhergeschleppt, in diese Ausstellung zum Thema Meer und Schifffahrt. Wellen und Wolken und spritzende Gischt, nass glänzendes Holz und Segel in Fetzen. Rupert hätte das gefallen müssen, er mit dem Faible für Moby Dick. Aber dann rätselte er, als wir nach der Besichtigung im Café Liebermann saßen, er und Marie, Gerlinde und ich: Geht man ins Museum, nur um sich die Zeit zu vertreiben? Mir lagen seine vielen Frauen auf der Zunge, die legitimen und illegitimen. Waren die auch ein bloßer Zeitvertreib? Aus Rücksicht auf Marie hab ich den Satz verschluckt. Ich hab ihm nur gesagt: Du hast überhaupt keine Ahnung, was Bilder sind, mein Lieber. Bilder sind die Rettung.

Und doch ist alles nur ein Zeitvertreib, so lange, bis wir sterben.

Im tiefsten Herzen war Rupert ein Defätist, oder Deserteur, eins von beiden. Ein böhmisches Dorf.

Und ich werde mich nicht von dir anstecken lassen, hörst du? Oder bin ich es schon?

Klaus weiß jetzt wieder, wo das Bild von Johann Georg Hinz zu finden ist. Er durchquert den Museumsshop, dahinter liegt der Hamburger Gang, da wird das Stillleben auf ihn warten. Doch es starren ihn leere Wände an. Umbau für eine neue Ausstellung. Nur auf den Fußböden stehen angelehnt an den Wänden einzelne Bilder, ungeschützt, sie laden ein zum Mitnehmen. Wenn er die rotweißen Absperrbänder nicht respektieren würde.

Vielleicht ist mein Hinz noch da. Vielleicht ein Wink des Schicksals, mein Stillleben ruhig davonzutragen.

Klaus dreht sich um, späht nach Kontrollen. Kein Wächter in Sicht. Ein Schritt über das Plastikband, dann hockt er neben den Bilderfreunden am Boden. Holzrahmen, Leinwände, er klappt behutsam. Bisschen benommen. Bisschen Schwindel. Bisschen viel schwarze Sterne, aber was hat auch der Mensch in der Hocke verloren. Knien vor Bildern.

Liegend hört er genau, wie ein freundlicher Uniformierter ihn fragt, wie es ihm geht, und es gelingt ihm auch, präzis zu antworten: Mein kleiner Ölschinken von Hinz. Ist fort. War hier im Wald. Calypso. Das Abendessen für Penelope. Steht auf dem Herd. Der Teller mit der Fastenspeise. Hering. Meine Zitrone mit Fliege. Das weiße. Das Tuch ist ge-fäl-telt.

Insas Übungen

Hat sich auf den Weg gemacht zu einem der früheren Lieblingsplätze im Park an der Alster. Hat einen Schal um den Hals geschlungen, im Ohr steckt der Knopf, das Kabel führt in die Manteltasche. Ist unter den Passanten eine Jugendliche, austauschbar, das weiß sie. Wirft an diesem Sonnentag im Herbst mit ihren Füßen Laub auf, wie als Kind. Insa ist offline. Knopf und Kabel sind eine Täuschung. Ob on oder off, da ist niemand, der sich noch panzern muss. Insa ist ausgeflogen.

Ihr Name: eine friesische Verkleinerung für Ingrid oder sonst etwas mit I. Es ist egal. Insa, Fluss in Russland. Insa, Abkürzung für Inventor der neueren Schweizer Architektur. Oder Informationssystem Nahverkehr Sachsen-Anhalt. Oder Institut für neue soziale Antworten.

Warum nicht Insa.

Macht alles, wie es sein muss, schon knapp achtzehn Jahre lang. Hat früher ihren Brei geschluckt oder ausgespuckt, hat Teddys geherzt und Rechnen gelernt, Klavier gespielt, den ersten Laptop bekommen. Hat Tokio Hotel gehört und Küssen geübt, besitzt das dritte Smartphone. Steht neben sich und funktioniert und fällt nicht auf. So war es immer schon. Es strengte an. Warum so weitermachen, lebenslänglich? Insa wechselte das Level, nahm den Schleier und ist jetzt Novizin. Hikikomori? Sich im Zimmer vor der Welt verstecken? Das ist was für gestörte junge Männer. Insa sucht nach den höheren Weihen. Ganz in der Welt sein, ganz und gar nicht Ich. Übt seit Wochen, es nicht selbst zu sein.

Manchmal stellt sie sich vor, sie macht die Lebensreise im Modus Autopilot. Lieber ist ihr ein anderes Bild: An ihrer Stelle wirkt ein Doppelgänger. Im alten Ägypten nannte man ihn das Ka. Es hat sich tatsächlich raufbeamen lassen von Theben, früher, nach Hamburg, heute. Früher waren Menschenwesen nicht nur Körper und Name, sie hatten auch einen Schatten, und eines der Seelenanteile hieß Ka. Es übernahm für die Toten die Rolle des Stellvertreters. Insas Ka ist jetzt schon dran, muss eine Atmende ersetzen.

Gibt es noch einen Unterschied zwischen dem Ich und seinem Ka? Einen Unterschied zwischen lebendig und tot? Der Stellvertreter einer toten Insa lernt, was er zu tun hat. Er sammelt Punkte bei World of Warcraft, und ihr Lebensbalken steigt. Gelobt sei das Ka, das aussieht wie Insa, und Insa sieht aus wie das Abziehbild ihres Facebook-Eintrags. Browst stundenlang über diverse Portale Musik. Postet ihr like-it durch die virtuelle Welt. Sieht auf Youporn angesagte Videos und weiß, wie es weitergehen wird, irgendwie. Man muss nicht in der virtuellen Spielwelt WoW aufgehen. Man kann auch unverwundbar durch 3-D laufen.

Setzt sich auf eine Bank, schlägt ein Buch auf, liest nicht. Ist noch immer das, was man von ihr erwartet, den Eltern die mürrische Tochter, dem Bruder die große Schwester, den Freundinnen eine schwatzhafte Freundin. Zwei Jungen meinen, es mit ihr zu tun gehabt zu haben. Dachte das einmal selbst, hat sich aber getäuscht. Es gibt ein Ka an ihrer Stelle, und Insa sieht in Ruhe zu, wie dieses Wesen sich verhält. Denkt sich ihr Teil. Denkt wieder nichts. Nimmt die Füße vom Gras, wo sie standen, ist es zerdrückt, die Halme richten sich langsam auf.

Im Park auf einer Bank sitzen, im Buch lesen, ohne es zu verstehen. Zu Hause auf den Bildschirm starren, googeln, ohne eine Wahl zu treffen. Übungen in Beliebigkeit: Der Blick fällt auf die feinen Risse in der Wand, auf den Heizkörper gegenüber. Den Suchbegriff Risse eingeben oder Heizkörper. Von da aus dann weiter. Auch twittern ist leicht geworden, und die Kontakte auf Facebook. Andy aus Alabama oder Strammermax aus Berchtesgaden können Freunde sein, mit Zwinkersmiley. Das Zeichen Freund bedeutet so viel wie gefällt mir, wie Leidenschaft, Hass, wie Haus oder Horn oder Hobby. Oder wie Insa. Die hat nichts einzuwenden gegen leere Zeichen. Übt sich, ein Wort wie Horn zu maximieren. Sagt es so lang im Geist vor sich hin, bis an die Stelle vom Bild des Tierhorns ein anderes tritt, ein Musikinstrument, dann das von den Rissen zu Hause im Zimmer, später kann Horn auch bedeuten, gefällt mir. Insa trägt keine Verantwortung mehr. Hat Verantwortung ohnehin nur begrenzt übernommen, im Zweifelsfall hat die Mutter sich um die Schule gekümmert. Jetzt erscheint das Ka an Insas Stelle jede Woche pünktlich zur Klavierstunde. Insa sieht ihm bei der Arbeit zu. Das Ka spielt Noten vom Blatt, macht Fehler, und sein Lebensbalken fällt bedrohlich. Dann aktiviert es Heilenergie, es fängt sich. Insa hört die Melodien, hört leise das Summen des Heizkörpers und deutlich die Stimme der Lehrerin, hört das Verkehrslärmen von unten auf der Straße. Stellt einen Klangteppich her, in dem jedes Geräusch gleich laut ist. Eliminiert dann alles mit Escape. Lernt immer besser, die Taste in jeder Situation zu bedienen.

Sitzt auf der Bank im Park im Herbst, spürt den Kontakt der Fingerspitzen zum Buch und unvermittelt aufdringlich die Sohle ihres linken Schuhs. Aufdringlich ist ein Wort wie cool oder Horn, wie gefällt mir. Man kann es löschen oder stehenlassen. Der Speicher ist ausgedehnt ins Unendliche.

Insas Großmutter drehte Daumen. Ungewollt erinnert Insa sich an eine Frau mit rheumadicken Knien, mädchenhaft jungem Lächeln. Erinnerung, Papierkorb. Für Gefühle ist das Ka zuständig neuerdings, und die Novizin Insa übt Gleichgültigkeit. Könnte auch Daumen drehen. Denkt an den kleinen Bruder Tjark, der durch das Schlüsselloch des Badezimmers spioniert. Um eine nackte junge Frau in real life zu sehen. Reduziert ihn auf Bruder, auf Junge, auf Mitbewohner, auf Zeitgenosse. Dann hat sie Ruhe, den Rest muss das Ka übernehmen.

Sitzt auf der Bank im Park. Sieht zwei letzte diesjährige Schmetterlinge flattern, innehalten, flattern. Hört im Baum über sich das Krächzen, Rätschen, Knacken, Spotten eines Eichelhähers. Fügt dem Geräusch die Bilder vom Mageninhalt diverser Meeresvögel hinzu, das unverdaute Plastik pur. Hat keinerlei Gefühle. Sitzt nur und registriert, wie das Ka erblasst.

Könnte jetzt aufstehen, könnte auch sitzen bleiben. Freiheit ist ein Zeichen so wie cool und Horn und Risse in der Wand.

Steht aber auf. Geht einer Frau nach, im Alter der eigenen Mutter. Insas Ka steckt sich ein Bonbon in den Mund und sucht auf dem Smartphone nach Neuigkeiten, während es der Fremden nachgeht. Insas Ka ist selbstständig geworden. Von Theben bis Hamburg geflogen, im Nu. Entfernungen gibt es nicht mehr, auch keine Zeit. Das alte Ägypten so fern wie die Kindheit des Vaters, sechziger Jahre. Ein Bild vom lächelnden Tutanchamun, ein Foto vom jungen Heiko, wie er am Telefon steht. Ein Krummstab, ein schwarzer Knochen aus Bakelit. Kein Abstand dazwischen.

Verlässt hinter der beliebigen Frau den Park, könnte genauso gut einem anderen Zeitgenossen nachgehen. Lässt an ihrer Stelle das Ka entscheiden. Ersetzt das Wort entscheiden durch ein anderes Verb, Beispiel lachen.

An Insas Stelle lacht das Ka.

Sie selbst hat keinen Grund, zornig zu sein oder traurig, ängstlich oder hoffnungsvoll. Das Ka wird sie durchs Abitur bringen. Dazu ihre Mutter, die stets das Beste im Sinn hat. Suche und ersetze Mutter durch Kutter, Kutter durch Futter, Futter durch Heu.

Die fremde Frau verlässt den Park an der Alster, geht

weiter Richtung Eppendorfer Baum, sie betritt eine Apotheke. Vor dem Schaufenster stehen, Werbungen lesen und verstehen. Gegen Besenreiser an den Beinen hilft die Rosskastanie. Die Kraft des Ginkgo, um im Alter fit zu bleiben.

Erinnerung: Der ganze Kurs ging mit dem Lehrer letzte Woche in die Kunsthalle. Schlurfen von Saal zu Saal. Einfache Arbeit für das Ka: oben im ersten Stock die alten Ölschinken verpixeln. Die Wände drum herum, die Museumsbesucher davor, den Fußboden verpixeln. Den Vortrag an sich vorbeirauschen lassen. Dann unten das Gedränge an der Garderobe, Schulklassen und anderen Gruppen. Sanitäter tauchten auf, die schleppten auf der Trage einen Alten. Herzinfarkt oder vielleicht ein Schlaganfall. Das Bild vergrößern, am Kinn des Alten ein Erdbeerfleck, verletzt vielleicht, aber kein Blut. Der Alte hatte dem Ka ins Auge gesehen, er hatte ins Leere gewunken. Er soll überleben.

Aber so lange wie der muss Insas Ka es nicht machen. Fünfundzwanzig Jahre sind vorstellbar, dreißig schon nicht mehr.

Insa löscht die Erinnerung. Klickt einen ihrer Klassenräume an. Die früher verhasste Schule scheint ihrem Ka zu gefallen. Es flüstert in den Stunden mit Nadine, hält heimlich Ausschau nach Jojo. Das Ka soll treiben, was es will. Insa versteht es trotzdem nicht. Ein Fußballfatzke wie Jojo, was soll das. Und warum sträubt sich das Ka gegen Judo, spielt krank in der letzten Zeit, wenn Zeit für das Training wäre, ein faules Stück. Insa löscht das Wort faul aus dem Wortschatz.

Versucht, nicht zu denken. Betrachtet Hausfassaden, Schaufenster, Autos, Fahrräder, Passanten, einen Kinderwagen. Vielleicht haben alle anderen hier auch ein Ka. Selbst der Säugling in seinem Wagen? Schwer vorstellbar. Da gibt es noch nicht viel, was er verlassen müsste.

Wann hat es angefangen mit dem Aufhören.

Sieht überall nur Leute sinnlos unterwegs, sinnlos beschäftigt. Sie essen Wurst, telefonieren, stehen vor den roten Ampelmännchen, halten sich an den Händen. Es bedeutet so viel wie gefällt mir. So viel wie Risse in der Wand und wie der hochgezeigte Daumen.

Rechtschreibsystem aktivieren. Ein ganzer Satz hat Subjekt, Prädikat und Objekt. Jojo gefällt mir. Du gefällst mir.

Fährt den ausgedachten Rechner runter. Lässt sich anrempeln, geht, geht, zur Uniklinik Eppendorf. Nimmt einen Fahrstuhl rauf und einen anderen wieder runter. Steigt Treppenhäuser hoch, das Ka wählt die Station 5B. Fragt nach einer Patientin Insa Gronau, Jahrgang 1994, die es nicht gibt auf der 5B. Wird an die Pforte zur Auskunft geschickt. Verlässt das Krankenhaus. Liest eine SMS, Erinnerung an die Verabredung fürs Kino nachher mit Nadine. Irgendwas Antikes, das sich vielleicht nicht runterladen lässt. *Stranger than Paradise*, John Lurie. Nadine hat immer komische Ideen. Insa ersetzt das Wort komisch durch cool. Läuft durch die frühe Dämmerung des Herbstes. Sitzt mit Nadine im Kino vor einer Leinwand, trinkt Zero Cola. Lässt den Film verschmelzen mit dem Anblick der Zuschauer zu einem einzigen großen Bild. Verkleinert dieses fremde Paradies.

Legt vor den Kinofilm eine Erinnerung, die an den Schlagermove in diesem Sommer. Karneval des Nordens, in den sie ungewollt hineingeraten war. Nicht Insa, es gab schon ein Ka. Das stand in einem U-Bahn-Wagen, eingequetscht in einer lärmenden buntkostümierten Menge. Partystimmung, Paradiesvögel. Einer mit Schlapphut würgte, schluckte, würgte, schwankte. Liedfetzen: Du kannst nicht immer siebzehn sein. Ungewollter Hautkontakt. Neonfarbene Perücken, Patronengurte mit Flachmännern. Prall aufgeblasene Plastikgitarren, riesige bunte Sonnenbrillen. Eine Gruppe girlandengeschmückter Frauen trug auf den

Nasen Penisse aus Plastik. Überschnappende Stimmen, sie sangen das Biene-Maja-Lied und das von Marmor, Stein und Eisen. Dem Ka war nicht anzusehen, dass es an die Parade in Duisburg dachte, an eingetretene Brustkörbe, nur Insa wusste es. Gute Übung für das Ka. Wir arbeiten hart und wir feiern hart. Wer hat das gesagt, ein Politiker oder ein Showmensch, egal.

Tauscht Ja gegen Nein. Dann Nein gegen Ja. Ein Säugling liegt im Kinderwagen. Ein alter Mann winkt von der Trage. Was ist der Unterschied, wie viele Jahre macht er aus. Wann gab es je heilige Narren.

Das Ka im Kino schielt zu Nadine. Im Dunkeln ihr dunkles Gesicht. Es hört im Film ein Saxophon, das scheint ihm zu gefallen. Daumen hoch. Saxophon oder Klavier. Judo, Daumendrehen oder Risse in der Wand.

Ich möchte lieber nicht, sagte der Mann in einer Anwaltskanzlei im Buch im Park im Herbst.

Insa sitzt reglos im Kinodunkel in ihrem Sessel. Sie schließt die Augen, drückt beide Hände davor, bis schwarzgelbe Kreise sich drehen. Bis im Schwarzen gelbe Funken langsam fallen.

Fürs Leben lernen

Im Klassenzimmer stehen die Tische in Hufeisenform, mehrere Plätze sind unbesetzt. Der Raum ist überheizt, die Wände könnten einen Anstrich brauchen. Vorn eine verschmierte Tafel, und auf der Fensterbank zwei braune Kakteen. Auf dem Tisch vor dem gähnenden Jojo liegt sein Notizblock: *Entwicklung und Wachstum der Städte, Rückbau der Dörfer.* Alles schon dagewesen seit der Antike. Er schreibt nur mit, um nicht einzuschlafen. Ist wieder früh geworden heute Nacht.

Was hat meine Mutter um halb drei morgens ins Bad zu schlurfen? Schnell den Rechner runterfahren, sie sieht und hört aber alles. Sag mal, Jojo, spinnst du? Morgen ist Schule, ich weck dich nur einmal!

Voll der eisig blaue Himmel draußen. Schöner Winter dieses Frühjahr. Die Alster wird bald freigegeben, dann laufen wir übers Wasser so wie bei Jesus. Nazim sieht auch nicht aus, als ob er viel gepennt hätte. Sie sollten uns in Ruhe lassen, das hier nimmt keiner mehr ernst. Idiotisch, im Februar Abi zu schreiben und dann noch Schäfchen zu zählen bis Sommer. Breitbach ist erkältet. Trifft mit dem Taschentuch nicht mal den Abfalleimer. Wenn er gleich wieder dreimal hintereinander niest, nicht zweimal, nicht viermal, dann hab ich das Abi geschafft. Die Sportklausur war einfach, aber fertig geworden ist keiner. Neun Punkte müssen es werden. Sinnlos, sich jetzt noch Gedanken zu machen, jetzt schmoren die Lehrer. Freuen sich an unseren Handschriften. Schrift ist auch eine Art von Zeichnung, jede besonders. Früher meine Kinderbilder, alle haben sich überschlagen vor Überraschung. Besonders Insas Mutter. Wie sie mit meiner Mutter tuschelte: Jojo muss das Talent von seinem Vater haben, dem Dreckskerl, der sich nach der

Scheidung keinen Jota um den Sohn kümmert. Mutter sagte immer nur, man kann ein guter Maler sein und doch ein schlechter Vater. Die Leute haben Mitgefühl und Lob vergossen, armer toller kleiner Jojo. Mein Nashornbild, von oben runter auf das Vieh gesehen. Der Bussardblick, das war die Perspektive. Mutter hat das Bild gerahmt, es steht auf der Kommode. Hoffentlich hat sie das neue Trikot gewaschen und war nicht so dumm, es auf den Balkon zu hängen. Sonst kann ich es nachher als Eisbrett reinholen. Und in den Backofen schieben zum Tauen.

Nein, Herr Breitbach, kein Grund zur Freude. Alles klar.

Entwicklung und Wachstum der Städte. Was soll auch lustig sein an den Wanderbewegungen raus aus dem Dorf, der Arbeit hinterher, in die Slums der Mega-Citys. Oder umgekehrt, die Flucht aufs Land. Notizen machen, dann fühlt Breitbach sich gebauchpinselt. *Natur verschwindet aus Alltagserfahrung > Sehnsucht nach heiler grüner Welt. Landlustmedien für Städter versus Agrarindustrie, vgl Hähnchenproduktion, Dioxinskandal.* Wie gesagt Bauchpinselei, alle Klausuren sind fertiggeschrieben. Den Bauch von Breitbach stelle ich mir lieber nicht vor. Mit Haaren oder Speckwülsten, egal, bloß wer berät einen in Sachen Rasur und Pickel. Nazim murkst auch nur rum. Selbst wenn ich einen Vater hätte, würde ich ihn ganz bestimmt nicht fragen. Vielleicht ist er im Ausland, oder er sitzt im Knast, oder er hängt schon lange als Penner am Bahnhof herum, er würde mich nicht erkennen und ich ihn auch nicht. Auf dem Foto bei meiner Geburt war sein Bart nicht schlecht.

Mädchen kämmen sich die Haare, werfen sie nach hinten, tuscheln, gickern. Glückwunsch, Mann. Sieh sie dir an, da schläfst du auch gleich wieder ein.

Zwei, drei, Breitbach hat dreimal geniest, ich schaff das Abi dieses Jahr. Logisch ist das Aberglaube, aber das behaupten immer nur die Leute, die am wahren Glauben saugen. Ich bin Atheist. Es gibt nur das, was sich anfassen lässt und sehen und erleben. Ein Tor, ein Ball, elf Freunde.

Mein großer fremder Freund, immer erzählen sie einem Geschichten von ihrem Jojo, nicht meine wirkliche ganz eigene, ich war zu klein. Alles vergessen, obwohl ich dabei war. Sie sagen, ich war im Zirkus, fünf Jahre alt. Hingebracht von Mutter. Ihr Bruder Simon sollte nachher kommen und mich abholen, er war zu Besuch in Hamburg. Simon kam aber nicht. Oder ich falscher Ausgang. Im Zirkus hat ein Elefant aus meiner Hand gefressen, sein Rüssel war runzelweich. Es haben Kinder auf Pferden getanzt, der Elefant hat mich angesehen, nur mich, mit einem Blick aus dem Neandertal. Und draußen nach der Vorstellung kein Onkel Simon. Da bin ich allein losgegangen. Simon kam ohne mich bei Mutter an, die rief sofort die Polizei. Ich war schon ziemlich weit, als eine Frau den Weg verstellt, woher, wohin. Na klar, nach Haus. Von wegen. An der Hand abgeführt bis zur Wache. Saft und Keks, bis Mutter kam. Ich bin geradeaus gegangen. Fünf Jahre alt und Schritt für Schritt und keine Angst. Mutter behauptet heute noch, ich hätte seinerzeit gesagt: Es wäre immer einer hinter mir gewesen. Unsichtbar, doch da, der hätte auf mich geachtet. So erzählt sie das. Es lässt sich nicht überprüfen.

Engel sind Aberglaube. Außer Nadine. Heute wieder so schön im Nacken gedreht ihre Haare, leider kein Engel. Sonst hätte sie vorhin nicht höhnisch zu mir hingegrinst. Voll fette Ringe unter den Augen, vermutlich die halbe Nacht lang getwittert oder gechattet, wie gesagt Mädchen. Mal weise, dass man nicht mitkommt, dann wieder hirnlos.

Herr Breitbach nimmt sie öfter dran als unsereins, das soll mir recht sein. Wenn ich aus dem Narrenhaus hier raus bin, mach ich erst mal Urlaub mit zehn Freunden. Und ganz bestimmt nicht in der Pampa, wo es abends im Zelt keinen Stecker gibt für den Akku und draußen bloß Deiche und Pfützen. Großvater Rupert und Marie, als die noch in Ostfriesland wohnten. Mit Mutter die Radtour zu ihnen, gerade mal elf. Er hat mir im Stall seine Spinne gezeigt und wie man sie füttert. Zittrige lange Beine, wie ich beim Fußball, ein guter Springer. Schleicht sich ans Opfer ran, lähmt es mit einem Biss. Die Netze der Baldachinspinne draußen im Gras. Halbwilde Katzen gab's auch, Großvater hat einen Unterschlupf für sie gebaut, und das Gansgerippe durfte ich in den Apfelbaum hängen, dass die Meisen nicht Vegetarier werden.

Wir hatten den ganzen Stoff doch schon mal! Nahrungsmittelindustrie gegen Bauern und Biobauern. Verantwortung des kritischen Verbrauchers. Und klar, jetzt kommt's. Breitbach kann sich nie verkneifen, gegen McDonald's zu hetzen.

Nadine macht neuerdings auf vegan. Vegetarisches Essen in der Kantine reicht ihr nicht aus, weil Käse die Ausbeutung von der Kuh ist, plemplem. Oder auch nicht. Ein erfülltes Rindviehleben gibt es auch jenseits vom Menschen. Warum soll ein Nutztier nützlich sein, mal so gefragt. Das stand in einem Artikel. Spinnen sind ohne uns glücklich, soweit man hört. Wehe, wehe, wenn du als Lebewesen nicht brauchbar bist. Falls Mutters Chef den Laden dichtmacht, kriegt sie keine neue Stelle. Viel Urlaubsunterstützung ist nicht zu erwarten von ihr, ich muss vor unsern Ferien noch einen Job an Land ziehen. Pizzadienst für fünf Euro die Stunde, hart, aber grausam. Nadine will modeln. Fragt sich, ob sie die nehmen, die Beine vielleicht bisschen kurz. Was tuschelt sie wieder mit Insa rum und äugt zu mir hin, alles ein Lauern und Jagen bei Mädchen. Tun befreundet miteinander, Küsschen und Händchenhalten, hinterrücks fallen sie unsauber übereinander her. Keinen Schimmer davon, was Fairplay ist, Spinnentiere, der Ball geht ins Netz, von wegen.

Insa ist wieder solo. Wen interessiert das, Nazim vielleicht, wir gehen ja doch alle weg von hier. Keine Ahnung, was tun nach dem Abi. Modeln, dann vielleicht Bundesfreiwilligendienst und Zeit gewinnen. Wann ist die Stunde endlich vorbei, Herr Breitbach hat auch keinen Bock mehr.

Entfremdung vom Land auf dem Land am größten. Wildtiere wandern aus in die Stadt, Bauern erzeugen Treibstoff > Vermaisung der Landschaft. Käpt'n, auf diesem Planeten sind nur noch letzte Reste von Leben zu finden! Danke, Mr. Spock. Lassen Sie sich raufbeamen. Auf Youtube diese Serie, Tipp von Nadine, die Treckie ist. Mit ihr zusammen neulich nach dem Matheüben *Platons Stiefkinder* gesehen. Im Ami-Fernsehen damals war das Knutschen zwischen Leutnant Uhura und Kirk der erste gemischte Kuss zwischen Schwarz und Weiß. Nadine musste es mir gleich dreimal erzählen. Ja sagen und warten, bis der Arzt kommt. Schöne wacklige Kulissen auf der Enterprise. Doktor Pille, wie er jeden untersucht, der umfällt, und dann feststellt: Er ist tot, Jim. Richtig gut ist mein Knöchel noch nicht, nachdem der Reinbeker Rechtsaußen mich neulich umgerannt hat, aber trotzdem heute zum Training.

Bei Großvater gab es ein Tipkick-Spiel. Eiserner Stürmer, dem man auf den Dassel haut, dann springt ein Bein nach vorn. Oder Tischfußball, im Freizeitkeller im Hotel auf der Kursfahrt nach Prag, Nadine noch neu an der Schule. Fällt allen auf. Wie sie den Kopf zurückwirft beim Lachen. Grünbraune Augen. Dreht an den Griffen vom Tischfußball rasend kreisenden Leerlauf, anstatt zu spielen. In Reih und Glied an ihren Stangen stehen alle Männchen reglos auf dem Kopf, nachts, wenn das Licht aus ist und bloß noch Mondenschein und keiner mehr im Keller. Nur Nadine und Jojo. Der weiß auch nicht mehr oben und unten. Alles Schlampen, sagt Nazim, und die Klassenfahrt war am Ende ein Reinfall.

Warum geben sie das Eis auf der Alster nicht längst schon frei. Sonntag waren mindestens vier Leute illegal drauf und haben's vermutlich auch überlebt. Keine Feuerwehr hat Leitern, die man weit ausfahren kann bis zur Alstermitte, die Reingefallenen wären nach paar Momenten erfroren, mausetot. Warum sagt man mausetot, nicht vogeltot oder menschentot? Bei der Kindergärtnerin war es ein Autounfall. Großvater hatte Krebs. Die elf Punkte in Deutsch sind von ihm geerbt, sagt Mutter. Schriftsteller ist aber doch das Letzte, genauso wie ein Künstlervater, der sich niemals zeigt. Was hat unser Jojo für schöne Talente, bloß dass er lieber bolzt. Und gar keinen Sinn für Mädchen. Warum soll ich als Junge nicht modeln? Onkel Nicos Einschlafstorys über seine Zeit als Waldarbeiter, gegen Muckibuden, aber auch Fußball ist ihm verdächtig. Der ganze Clan Dinosaurier, dabei ist Nico auch nur ein Halbbruder meiner Mutter. Alles Patchwork, Flickwerk, Gefetztes, mir egal. Trotzdem spinnt Onkel Nico. Warum denn nicht die Muskelarme spielen lassen und zu Geld machen? Im Spiegel manchmal kaum zu glauben, ich bin das. Jojo. Ein Anblick, der knallt. Aber das Rotwerden und die Beine vielleicht zu dünn mit zu viel Haaren. Mir egal. Jeder Idiot hängt rum bei Castings, und alle sind Nutten. Verkaufst deine starken Arme wie die auf dem Bau. Machst deinen hellen Kopf zu Kohle, siehe Mutter. Oder verhökerst deine pädagogischen Talente als Herr Breitbach. Jojos Muskeln sind selbst erschaffen, sein Besitz ganz allein. Warum soll ich den coolen Anblick nicht verscheuern? Warum nicht vor Kameras stehen mit rätselhaft einer Augenbraue gelüftet wie Mr. Spock. Aber dann heißt es nachher doch wieder nur, der ist schwul. Philipp Lahm, immerhin Kapitän der Nationalmannschaft, rät den Profis vom anderen Ufer, sie sollen ihre Vorlieben geheim halten. Hat sich was von wegen, vor dem Ball sind alle gleich.

Unser Spiel gegen die Lehrer neulich war ein schlechter Scherz, die waren fertig vorm Ende der ersten Spielzeit. Breitbach hat gesagt, wir kommen auch noch in die Jahre, dann werden wir an sie denken. Ganz toller Jugendversteher. Die Phase sexueller Orientierungslosigkeit hat er vorausgesagt seit der siebten Klasse, immer weiß er alles schon im Voraus. Den Mädchen hat er die Lust am Morbiden angekündigt, uns allen die Politisierung, die uns künftig zu Occupy führt oder zu den Piraten. Später folgen dann die ruhigeren Gewässer. Karriere und Nestbau in einer globalisierten Welt. Der alte Zyniker. Alle Plätze längst besetzt, überall liegt der Ball schon im Tor. Frauenfußball ist halber Kram.

Nadine in der Mönckebergstraße nachmittags neulich, Zufall, o Jubel, die schreckliche Insa war nicht bei ihr. Sie hat mir den neuen Fummel gezeigt, ok, und ich ihr, wo sie schon fragt, die gerade gekauften Schienbeinschützer. Was gibt's da zu sehen? Was soll man dann sagen? Jojo als Tomatenkopf mit Zitterspinnenbeinen dran. Bloß gut, dass Klamotten nicht durchsichtig sind. Glücklicherweise war der irre Prediger am Gange, seit Jahren steht er da und donnert die Passanten an. Guttrainierter Bursche, Oberarme noch besser als meine, Brustkasten wie Gewichteheber und die Glatze scharf rasiert, richtiger Gottesstreiter. Nadine und ich im sicheren Abstand. Reichlich strange, sich schämen für einen anderen. Der Donnergott schämte sich selbst kein Stück.

Und ER sprach zu seinem Vater, ich bin es nicht wert, in DEIN Haus zu gehen! Aber sprich nur ein Wort, dann wird meine Seele gesund!

So diese Tour.

Und wer von euch, Schwestern und Brüder, meine Botschaft ganz genau verstanden hat und wer bereut von Herzen, kann gleich kommen und dem HERRN sein Leben übergeben!

Nadine sagte, der hat die Show gelernt von Fernsehpredigern im bible belt, ihre Schwester ist Austauschschülerin in der Gegend. Ich hab gefragt, glaubst du an Gott, blöder geht's nicht. An die Natur glaubt sie, was soll das heißen. Natürlich ist nämlich nichts vom Himmel gefallen, nur der Schnee jetzt gerade draußen, der Rest ist menschengemachte Kultur. Als Großvater im Dorf lebte mit seinen Spinnen und Marie. Mein schöner Garten, sagte er, der Wildnis abgerungen, vor allem dem Schilf. Er sagte auch, bei uns wohnt eine Hexe. Grün getarnt, hockt sie nachts auf der Hecke, auf der Grenze zwischen Zivilisation und Wildnis, deshalb kann sie zaubern. Als ich klein war, hab ich ihm geglaubt. Nadine hat Sommersprossen und grünbraune Augen. Fangt sie lebendig, Männer!

Was es zu grinsen gibt? Wo die Gedanken sind? Bei Raumschiff Enterprise. Wie sie das Glibbermonster suchen, einkreisen und fertigmachen wollen. In der Folge *Horta rettet ihre Kinder.*

Wieder johlen alle. Jojo ist immer gut für einen dummen Spruch, und Breitbach weiß nicht weiter. Träumt schon von der Pension, von Reisen und von süßen Enkelkindern, für die er keine Verantwortung trägt. Meine Familie such ich mir selbst. Zehn Freunde sind zehnmal besser als so ein Clan, nur Nazim, na, im Mittelfeld nicht wirklich gut und auch so eine Missgeburt mit seinen leeren Drohungen. Jojo, Jojo, du musst bluten. Kann ich dafür, wenn eine Heckenhexe Mathe üben will mit mir und nicht mit ihm? Trotzdem, elf Freunde, das ist einfach, selbst mit Nazim. Unklar, was weiter wird. Für Profifußball reicht es schon mal nicht.

Was man mit seinem Leben vorhat, was man werden will. Zum Kotzen immer wieder diese Frage der Erwachsenen. Als wären wir nicht jetzt schon was. Es ist doch jedes kleine Kind etwas? Martin, nach der Zehnten ging er ab, jetzt fast schon ein gestandener Geselle, neulich bei Karstadt latscht er mir vor die Füße. Weißbekleckste Kleider, er roch gut nach Farbe. Als Maler Wände anpinseln, mit Kumpels lachen. Aber die Konkurrenz aus dem Osten, die Zeitvorgaben, Quadratmeter mal Minute. Wenn ich in Polen geboren wäre, würde ich vielleicht jubeln, in Hamburg Pizzas zu fahren. Aber nicht lange. Als Ruander wäre ich jetzt vermutlich längst tot. Mädchen in China fliegen nach der Geburt gleich hinter die Hütte für ihre paar ersten und letzten Atemzüge. Breitbach sagt das so, als äße er Pralinen. Damit wir es lernen, Deutschland dankbar die Füße zu küssen. Von Knutschen noch wenig Ahnung. Wenn ich ein Mädchen wäre, hier, in Hamburg, Nadine, dann würde ich einen Tomatenkopf richtigrum hexen. Alle Pickel weg und nie mehr rot werden. Heute in fünf Jahren, wer ist man dann. Strange, die Mischung aus Zufall und Wille. Warum ein Leben, warum nicht ein anderes? Grund, ich komm dir auf die Schliche.

Herkunft

Treffpunkt im Wasser, das ist die Verabredung. Wer nicht die Zeit hat, rauszufahren zur Boberger Düne oder gleich an die Ostsee, geht in eins der Schwimmbäder der Stadt. Judith hetzt zur Alsterschwimmhalle nach Hohenfelde. Vera kann eine spitze Zunge kriegen, wenn man sich verspätet. Soll sie doch ihre Runden drehen.

Warum hängt sie sich an mich. Ein Zweckbündnis, als wir noch Tür an Tür wohnten. Insa und Jojo waren klein, waren befreundet, da lag es nahe, die Kinder gegenseitig zu hüten, sich auszutauschen.

Judith zieht sich schnell aus. Sieht nicht an sich herunter, das übernimmt nachher die dünne Vera. Rein in den Badeanzug. Sie schleudert ihre Kleider in den Spind, duscht kalt, dann huscht sie gänsehäutig in die Kachelhalle. Der Volksmund sagt Schwimmoper ganz zu Recht, in dem Tempel hier könnten auch Diven schmettern, bei schräger Akustik. Judith hängt das flauschig neue weiße Handtuch an die Hakenreihe. Wirft einen Blick über das Wasser. Viele Besucher heute, Vera wird sich finden. Auf Zauderfüßen die Sprossen ins Becken. Erste schnelle Schwimmzüge, noch schlecht koordiniert. Drüben bei den Sprungtürmen ein Asketenprofil, das dürfte Vera sein. Judith würde es nicht ertragen, sie einmal die Woche bei sich zu Hause zu sehen: Dann geht und geht sie nicht weg. Hat zu viel Zeit. Keiner sagt was gegen Hausfrauen mit Kindern und Mann im Schlepptau. Aber die, die wissen allerhand gegen alleinerziehende Arbeitsmenschen. Judith hat es aufgegeben, gerecht und objektiv sein zu wollen, es langweilt sie, und leisten kann sie es sich auch nicht. Bei all den ungefragten Ratschlägen, mit denen man sie und ihresgleichen bewirft. Da, auch ohne Brille zu erkennen, das ist Vera. Selbst die nassen angeklebten Haare wirken wie für die Cosmo gestylt, und ihr Begrüßungslächeln blüht so damenhaft, als hätte sie zum Tee gebeten. Dabei hat sie wahrscheinlich schon zwanzig Bahnen gedreht.

Judith macht am liebsten Sofaschwimmen. Die Beine hochgelegt, Buch auf dem Bauch und Teeglas griffnah, Pink Floyd hören, zur Zimmerdecke sehen und von einem Spinnennetz zum nächsten träumen. Selten nur schafft sie es an den See in der Boberger Düne, wo das Wasser seidenweich ist, leicht zu teilen.

Sie schwimmen in der Halle. Manchmal geraten sie sich aus dem Blick, die eine taucht, die andere verschnauft am Beckenrand. Dann wechseln sie wieder paar Sätze, Judith bleibt lieber im Allgemeinen. Der neueste Hickhack um die Elbphilharmonie. Vera findet, wenn man in größeren Dimensionen denkt, dann sind die hohen Summen akzeptabel. Vergleich die Harmonie mal mit dem Heidelberger Schloss oder auch mit dem Eiffelturm, das sind Begriffe! Wahrzeichen, die langfristig Touristen aus der ganzen Welt anziehen. Eines Tages wird die Stadt mit diesem neuen Klotz viel Geld verdienen! Andererseits, so viele Zwischenfälle bei dem Bau, alles wird immer teurer. Die sollen lieber mal in Schulen investieren.

Bevor Vera von hier aus zur Begabtenförderung besonders talentierter Kinder kommen kann, also auf Tjark und Insa, sagt Judith, stimmt schon, nichts Neues unter der Sonne. Weißt du noch, wie hier das Bad eröffnet wurde, Anfang der siebziger Jahre? Der Schwimmbahn fehlten paar Zentimeter bis zu exakt fünfzig Metern. Es musste nachgerüstet werden für teures Geld, damit die Wettkämpfe korrekt und ehrlich ausgetragen werden konnten.

Schnee von gestern, sagt Vera, Insa hat sich vor Jahren schon vom Schwimmen auf Judo verlegt. Das hat was Tänzerisches, auch philosophisch steckt viel dahinter. Mit

Judo ist Insa den jagenden Affen in ihrem Alter weit überlegen. Aber Mädchen sind ohnehin immer was reifer als Jungen. Sie holt tief Luft, taucht unter und in Beckenmitte wieder auf, sie winkt Judith.

Wieder ein Pfeil von hinterrücks. Jojos Fußballtraining ist nicht halb so schlau wie Insas Judo. Soll sie reden, was sie will, und ewig rauscht die Linde.

Wie kommt eine Vera an ihren Mann? Als man noch Tür an Tür wohnte, als Judith frisch geschieden war, hat Heiko ihr geholfen, stur und still. Kein Versuch, sie anzubaggern, das hätte sie nicht ertragen nach ihrem Ehedesaster. Heiko hängte seinen Rechtsanwalt nicht raus. Hat unerreichbare Glühbirnen eingeschraubt, den Kinderwagen repariert. Heiko hat Jojo die ersten Fußballtricks beigebracht und die schwere Skulptur von Lino hochgeschleppt, die Vater aus Portugal als Geschenk mitbrachte. Heikos Angetraute weiß nicht, was er wert ist, die fixiert sich auf die Kinder.

Vera pflügt wieder auf Judith zu. Neuerdings, sagt sie, scheint Insa das Judo nicht mehr zu mögen. Auch ans Klavier muss man sie tragen. Dieser Balanceakt, die Kinder behutsam zu lenken und nicht jede neue Mode durchgehen zu lassen. Erziehung wirkt erzieherisch auf einen selbst, man möchte doch ein Vorbild bleiben. Ohne dabei auf dem Sockel zu stehen. Wir versuchen ganz bewusst, auf Tjarks und Insas Wegen mitzugehen. Zur Feier ihrer ersten Periode sind Heiko und ich mit ihr beim Chinesen gewesen, Pekingente, denn es war doch ein wichtiger Einschnitt in ihrem Leben. Dass sie sich klar macht, jetzt ist sie Frau. Du hast es sicher oft schwer mit Jojo, wo ihm der Vater fehlt. Hast du mal von Schwitzhütten gehört? Ein Angebot ganz besonders für junge Männer. Sie erfahren eine Art Initiation, die hilft bei ihrer Selbstfindung. Jojo würde seine Männlichkeit entdecken. Du könntest ihm mal so ein Wochenende schenken.

Ich könnte mir auch eine Narrenkappe aufsetzen und mit den Schellen bimmeln, sagt Judith. Als Mutter hab ich da nichts anzuregen. Da hab ich mich einfach rauszuhalten. Sie stößt sich vom Beckenrand ab und krault los. Ich hab's nur gut gemeint, sagt Vera, die aufschließt. Man muss sich offenhalten für die Kinder. Letzten Freitag im Deutschlandfunk, hast du gehört? Stimmt, deine Arbeit, es ging um Jugendliche. Eine Expertenrunde, Hörer werden zugeschaltet, fast hätte ich auch, warte, sagt Judith.

Beide paddeln in der Beckenmitte auf der Stelle.

Das ist mein Badetuch, sagt Judith.

Ein kräftiger Glatzenmann ist aus dem Wasser gestiegen, ist auf die Hakenreihe der Handtücher zugegangen. Hat ein sehr weißes gegriffen, dabei ein grau verwaschenes auf den Boden geschludert. Jetzt verschwindet er im Herrenduschen.

Mein Tuch, sagt Judith. Mein neues Flauschhandtuch von Mutter. Ist der Typ Dieb oder blind? Ihm nach, sagt Vera, eil dich.

Judith will nicht zur Leiter schwimmen, aussteigen und dann von duschenden Männern angelacht werden. Außerdem, vielleicht ist der Kerl auch ungewaschen in eine Kabine geschlappt.

Man nimmt doch nicht die guten Sachen mit hierhin, sagt Vera. Was Insa früher alles geklaut worden ist! Du kannst nachher sein Handtuch nehmen, das auf dem Boden. Er hat's wohl mit deinem verwechselt.

Mich mit seinem Fetzen abtrocknen? Wer weiß, wie oft er schon reingescheuzt hat.

Ein Sportsmann zieht spritzend an ihnen vorbei, sagt, Planschen ist draußen. Judith und Vera schwimmen an den Beckenrand.

Ich trockne mich nachher mit meinem T-Shirt ab, sagt Judith. Aber wenn der Kerl nun nach Hause kommt und seine Frau sieht das schöne Tuch, was denkt die sich? Vera sagt, Ehefrauen sind nicht immer gleich so misstrauisch, wie ihr euch das vorstellt. Sie fängt an, im Wasser Gymnastik zu machen. Judith lässt die Linde rauschen. Streckt sich lang aus und plätschert mit den Füßen kleine Wellen.

Das Flauschtuch war ein Geburtstagsgeschenk von Mutter. Dazu ein Buch, ein langer Brief. Auch Vater hat immer Episteln geschrieben. Zwei Intellektuelle. Als Eltern waren beide lausig. Es wäre schön gewesen, wenn sie gute Großeltern geworden wären. Jojos Interesse an Familie hält sich in Grenzen. Der geht in seiner Mannschaft auf. Wenn er das Abi schafft, ob er dann abhaut, nach Berlin oder ins Ausland?

Juditha, Vaters Kosename, lange nicht gehört, schon bald vier Jahre nicht. Jojo sagt Mutter, Mama schon lange nicht mehr. Judith oder Judy ist ok. Die Kosenamen unter Paaren sind oft zweifelhaft. Dicke, mach hin mit dem Essen. Schatz, kannst du mir das Salz geben. Viel offene Grobheit, viel Heuchelei. Wenn früher Onkel Martin Tante Maus bei Festen ansah und ihr sagte, süße Schneeflocke, dann wusste sie, sie war im Fettnapf, und zu Hause gäbe es Theater. Tante Maus bekam ein Doppelkinn und Rettungsringe. Ich aber doch nie! So denkt man das als ahnungslose spillerige Jugendliche. Eisenbahn, die krachte, Dickmadame, die lachte. Vera hat Zeit für Fitness, Yoga, makrobiotisches Kochen. Es ödet einen an, wenn sie mit kultivierter Stimme sagt, man braucht auch Zeit für sich selbst. Ein Selbst aus Muskeln und Vitaminen. Wie bewundernd sie feststellt, die Soundso hat kein Gramm Fett auf ihren Rippen. Als wäre sie Schlachter.

Vera sagt, beim Schwimmen spür ich jedes Mal, wir kommen aus dem Wasser. Das ganze allgemeine Leben fing beim Plankton an, und jeder individuelle Mensch lag in der Ursuppe im Mutterleib. Deshalb bin ich so gerne hier. Man nimmt sich Zeit, schaukelt im alten Element.

Judith räuspert sich. Das ist schon alles wahr und gut und schön, nur Veras schwärmerischer Augenaufschlag passt ihr nicht. Gleich fängt die garantiert mit Dichtung an oder mit Religion.

Vera fragt, war es nicht Hölderlin mit dem heilignüchternen Wasser?

Der hat bestimmt nicht an Chlor gedacht, sagt Judith. Und ich find's auch ganz nett, in der Badewanne zu schaukeln.

Veras nasses Schulterklopfen: Du bist und bleibst prosaisch.

Juditha, gibst du mir das Wasser? Vater lag zuletzt zu Haus im Bett. Jeden Tag zu Besuch bei ihm und Marie. Der Schnabelbecher.

Vera zeigt ihre Gänsehaut, sie will noch ein paar Runden schwimmen. Wieder zwei Pfund weniger, sagt sie, da friert man schnell. Hauptsache, du fühlst dich wohl in deiner Haut, sagt Judith, dann mustert sie ihre Beine. Dorische Säulen, oder wie hießen die Dinger. Sich wohlfühlen in seiner Haut. Wenn ich meine Traumfigur hätte, was dann? Nie mehr kneifende Hosen und Selbsthass. Immer noch den Chef vor der Nase, wahlweise Hartz 4. Immer noch alleinerziehend. Bald ist Jojo aus dem Haus. Was dann? Der Mohr hat seine Schuldigkeit getan. Jeder Löwenzahn und jeder Wal gibt Leben weiter. Oder nicht. Der kinderlose Chef, wie er sich aufmandelt: Nachkommen als ein egoistischer Luxus von tendenziell Geistesgestörten. Unsereins sollte Strafen zahlen, siehe den Arbeitsausfall der Mütter, siehe die teuren Kitas. Will der später mal von Robotern gefüttert werden? Was hat der am Ende vorzuweisen? Soundsoviel Gutachten für soundsoviel Parkhäuser. Und einen Doktortitel auf dem Grabstein. Was hat man überhaupt davon, etwas zu hinterlassen. Die Wilden wollten ihre Ehrfurcht vor der Welt zeigen, indem sie möglichst nichts verändern. Ein fremder Gedanke für unsereinen, der immer alles besser machen will und schöner. Der Welt etwas zurückgeben, etwas hinzufügen. Jojo ist da. Vaters Bücher werden manchmal noch gelesen. Ich vergesse nicht, dass wir zusammen unterwegs waren, nur er und ich, Marie hütete Jojo. Vater hat uns beiden die Reise nach Polen geschenkt. Von Tante Maus bleibt die Erinnerung an ihren Garten. Das war ihr Geschenk an die Welt. Vater sagte, das ist ihre Unterschrift.

Auf, auf, ihr müden Leiber. Noch ein paar Runden schwimmen, damit der teure Eintritt sich lohnt.

Wieder zieht sie neben Vera her. Die sagt, guck mal, der Typ, der gerade reinkommt. Wär der nicht was für dich?

Wen will sie mir da anhängen. Judith sagt, der geht, als hätte er Catwalk geübt, und jeder soll es sehen.

Du musst dich doch auch nicht verstecken, sagt Vera.

Sie soll sich ihre gönnerhaften Kommentare sparen.

Vergiss ihn, sagt Vera, er hat zu viel Fell auf dem Rücken. Bei den Jüngeren diese Mode, sich sämtliche Körperhaare zu epilieren. Etwas pervers, aber die glatte Haut macht auch wieder was her. Weißt du noch früher, unsere Pluderhosen und Holzfällerhemden? Ein Jammer, den Körper so zu verbergen. Nicht besser als die Muslimas. Obwohl ich die auch schon in Hauteng und Highheels mit Kopftuch gesehen habe.

Wir haben damals vielleicht gedacht, der Körper soll unsere Moral aussagen, sagt Judith. Man ist mit der Welt beschäftigt, nicht mit sich selbst, deshalb die simplen Kleider. Man täuscht nichts vor, deshalb auch keine BHs.

Das war eine ganz raffinierte, ganz subtile Verlockung, sagt Vera, und so ein rührend großes Männerhemd sollte bei Jungen Beschützertriebe auslösen.

Von wegen rührend, sagt Judith. Bei mir war das ein Reiß-es-mir-vom-Leib-Hemd! Trotzdem haben wir Klamotten und Körper nicht allzu wichtig genommen. Tätowieren und Piercen hätten wir abgelehnt, aus ideologischen Gründen. Weißt du noch die Diskussionen um gewaltlos und gewaltfrei? Da ging's aber nicht um narbengeschmückte Haut, nicht um den eigenen Stil. Es ging um politischen Sinn. Ich find's einen seltsamen Sinn, den Körper zu behandeln wie ein Material, das man formt.

Vera sagt, wir sind aber doch ein Rohstoff. Das waren wir auch immer. Denk mal an unsere Zahnspangen. Und wenn wir jetzt nicht regelmäßig schwimmen gehen würden, sähen wir wie unsere Tanten aus.

Das war zu laut. Das hat eine alte Mitschwimmerin mit feinen Ohren verstanden. Haben Sie was gegen Tanten? Das sind wir doch selbst, sagt Judith.

Im Außenbecken scheint die Sonne schon zu wärmen. Vera und Judith lassen sich von den Düsen massieren. Vera quetscht die Haut an ihrem Oberarm. Materialermüdung, sagt sie, da hilft keine Gymnastik, nicht mal Sex. Der ist aber gut für den Teint. Sie klopft ihr Dekolletee. Und für das allgemeine Wohlbefinden. Was ist überhaupt aus deinem letzten Verehrer geworden, hast du ihn? Kein Kommentar, sagt Judith. Sie schwimmt durchs Außenbecken.

Ihr letzter Verehrer gab sich nicht hin, der gab sich nur her, das wollte sie nicht. Vera ist allerdings die Letzte, mit der Judith über Männer reden möchte, da kann sie auch gleich zur Wellness-Beratung gehen. Manchmal bespricht sie sich mit ihrem Bruder Friedo, Telefonate zwischen Alençon und Hamburg. Oder sein Rätselraten in den langen handschriftlichen Briefen, die er zusammenhäkelt in der Badewanne und im Bett. Zu jedem Satz fällt ihm ein Gegensatz ein oder eine Ergänzung, daher die vielen Sternchen, und immer noch ein PS. Diese Macke hat er von Vater. Auch er vermisst ihn, sagte er gestern am Telefon.

Juditha, Friedolo und Lütten Simon. Florianus, Nicodemus. Ferne leise Flötentöne eines Kuckucks. Der Verehrer neulich hat Eselslieder gesungen. Ein Vater als Vogel. Keine Meise, keine Möwe, die einen nicht an unsern Vogelfreund erinnert. Das Bild von ihm im Wohnzimmer lässt sich kaum ansehen. Hier draußen, über dem Außenbecken, schwirrt eine Amsel. Lässt sich auf der Mauer nieder, dreht den Kopf und äugt, wippt mit dem Schwanz. Was willst du zu mir sagen? Wann wirst du nicht mehr nur schmerzliches Fehlen sein? Wann wirst du zum wohlwollenden Begleiter?

Jojo hat keinen Vater, nur eine Mutter. Was kein nur ist, und er hat noch andere, die für ihn wichtig sind. Ihn gehen lassen, bald.

Judith starrt die Wasserfläche an, die hüpfenden Lichtpunkte. Sie holt tief Luft und taucht ganz unter.

Zurück in den Anfang. Mit Religion hat sie nicht viel am Hut. Ihre Herkunft aus dem Wasser weiß sie aber noch genau.

Die See lag still, ein Salzmeer, und ich musste die Augen öffnen. Tief unten bei den Rochen war ich, bei sprachlosen dunklen Engeln mit Augen wie Sternen, sie flappten feierlich, wiesen mich Richtung Oberfläche. In großen Schwärmen trieben Feuerquallen, und ihre Nesseln brannten mich, sodass ich tanzte vor Schmerz, ich wusste alles von Anfang an. Ein Knurrhahn schwamm vor mir her, der Küste entgegen, ich tauchte auf. Der erste Atemzug. Am Horizont ging die Sonne unter, Regen fiel, und es wurde Nacht und es wurde Morgen, nah und fern lauter Menschenseelen, es lagen Filme von Öl auf dem Wasser, die uns die Poren verklebten. Die Sonne stieg über der Welt auf. Die Erde stieg über der Sonne auf, die Erde geht auf und unter.

Druck auf den Ohren, Luftdurst. Auftauchen, die Augen reiben und ein Ohr ausschütteln. Im Alsterschwimmbad

Hohenfelde draußen auf dem Rücken treiben. Als wäre das jetzt der See in der Boberger Düne.

Störche holen Kinder aus dem Wasser. So hat Judith es Jojo erzählt, als er klein war. Er hatte keine logischen Probleme, die Vögel in Verbindung mit dicken Frauenbäuchen zu bringen. Man wird nicht nur geboren, sagte sie, das ganze Leben lang muss man zur Welt kommen. Jojo fand das einleuchtend. Der hat sich eine krause Theorie gebastelt als der Winzling, der er war. Und sowieso hat Judith ihn immer schon ordnungsgemäß aufgeklärt. Männer, Frauen, Kinder. Seele, das Wort kommt etymologisch betrachtet von See. Kann sein, es wohnen auch die Seelen der Toten im Wasser. Das Lächeln des Sees. Kann sein, sie sind bei uns. Auch das hat sie Jojo gesagt.

Wer wird man künftig sein, für wen? Gut ist es, neben der romantischen Ader, die kaum einer kennt, auch die prosaische Ader zu haben. Nach dem Schwimmen winkt zu Hause zur Belohnung der Rest Huhn von gestern.

Judith lässt sich vom Wasser schaukeln. Ein klarer Nachmittag im März. Das Wasser trägt. Oben im Blauen ziehen Graureiher in Richtung Alster.

Alle Vögel sind schon da

Aus den gesenkten Augen sieht er nebeneinanderstehende Schuhe, ordentlich linksrechts linksrechts. Kaum vorstellbar, dass später Zehenspitzen oder Fersen durcheinanderwippen. Oberschenkel in einer Reihe, reglos, als wären sie festgeschraubt. Auf ihnen liegen die Programmzettel, buntes Papier, als wäre Karneval. Sie spielen hier heute Abend mehrheitlich Klassik. Simon seufzt. Diese Schule gibt sich gediegen. Ulrike lernt sogar Latein, von Kerstin hat sie das nicht. Er sieht auf. Vorn auf der Bühne der Aula und in den Gängen noch ein letztes bisschen Winken und Wuseln, viele der Eltern hier kennen sich. Die Stühle stehen dicht nebeneinander, zwischen den Reihen zu wenig Abstand. Eine Bohnenstange wie er hat es hier schwer, die Beine unterzubringen. Simon tippt auf die Knie seiner Freundin, lächelt sie an. Kerstin hat sich aufgebrezelt, vielleicht noch mehr für ihre Tochter und für den Anlass als nur für ihn. Der rote Minirock, die schwarzen Strümpfe. Knallenger schwarzer Pullover, Teufelin. Süße. Nur ihr zuliebe ist er hier beim Schulkonzert, Ulrike fiedelt auf der Geige. Als Patchworkmensch wird man gestraft.

Simon kann seine eigenen Kinder nicht so oft sehen, wie er es wollte. Dafür sucht er jetzt vorn im Orchester unter den hellen Gesichterflecken nach dem von Ulrike. Kerstin nennt es: Kontakt zu ihrer Tochter aufbauen. Simon nennt es: Verbeugung vor Kerstin, aber das sagt er ihr nicht. Er trifft die Liebste alle zwei Wochen, zu Hause in Osnabrück oder hier in Hamburg. Das Verhältnis zwischen ihm und der vierzehnjährigen Ulrike findet er verwaschen freundlich.

Die Vorhänge in der Aula sind zugezogen, die Fenster wahrscheinlich geschlossen. Schon anfangs ist die Luft zum Schneiden. Ein fiependes Mikrophon auf der Bühne, der Schulleiter spricht über Geist und Gemeinschaft. Dabei schreckt er vor Jugendjargon nicht zurück, er peilt und rafft und macht sich einen Kopf. Doch der Sinn ist voll staubiger Spinnennetze. Simon denkt, er denkt Gedanken seines Vaters. Das Mikrophon knarzt. Endlich wohlwollendes Lachen, Händeklatschen. Das Orchester sitzt in grelles Licht gebannt. Die Schüler sehen also beinahe nichts vom Publikum. Trotzdem haben sie wahrscheinlich Lampenfieber. Wie kommt ein Kind aufs Geigespielen.

Das Kind Lütten Simon, zuerst eine Blockflötengruppe. Vor den Stunden bekam er oft unklares Bauchweh. Oder die Flöte war weg. Mutter hatte ihn schon beinahe aufgegeben für die Musik. Aber dann einmal im Gottesdienst im Osnabrücker Dom eine der älteren Schülerinnen, sie spielte Syrinx, Debussys Stück für Querflöte solo. Der Wind im Schilf, Pans Atem. Da war er selbst gerade mal zwölf. War sofort an dieses unbekannte Instrument verloren. Mutter wollte nicht, dass ihre Kinder was vermissten, seitdem Vater abgehauen war. Daher die Reise nach Paris für die große Schwester und ein Rezept für die Pille, als Judith drohte, sonst würde sie vielleicht demnächst ein bisschen schwanger. Daher das Mofa für Friedo, was ihm als Öko heute peinlich ist. Nico in der Reitschule, die armen Pferde. Und Simon bekam eine gebrauchte silberne Flöte, ging mit Freund Kalle zum Unterricht. Reichlich ungewöhnlich, als Junge so ein Instrument zu lernen. Aber der ganze Clan tanzte immer schon aus der Reihe, und Kalles Familie war nicht besser. Beruf des Vaters Organist, das war so ungewöhnlich wie ein Schriftsteller als Vater.

Frau Bauer hieß die Lehrerin. Gesang, Klavier, Geige und Flöte, unten am Haus ein Schild, in der Augustenburgerstraße wohnte sie, im zweiten Stock. Man hörte schon im Treppenhaus Klaviertöne, kräftige von Frau Bauer und das Zimpern dieser Schülerin mit Affenschaukeln. Die Wohnungstür immer nur angelehnt, der Unterricht lief pausenlos, wie hat die Lehrerin die langen Tage ausgehalten. Das dröhnende Zimmer, auf dem Klavier eine zitternde Vase, in der eine lila Rose aus Stoff stand, die zitterte auch. Man packte seine Flöte aus, legte das abgezählte Geld, zwei Mark, in eine Kristallschale auf dem Tisch. Der Ansatz! Nase und Flöte neunzig Grad! Zuerst immer Etüden, der Komponist hieß Berbiguier. Frau Bauers hochgezogene Augenbrauen, schlimmer noch das Klopfen ihrer Fingerknöchel. Ihr Lob konnte man an drei Fingern abzählen. Du hast einen guten Mund für die Flöte, sagte sie einmal zu Kalle. Wofür der nichts konnte. Quantz, die ewigen Sechzehntelläufe. Kalles abgekaute Fingernägel. Sich die Füße in den Bauch stehen. Das Zittern, das Kalle für ein Vibrato hielt, Frau Bauers Erklärungen zum Prinzip der Stütze. Ihre Hand unter dem Busen auf dem Zwerchfell, das demonstrierende A-me-hen. Der ungläubige Thomas fasste Jesus an die nackte Brust, in seine Lanzenwunde. Das Stützen ist ein natürlicher Vorgang, sagte Frau Bauer, beim Schluchzen kommen die Zwerchfellstöße unwillkürlich. Simon und Kalle waren gelangweilt und brav, verlegen, etwas ängstlich. Das harte Mundstück aus Silber. Seid ihr so töricht, eure Flötenkästen nach dem Üben gleich zu schließen? Selbst wenn ihr eure Instrumente sorgfältig gereinigt habt? Sie sprach wie vom Blatt, und Kalle verstand sie auch nicht immer. Dann die D-Dur-Sonate vom Bach-Sohn. Endlos wie Carl und Philipp und Emanuel und Bach. Debussys Syrinx unerreichbar in weiter Ferne. Auf dem Klavier auf Augenhöhe die zitternde falsche Rose. Frau Bauer hatte Simon und Kalle geraten, zusätzlich zum Unterricht dem Schulorchester beizutreten.

Hier vorn auf der Bühne fangen sie noch mal zu stimmen an. Klar, die Rede war so lang, da werden Blech und Silber wieder kalt. B, as, a. Eingestrichen, zweigestrichen, das erwartungsvolle Durcheinander rund um einen Klang.

Ewige Verheißung, ewiger Versuch, zum reinen Ton vorzudringen. Simons roter Zettel gibt die erste Nummer an, den Frühling aus den vier Jahreszeiten, ein Ohrwurm. Die Schüler spielen ihre Noten, ohne Atmosphäre herzustellen. Kerstin kriegt es nicht mit, sie schlägt mit ihrem grünen Blatt den Takt. Hört ihre eigene Musik im Kopf. Immer ist die schöner als das, was man wirklich spielt. Der Dirigent hat es nicht einfach, fünfzig gegen einen.

Früher bei Herrn Morlock die Orchesterproben, in den Pausen haben die älteren Schüler geraucht. Daneben wurde hartgekochtes Ei verdrückt. Eine Geruchsmischung so widerlich, dass Simon anfing zu rauchen. Mutter und Vater konnten dagegen nichts sagen, die qualmten selbst. Wenn Vater zu Besuch nach Osnabrück kam, fragte er nach dem Flötenüben. Mutter fand es nicht immer gut, dass er von Hamburg aus noch versuchte, Einfluss zu nehmen. Mit dem E-Bass später konnten beide Eltern überhaupt nichts anfangen, das merkte man an ihren dummen Fragen.

Japapapapapp, vorne die Schüler schwelgen in den Tönen, anstatt zu akzentuieren. Da kann der Dirigent mit seinem Stöckchen stechen, wie er will. Männliche Sätze, das sind Allegro und Vivace, weibliche sind langsam, oft in Moll gehalten. Für feministisch geprägte Leute wie Kerstin ein Unding. Sie ist Hardrockerin. Luzifer und Lilith. Sie flirtet hemmungslos mit allen Männern. Wie kommt ihre Tochter auf Geige?

Die Jugendliche am Flügel legt sich ins Zeug. Es sind ganz schlichte Akkorde, warum dann ihre pantomimische Begleitung? Sie hebt die Ellbogen bedeutsam an, streckt ihren Rücken, zieht den Kopf schräg aus dem Nacken hoch. Jeden bloßen Dreiklang lädt sie mit Bedeutung auf, als traue sie den Tönen selbst nichts zu. Beim Musizieren bleibt man reglos, oder man bewegt den ganzen Körper. Beide Dogmen gibt es vermutlich bis heute.

Vor Simon in der Reihe schüttelt eine Frau ihr Haar, kratzt sich den Hinterkopf. Am Wirbel hat sie einen leichten Schorf, den sollte sie in Ruhe lassen. Ist ungeschickt gekämmt. Frau Bauer war toupiert. Carl Philipp Emanuel Bach, Sonate G-Dur, der weibliche Satz. Das Adagio ist irgendwann zum Lieblingsstück geworden. Töne, die über dem dunklen Zimmer schwebten, wie ein Geist über der wüsten leeren Erde. Wenn Frau Bauer endlich die G-Dur-Noten aufschlug, fing eine andere Zeit an.

Ein Frühling Mitte der siebziger Jahre. Simon übte das Adagio zu Hause, er übte in der Schule unterm Tisch auf einer ausgedachten Flöte. Er übte in den Ferien, die er beim Vater, seiner neuen Frau und seinem Halbbruder Florian in Hamburg verbrachte. Er übte, bis alle in seiner Umgebung dieses Stück rückwärts mitpfeifen konnten. Muskelkater in den Mundwinkeln und Schweben, das war sein Adagio. Zeit eines großen Ja. Die Noten regten sich, sie trieben auseinander und verschlangen sich, das Adagio, eine glückliche lange Weile, die hob ihn auf und trug. Der Fuß, den Takt klopfend, der nickende Kopf. Die Querflöte, die Kreise malte. Frau Bauers scharfer Tonfall, Simon, bist du närrisch? Lass das Hampeln. Du bist hier weder im Gymnastikunterricht noch in der Oper. Da war der Wimpernschlag des großen Ja kalt übergossen. Und wieder reglos stehn, wie aufgespießt. Frau Bauer war alte Schule. Alle Konzentration des Spielers hat ins Instrument zu fließen, sie sagte, hier wird keine Show aufgeführt.

Das Syrinx-Mädchen in der Kirche wippte auf den Zehenspitzen wie ein Vogel. Als wollte es davonfliegen. Und das war noch nichts gegen Jethro Tull, den Hexer, den akrobatischen Derwisch. Ian Anderson kam später über Bruder Friedo aus Frankreich, auf tesafilmgeklebten Kassetten kam er geflogen, gesprungen, getanzt. Wenn der mal wieder ein Konzert gibt, wird Simon Karten kaufen für Friedo und sich. Eine Erinnerung an alte Zeiten, als Jethro Tull ihr Traum war. Sein ganzer Körper machte Musik. *Skating away on the thin ice of a new day.* Sich abstoßen vom Ufer und mit niemandem Frieden machen. Fliegende silberne Splitter. Wegen Jethro Tull hielt Simon im Orchester immerhin zwei Jahre aus, er blies als Tuttischwein die erste Geigenstimme mit, in irrer Hoffnung, Üben hilft. Auch wenn es bei den Klassikern kein Zungenflattern gab wie bei Ian Anderson. Balladen, Folk, dann wieder Rock, seine Flöte rauchte und fetzte, er sprang. Oh, Jethro Tull, und diese schrägen reinen Töne. Am Wasser der Quelle. Aber mit Sprache ist Musik nicht beizukommen. Man möchte reagieren. Wortlose Musik, wie soll man darauf antworten in ganzen Sätzen. Auch hier in der Aula nur Husten und Räuspern, bevor das nächste Stück losgeht.

Ein Kind hinter Simon wird angezischt von der Mutter, du musst dich noch etwas gedulden! Kannst stolz sein auf deinen Bruder! Würdest du nicht gern auch Cello lernen? Nei-hein, sagt das Kind sehr deutlich, mehrere Leute drehen sich um. Zwei Reihen weiter vorn schläft einer ein, sein gelbes Programmblatt ist auf den Boden gesegelt. Schon wieder sackt sein Kopf, fährt auf. Woran denken die Leute, die hier ein Konzert absitzen? An ihre feuchte Wäsche, die im Knitterschutz-Modus in der Maschine wartet und die sie nachher noch aufhängen müssen. Simon denkt an sein Café in Osnabrück, der Laden läuft gut, er würde die Preise gern etwas erhöhen. Der Lohn für ihn und seine zwei Kolleginnen ist unmenschlich. Er schließt die Augen, um nicht abgelenkt zu werden. Alle Orchester sehen sich ähnlich. Auch hier vorne mühen sie sich redlich ab mit ihrem Material, man braucht nur hören. Holz und Silber, Messing, Blech und Därme. Kunststoff, Draht und Stahl und Atem.

Herr Morlock konnte toben, wenn die Schüler bei den

Proben schlampten. Musik gibt dem Leben Ordnung und Sinn! Mozart hat sich was gedacht bei seinen Achtelpausen!

Simon öffnet die Augen. Was soll Musik für einen Sinn haben.

Woher nehmen Leute wie Frau Bauer oder Meister Morlock oder hier der Zappelfips an seinem Pult diese Geduld, sich abzuplagen mit Dilettanten. Er sieht unregelmäßige Bewegungen der Geigen. Er reißt die Augen weit auf. Das ist doch ein Viervierteltakt! Aber die Geigen haben sich böse verheddert, drei und vier und eins und zwei, man wollte eingreifen. Selbst Kerstin hört, da stimmt was nicht. Jetzt leidet das ganze Publikum mit. Ob die sich auf der Bühne fangen? Oder noch mal ganz von vorn den Satz? Morlocks Zischen, wir sprechen uns noch, wenn das Orchester bei den Aufführungen patzte. Zum Volk hin dann die lächelnde Verbeugung. Die Schüler waren für ihn nicht Spieler, er spielte sie wie sein Instrument. Harte Schule, ein Dompteur. Aus fünfzig Laien einen Willen machen. Musik ist ein Wille, schrie er. Nur mit der schnuckeligen Heike, die am Flügel saß, sprach er ganz sanft, die flötete er an. Sie soll den Willen der Musik erlauschen und verstehen und ihm folgen. Heike hat das wohl auch getan. Wenn die Gerüchte über sie und Morlock stimmen.

Ian Anderson würde es anders ausdrücken mit der Musik, mit ihrer Aufgabe und Wirkung. Der kommunizierte mit seinen Leuten. Kunststück, nur eine kleine Gruppe. Wie er über die Bühne fegte. Zauberer mit Flöte und gleichzeitig Stimmeinsatz. Eines Tages weiß man, dass man selbst so weit nie kommt. Dann lieber dicker E-Bass.

Die Langeweile hier im Konzert, kaum anders als früher die bei Frau Bauer. Rauf und runter Berbiguier. Endlos hämmernde Etüden. Ob die Komponisten Aufstand machen würden in den Gräbern, wenn sie hörten, wie ihre

Musik verhunzt wird? Ob sie froh wären, dass man sie immer noch probt?

Paar Stühle weiter faltet ein kleiner dicker Junge an seinem orangen Programmblatt herum, die Hand der Mutter stellt ihn ruhig. Was für eine Stickluft in der Aula. Simon leckt am Zeigefinger und reibt ihn unter der Nase, das gibt ein Gefühl, als bekäme er Luft.

Ein Solist versucht sich an Hindemith-Stücken, und laut Programm will der Chor sich zeitlich vorwagen bis zu den Beatles, Hilfe! Aber wenn man selbst ein Stück gut findet, wenn man versucht, seine Schönheit zum Vorschein zu bringen, dann hört man manchmal mehr und Besseres als das tatsächliche Geschrammel. Nur das Publikum sieht alt aus, jedenfalls in einer Schulaula, wo man sich weder rührt noch raucht, so wenig wie in Kirche und Konzertsaal.

In Kerstins Wohnung vorhin noch der kleine Schlagabtausch. Die Motorradfahrt Osnabrück – Hamburg hat sich hingezogen, Simon wäre ganz gerne auf ihrem Sofa liegengeblieben. Sie konnte doch alleine zum Konzert gehen. Er hätte bei ihr Jethro Tull gehört, Einsätze gegeben, mittendrin Bravo gerufen, er hätte gesummt, geröhrt, geraucht, vielleicht getanzt. Das ist es, was Musik von Zuhörern will, sagte er. Kerstin sagte, beim direkten Vorspiel gibt's mehr Atmosphäre, selbst wenn sie Harfe zupfen. Er hat sich breitschlagen lassen, und jetzt sind die da vorne endlich fertig. Rauschender Beifall. Einzelne Mütter stehen sogar auf und klatschen mit erhobenen Händen, vergessend, dass ihr Kind dann anderntags verspottet wird. Ein Blumenstrauß für den Dirigenten, ganz professionell, und der wirft ihn ins Orchester, verbeugt sich noch mal vor dem Volk.

Und wieder schlängelt sich der Chor nach vorn. Ein blonder Junge und Ulrike stellen sich neben dem Dirigenten auf, der Schulleiter kommt mit dem Mikro dazu. Er hebt die Hand. Für unsere kleine Zugabe brauchen wir Ihre

Hilfe. Erwartungsvolles Murmeln, die Stehenden setzen sich wieder. Ulrike ruft, wir spielen zum Schluss ein Lied von Beethoven, und alle sollen mitsingen. In ihrer Stimme ein kleines Zittern, das Mikrophon kracht. Mit vierzehn Jahren hätte ich mich nicht vors Mikrophon getraut, sagt Kerstin, greift sich an den Hals. Der Blonde ruft, Sie haben alle ein Programm bekommen. Das Mikrophon pfeift. Und aus diesen schönen bunten Blättern, ruft der Schulleiter, falten Sie bitte einen Flieger. Das geht so, und so, und so, die vier auf der Bühne machen es vor. Das Mikrophon knackt. Die Leute lachen, murmeln, rascheln, falten. Alle Vögel sind schon da, sagt Simon zu Kerstin. Der Blonde und Ulrike gehen auf ihre Plätze zurück. Schulleiter und Dirigent stehen sich jetzt gegenüber, haben Publikum, Chor und Orchester im Blick. Erheben Sie sich bitte, warten Sie auf den Einsatz, dann lassen Sie die Flieger frei und können damit spielen, sagt der Schulleiter. Dabei das Singen nicht vergessen, sagt der Dirigent. Und wer den Text nicht kann, singt indianisch, sagt der Schulleiter. Er stellt das Mikrophon beiseite. Der Dirigent hebt seinen Stab. Freude, schöner Götterfunken. Die Instrumente schon wieder verstimmt, der Chor etwas schrill und unsicher im Text, es sollte eine Strophe doch gestrichen werden? Unten das summende wuselnde Volk, sich bückend und reckend, in der Luft bunte Vögel, die fliegen und schweben und stürzen und steigen auf, und Simon schluckt und zieht die Nase hoch, und Kerstin sucht ein Taschentuch, und Himmlische und alle Brüder und ein mächtiger Verspieler bei den Geigen. Donnernder Applaus und Jubeln, Tränen, Trampeln.

Auf dem Heimweg sagt Ulrike, die Vögel waren eigentlich vor allem für die Kleinen gedacht. Im Chor sind welche erst zwölf Jahre alt, und im Publikum waren noch Jüngere, die mussten wegen der Geschwister ins Konzert. Sollen die Kinder wenigstens am Schluss Spaß haben.

Kerstin sagt, du stehst darüber, klar. Zu Hause trinkt Ulrike einen Liter Saft, lässt sich Spaghetti aufwärmen und legt sich später in die Badewanne, sie kann sich die Nacht um die Ohren schlagen, morgen ist schulfrei. In der Wanne schaltet sie das Smartphone ein, genießt das Scheppern von Marilyn Manson.

Tiefnachts, Simon liegt neben Kerstin, kann nicht schlafen. Vivaldi, Hindemith und Jethro Tull und Beethoven. Jetzt wieder das G-Dur-Adagio im Kopf. Man versteht es nicht, wie plötzlich eine lang vergessene Melodie auftaucht. Ihr lernt Musik, um euch später im Leben zu trösten, sagte Frau Bauer einmal. Da hatte sie wohl einen dunklen Tag. Denn sonst war die Musik ein Gott, der keine Begründung brauchte.

Augustenburgerstraße. Gebeugt über den Notenständer. Gerade halten! Nase und Flöte neunzig Grad, und Kalles grausames Vibrato.

Dann dreht man sich um. Fast vierzig Jahre sind vergangen. Frau Bauer ist längst tot. Die Zeiten der Querflöte lange vorbei. Einmal war Simon mit seinem Vater allein unterwegs gewesen, in Ruperts 2 CV, nach Ungarn. Anfangs beide befangen, wie sollte das gutgehen sechs Tage lang. Vater und Sohn. Wer von ihnen war darauf gekommen, Brüder zu sein wäre auch ganz schön. Wir sind doch alle nur etwa einsachtzig über der Kiste. Ein Lieblingssatz von Rupert. Die nächtliche Autofahrt, das Flattern der Motorhaube, wenn wieder ein Lkw überholte. Tempo ist mehr was für Blöde, auch das sagte Vater gern. Sie rauchten, um sich wachzuhalten. Ganz unerwartet war im Radio das Bach-Adagio gelaufen. Der Vater fragte, war das dein Stück? Er klopfte den Takt aufs Steuerrad. Simons Finger hätten die Folge der Griffe immer noch auswendig spielen können.

Die Vergangenheit, das ist aber kein Ort, den man aufsuchen könnte, sie entzieht sich. Es muss eine letzte Flötenstunde bei Frau Bauer gegeben haben. Keine Erinnerung. Es gab einen Abschiedsbesuch bei Vater. Tage später rief Marie an.

Sinnlos, sich noch mal Frau Bauers Klavierzimmer wachzurufen, die falsche zitternde Rose.

Zigarettenglut im Dunklen. Sinnlos, Vater und Sohn als Brüder in einem Citroën heraufzubeschwören.

Melodien, die einen hier und da unerwartet, sinnlos begleiten. Sie geben einem Leben Klang.

Die Wand aus Glas

Vera findet, der Gruppenvortrag in der Kunsthalle hat wieder mal wenig gebracht. Abgehakt. Obwohl Regenwind über den Rathausmarkt pfeift, steigt ihr die Hitze zu Kopf. Es war die blanke Schadenfreude der jungen Gynäkologin neulich, Schweißausbrüche könnten wohl bei Ihrem Jahrgang auf die Wechseljahre hinweisen. Soll die erst mal unter Schmerzen Kinder gebären. Veras Bett scheint nachts eine einzige Pfütze zu sein. Das hier ist meine Kemenate, sagt sie, wenn sie, selten nur noch, für eine potentielle neue Freundin zu Hause die Schlossführung macht. Kemenate, das ist der angesagte Euphemismus für getrennte Schlafzimmer, weil die eine schwitzt und der andere schnarcht oder fremdgeht.

Heute Morgen hätte sie etwas Leichteres anziehen sollen, nicht gerade den neuen Alpacapullover. Immerhin hat sie jetzt fast alle Ostergeschenke beisammen, für die Nachbarn und die eigene Familie. Aus dem Fruchtgummiladen Mönckebergstraße die beliebten Apfelschnüre, dazu Hasen aus purem Obstsaft. Die Nachbarn mit dem übertriebenen Öko-Bewusstsein werden nichts sagen können. Dabei wählt auch Vera grün, denn die Partei hat sich gefangen. Die hat sich aufgefangen und nicht sich selbst eingekerkert, wie Judith behauptet. Judith mit ihren Wortgrübeleien, mit ihrer ganzen Radikalität. Man muss pragmatisch bleiben und sich bescheiden. Die skandinavische Boutique hinter den Alsterarkaden hatte Ringelstrumpfhosen, Vera hat ihrer Tochter Insa ein Paar gekauft. Nicht leicht, für einen Mann wie Heiko was zu finden, und eigentlich sind die Geschenke untereinander abgeschafft. Aber die Briefwaage von Manufaktum dürfte ihm gefallen. Der Kleine, Tjark, ist zufrieden mit einer Drei-Fragezeichen-CD, immer noch oder schon wieder bestehen die Kinder auf diesen seltsamen Detektivgeschichten. Vera hat die Bücher selbst verschlungen, als sie klein war. Alfred Hitchcock legte seinen Zeigefinger auf den Mund, und jemand schraubte seine Stimme hoch zu einem Schrei, bis ein Spiegel zerbrach. Ein Schreiwunder war das.

Vera wirft einen Blick auf ihre Liste. In der Mönckebergstraße ist eine Post, da wird sie ihre Kontoauszüge holen, in Eppendorf wartet man ewig. Aber auch hier drei Leute vor ihr. Direkt am Gerät ein Athlet, der ohne Ende überweist. Hinter ihm ein Asiate mit Säbelbeinen, dann ein hochgewachsener Alter, er sagt empört, der Schalter im ersten Stock ist schon wieder defekt. Der Asiate dreht sich um. Post ist für Gewinn da, Mister, nicht für uns. Der Alte reagiert nicht, und auch Vera hat keine Lust für ein Schlangengespräch, das gipfelt immer nur in billigen Vorwürfen gegen die da oben. Sie blättert in den Auszügen. Natürlich haben Heiko und sie ein gemeinsames Konto, doch jede Frau hat ihr süßes Geheimnis. Vera ist zwar eine sogenannte Nur-Hausfrau und Mutter, aber Einnahmen gibt es trotzdem. Bei Amazon verkauft sie alles, was im Keller landet, und jetzt ist auch das Honorar der Zeitschrift auf dem Konto. Die kleine Reportage, unser Stadtgarten im Herbst. Flott geschrieben, das ist gelernt. Der große Schatz an Halbbildung, mit dem man nicht zuletzt den Kindern hilft. Tjarks Schulklasse wird wahrscheinlich auch in die Ausstellung dieser Künstlerin gehen. Louise Bourgeois. Zwischen der alten und der neuen Kunsthalle die neun Meter hohe Skulptur einer Spinne, der Titel Maman. Neun Meter Schrecken. Vera wird ihren Sohn ganz nebenbei auf das Werk der Louise Bourgeois vorbereiten, ihm von den kunstvoll gewebten Netzen erzählen und wie sich in ihnen Schönheit und Tod verbinden. Wenn Tjark das behält, dann glänzt er wieder. Er steht in allen Fächern auf elf Punkten.

Der Stolz der Eltern sind ihre Kinder. Wenn das alte Testament im Gegenteil vom Stolz der Kinder auf die Eltern spricht, dann ist es Vera auch recht: Sie hat keinen Grund, sich zu schämen, selbst wenn sie fast nie berufstätig war. Der Wert von Menschen sollte nicht nur am Verdienst gemessen werden. Nach dem Germanistikstudium das Volontariat. In dieser Zeit hat sie begriffen, Journalismus würde ihr Geschäft nie sein. Überhaupt die Arbeitswelt mit dem Beißen und Stechen, was soll daran reizen? Vera, noch angeweht von den letzten Ausläufern der 68er und vom Feminismus, hatte verstanden, dass Arbeit um jeden Preis nicht wünschenswert ist. Stichwort Rüstungsindustrie. Stichwort Doppelbelastung als Karrierefrau und Mutter. Sie hat ihre Schlüsse gezogen. Frauen zurück an den Herd? Gern, solange es eine Putzhilfe gibt, auch das Aupairmädchen, als Tjark und Insa klein waren. Sie und Heiko sind sich einig, das traditionelle Rollenmodell funktioniert. Sein Anwaltsjob, geregelte Arbeit, und Vera selbst ist nicht in der Küche gefangen. Was sollten in der Ausstellung von der Bourgeois die vielen Käfige, Vera ist frei. Sie besucht Volkshochschulkurse, treibt Sport, singt im Gemeindechor, gehört zu den Freunden der Kunsthalle. Sie sorgt dafür, dem Partner und den Kindern gewachsen zu bleiben. Kinder haben ein Recht auf glückliche Eltern, das ist ihr Credo. Weder eine Ehekrise noch ein Krieg im Nahen Osten haben das Recht, ihre Welt zu stören, das Projekt Kinder. Wenn es der Förderung von Tjark und Insa dient, sagt Heiko manchmal, dann würde sie auch noch Mitglied in der Gesellschaft der Freunde des Genitivs. Vera lässt ihn spotten, aber wenn sie sich nicht kümmert, wer sonst? Wer recherchiert in der Stadtbücherei über Sturm und Drang, wer sorgt für österlichen Schmuck? Man muss es nicht abwertend Nur-Hausfrau-und-Mutter nennen. Ich manage ein Familienunternehmen, so sagt sie es lieber. Ihr Dasein, wenn man es genau nimmt, ist eine Berufung. Sie ist Partnerin, Erzieherin, Seelsorgerin. In jeder kleinen Klitsche wird heute Motivationstraining angeboten, in etwa das, was früher eine mütterliche Freundin übernahm. Insa profitiert davon. Außerdem ist Vera Coach, Sekretärin, natürlich auch Chauffeurin, Krankenschwester, Gärtnerin, Köchin und Putzfrau, denn die Hilfe ist nur einmal in der Woche da. Immerhin muss sie jetzt nicht mehr ständig die demente Schwiegermutter im Heim besuchen, eine selbstauferlegte Pflicht, denn Heiko brachte es nicht über sich, nach seiner Mutter zu sehen. Veras Dasein ist härter als jeder andere Job, immer in Rufbereitschaft, sieben Tage wöchentlich und vierundzwanzig Stunden täglich. Eine Fron, und manchmal fragt sie sich, ob nur Frauen wie Judith Spuren eines Burnout-Syndroms zeigen dürfen. Das Geschrei um die Alleinerziehenden von heute ist ohnehin nicht ganz nachvollziehbar. Was sollten denn Frauen in Kriegszeiten und später sagen. Als ihre Männer an der Front waren, in Gefangenschaft oder tot. Als es Kitas nicht gab, weder Pampers noch Waschmaschinen. Wir haben es doch heute gut. Aber was die Alleinerziehenden gerne vergessen, das ist die Belastung, die ein Mann im Haushalt darstellt. Heiko ist mit seinen eigenen Sachen und im Garten pingelig, ansonsten hintertreibt er jede Ordnung. Insa schlägt ihm nach. Sein nachsichtiges Augenzwinkern zu ihr, er spielt den großen Jungen, wenn Mutti wieder einen Aufstand macht wegen nichts, wegen Bananenschalen unter den Betten und Batterien im Biomüll. In diesem Haus hat jeder Narrenfreiheit, und Veras Sorge um das Ganze? Geschenkt.

Alles ist nichts. Keine Leere, keine Schreie. Wäre sie ein Instrument, dann ein wohltemperiertes Klavier. Und dafür muss sie dankbar sein, denn phasenweise sah es finster aus. Krankheit als Weg, ein impertinenter Sachbuchtitel. Als hätte sie sich ihren Darmkrebs ausgesucht, damals im

Studium und dann vor drei Jahren noch einmal. Aber sie hat den Krebs bewältigt, auch die Jahresuntersuchung neulich war ohne Befund. Krankheit ist kein Weg, hat keinen Sinn, ist keine Strafe von oben. Sie ist eine Niedertracht, über die man schweigt. Wer krank war oder ist, der weiß Bescheid, die anderen sollen die Münder halten. Man muss nach vorne sehen. Veras Schwiegermutter ist endlich erlöst. Die Kinder spuren, und die letzte Ehekrise ist ausgestanden, Heiko hat sich von dieser Kebse getrennt. Oder er ist dabei. Die passte nicht zu ihm. Vera kannte Almut noch aus ihrem Studium. Eine von diesen Frauen, die frühstücken Männer mit Messer und Gabel. Das hätte sie Heiko gleich sagen können, aber er stellt sowieso nur die Ohren auf Durchzug. Zur Rollenverteilung gehört offenbar, dass, wer das Geld holt, sich gelegentlich einen Ausgleich gönnt. Männer gehen in den zweiten Frühling, Frauen kommen in die Wechseljahre. Vera hat keine Szenen gemacht, auch sie ist schon einmal in eine Affäre geschliddert. Wie könnte sie schreien? Selbst wenn sie sich von Heiko trennen wollte, sie fürchtet den Abstieg. Und Kinder brauchen beide Elternteile. Warum sollte sie wegwollen? Heiko gibt sich in seinen Grenzen Mühe mit ihr und den Kindern. Auch sie gibt ihr Bestes, und das heißt, ein froher und ein ganzer und gesunder Mensch für die Familie zu sein. Das ist die Aufgabe. Seelenhygiene.

Und deshalb nimmt sie sich jetzt Zeit, in der Petrikirche vorbeizugehen, sich zu besinnen. Vorher wirft sie noch einen Blick ins Schaufenster bei Benetton. Tjark wächst unsichtbar und rasant, wie der Rhabarber im Garten.

Einen Moment steht sie blicklos vor der gläsernen Wand. Vormittagszeit, Mutti hat Hofgang. Kettenhunde hüten Häuser. Krebse in ihrem starren Schalenpanzer gehen seitwärts oder rückwärts, jedenfalls nicht geradeaus. Spinnen lauern im häuslichen Netz auf Beute. Schreie bleiben unerhört.

Unsinn, sagt sie laut. Denn sie hat nicht das Bedürfnis zu schreien inmitten all der Passanten. Sie will nur einkehren in die Stille, einkehren an den Ort, wo sich Himmel und Erde berühren.

Auch zu Hause ist es still, so still wie in der Kunsthalle, wie im Gemeindechor, wie in der Schwimmhalle, wo alle rufen, spritzen, platschen. Überall ist die Welt. Dann kommt eine Wand aus Glas. Dann kommt Vera.

Hä-hä-hätten Sie vie-vi-vielleicht? Ein Obdachloser im Eingang der Kirche. Der dritte, der sie heute anbettelt. Selbst ein Stotterer wie der hier ist schamlos genug, Vera anzusprechen. Ihr elegantes Outfit reicht nicht aus, es ist das eigene Gesicht, das sie verrät, trotz des dezenten Make-ups. Man sieht ihr an, dass sie nur eine Mutti ist. Der taktvolle Themenwechsel, wenn das herauskommt. Ein Anachronismus ist sie, ein Luxusweib, von ihrem Mann ausgehalten, ein nutzloser Fresser. Dabei isst sie nicht, ganz einfach, ohne ausgeklügelte Diätvorschrift. Vera braucht Zeitschriften allenfalls, um sich an vollmundigen Anglizismen festzuhalten. Management klingt immer gut. Dabei räumt sie nur Hans und Franz den Hintern nach. Eine der gutbetuchten armseligen Mittelständlerinnen, denen die ganze Welt offensteht hinter Glas. Eine der Heilesegensagerinnen, eine, die das Leben anderer repariert und flickt, ein stilles Spinnentier im Netz, das lauert auf Bewegungen. Irgendwas stimmt nicht an ihr, sie kommt nicht dahinter, nicht rein und nicht raus. Die klaustrophobisch machenden Gitter der Louise Bourgeois, die Riesenspinne als Hommage an ihre Mutter, so hat der Vortragsmensch es erklärt. Hommage, die Huldigung. Lachhaft.

Es gibt einen Dreisatz, den jeder kennt: Alle Menschen verdienen Achtung. Eine Mutter bleibt eine Mutter. Schlussfolgerung.

Vera versteht nicht, wer es ist, der solche Sachen spricht in ihrem Kopf. Wenn ihr Herz stöhnen könnte, würde es so stöhnen wie die Fische im Aquarium, wenn Heiko Futter streut, ans Glas klopft und na Jungs sagt. Ihr Herz ist eine Pumpe, ein fühllos mechanisches Auf und Ab. Heiko und die Kinder leben, Vera tut so. Alle sind etwas oder werden was oder haben ein schweres Schicksal, was immer sie jeweils so nennen. Vera steht außerhalb der Zeit und ihrer Bewegung. Niemand darf es wissen. Unsinn, sagt sie noch einmal. Stilloses Selbstmitleid. Man muss zumindest Stil bewahren, wenn der Sinn schon fehlt. Think pink, das Glas ist halb voll!

Den Alkoholismus all der Obdachlosen unterstützt sie aber nicht, sie spendet für Kinder in Not, nicht zu knapp, gegen Quittung.

In der Petrikirche steht gleich am Eingang ein tarnfarbenes Zelt, umgeben von ausgestopften Hosen und Pullovern, von stelenhaft ineinandergesteckten Friedhofsvasen, die wohl Raketen darstellen sollen. Amen, nie wieder Krieg. Im Seitenschiff hängen an einer Leine buntbemalte Betttücher, anscheinend beziehen sie sich auf Fukushima. Bei der Demonstration seinerzeit haben sich Umweltaktivisten abgeseilt vom Petriturm, das Foto ging durch alle Zeitungen. Vera sieht flüchtig in die Runde. So lobenswert es ist, Ausstellungen in sakralen Räumen zu organisieren und auch aktuelle Themen in die Kirche einzubringen, die Ästhetik der alten Architektur geht verloren. Dafür haben die Pastoren kein Gespür. Tempel des Herrn, ein Fremdwort, weil sie sich dem Zeitgeist anpassen um jeden Preis. Auch Vera hatte mal gedacht, man müsste neue Formen für das Alte finden, in der Konfirmationszeit sang sie begeistert Sacropop. *Unser Leben sei ein Fest*. Im Nachhinein hatten die Eltern Recht mit ihrem Spott. *Gottes Täuberich* und *Ich will mein Geschweige stimmen*. Viele Peinlichkeiten begreift man erst später. Insa soll beim klassischen Klavier bleiben.

Vera setzt sich in eine der hinteren Bänke, legt ihre Einkaufstüten ab, knöpft ihre Jacke auf. Sie sitzt still. Sie versucht, den Raum auf sich wirken zu lassen. Der Gemeindepastor sagte, Kirche, das ist ein Raum der Begegnung. Höhe, Tiefe, Weite. Vera lässt den Kopf sinken, sie schließt die Augen. Ihre Lider flattern. Bitte, sagt sie, beruhigt euch.

Sie hört, wie jemand sich in die Reihe hinter ihr setzt. Hastiges Atmen, eine Nase wird hochgezogen. Taschenrascheln. Schnufen. Klimpern von Geldstücken.

Was für ein distanzloses Verhalten, in der Kirche ist reichlich Platz.

Vera greift ihre Sachen und steht auf. Hinter ihr sitzt eine junge Frau in einer weißen hautengen Hose. Über den blondierten Haaren ein verrutschtes kleines schwarzes Tuch, mit Plastikgoldfäden durchwirkt, wahrscheinlich ein Schnäppchen bei Kik. Billige Kunstlederjacke, Bärenstiefel. Frauen aus dem Osten tragen doch gern hochhackige Pumps? Eine Rumänin oder Polin, die übertreiben es mit dem Schminken.

Vera geht durch den Mittelgang zum Altar. *Errette mich von den falschen und bösen Leuten.* Der Gemeindechor in Eppendorf probt derzeit die Exequien von Heinrich Schütz. Als sie im Seitenschiff vor einer Marienstatue steht, die kleinen Kerzenlichter am Boden betrachtet und sich noch fragt, was die Jungfrau in einer protestantischen Kirche bedeutet, hört sie ein schnelles Tappen. Die Tschechin oder Russin mit den Bärenstiefeln scheppert Münzen in die Spendendose an der Wand, pflanzt eine Kerze zu den anderen am Boden und entfernt sich eilig, dabei schlurfend. Auf ihren langen Beinen in der engen weißen Hose. Kein Mensch kann mehr die Füße heben. Tausendfach musste Vera auch Insa ermahnen. Hier kommt man nicht zur Ruhe.

Aber es gibt in St. Petri den Raum der Stille, dorthin geht sie. Klinkt vorsichtig die Tür auf, setzt sich in die hinterste

Reihe. Die Kapelle wiederholt im Kleinen das große Muster der Kirche, wiederholt das Muster aller Kirchen. Kreuz und Altar und Blumenschmuck und Kerzenständer. Stufe oder Stufen als ein Hinweis auf den Abstand zwischen dem Sakralen und Profanen. Plätze für die Gläubigen. Eine beruhigende Wiederholung, so wie auch die immer gleichen Wörter und Sätze beruhigen. Erst Klage und Reue, dann Dank und Erhebung. Der Mensch braucht Tradition, braucht Rituale und alte Ästhetik. *Sende dein Licht und deine Wahrheit, dass sie mich leiten*. Schöner Heinrich Schütz.

Die Tür wird geöffnet, fällt geräuschvoll zu. Von wegen Raum der Stille. Raum der Begegnung, danke schön. Die Bulgarin oder Lettin, ohne nach links oder rechts zu sehen, schlurft wie gezogen nach vorn zu den Kerzen, zahlt, steckt an, befestigt auf dem Ständer. Dann geht sie vor dem Altar in die Knie. Sie setzt sich auf die Füße in den Bärenstiefeln. Sie breitet beide Arme weit aus.

So eine Aufdringlichkeit, sie wagt es tatsächlich. Zieht die Nase hoch, mehrfach. Als wäre sie hier ganz allein mit sich und ihrer Not.

Die Wand aus Glas zersplittert.

Vera sieht die junge Frau: wie sie am Hansaplatz steht, rauchend, wartend auf Kunden. Dann ist sie alt und war mal was, war vielleicht Bibliothekarin, jetzt sitzt sie wartend auf den Pflegedienst in ihrer Küche auf dem Fußboden. Die Frau ist ein Mann, hockt bettelnd auf der Pappe vor der Kirche. Sie trägt aber Bärenstiefel und Kunstlederjacke, was fehlt dir, was ist dir zu viel? Wie hölzern sie jetzt aussieht. Vermutlich hat sie einen Stock verschluckt. Ist vielleicht auch nur eine Mutti. Ihr Name könnte Vera sein.

Schöne Fremde

Er war kein Typ, der scheute, Hindernisse überwand er lässig-elegant. Dann trabte er geschäftig seiner Wege, gute Wege waren es. Er genoss die Achtung der Klienten, das intakte Familienleben. Er hatte sich eingerichtet, war aufgeräumt mittendrin. Ein stattliches stolzes Ross. Noch lieber sah er sich als Boot im Fluss des Lebens, ein solides Boot, und doch dynamisch und schnittig. Ankerplätze in überschaubarer Nähe. Ganz selten ein Ziehen im Herzen, das schob er auf die Anstrengung der Arbeit. Zum Ausgleich ging er zweimal wöchentlich ins Fitnessstudio, wo er hauptsächlich die Sauna besuchte.

Er dümpelte im Hafen, als draußen die Fremde auftauchte. Zunächst war sie nur ein nebelhaft verwischter Schemen, ein unbestimmt flackerndes Licht, das ihn an irgendwas erinnerte. Das konnte nicht sein, denn er hätte sie nicht beschreiben können. Sie glich nichts und niemandem. In Heikos Welt herrschte ein gleichmäßiges Licht, es herrschten Organisation, Vernunft, Methodik, Sinn und Zweck. Die Fremde war ihm unheimlich. Bei ihr schien alles drunter und drüber zu gehen, soweit er den Gerüchten trauen konnte. Als kenne sie nicht Tag und Nacht, keine Vergangenheit und keine Zukunft, als reiche die nackte Gegenwart. Die Fremde schickte Duftwellen aus, die ihn, wenn er ihr näherkam, leicht schwindelig machten. Er betrachtete sie mit Skepsis, nahm eine Üppigkeit, auch eine Verschwendungssucht wahr, die er von zu Hause nicht kannte. Er zahlte die Eigentumswohnung in Eppendorf ab, für die Ausbildung der Kinder gab es Bausparverträge, und er freute sich auf den nächsten Familienurlaub, auch wenn nur der Kleine noch mitkommen würde. Die Mandanten konnten sich auf ihn verlassen, seine Schriftsätze waren hieb- und stichfest, seine Rechnungen kulant. Im Garten hatte er klare Strukturen geschaffen. Er war schließlich nicht im Dschungel, den er höchstens mal auf einer DVD besah, die Sumpfblütensüße, Malariawahn, das Fressen und Gefressenwerden, die kreischende Stille. Die Fremde rief nach ihm in einer Sprache, die er nicht verstand, wahrscheinlich war es keine Sprache. Eher war es Klang, bewegter Hall, nicht einmal einen ordentlichen Rhythmus konnte er erkennen, wie sollte er sie verstehen?

Er stach besinnungslos in See, um ihrem Ruf zu folgen. Niemals hatte er sich nach etwas gesehnt, das er nicht kannte. Seine Sehnsüchte beschränkten sich auf Ziele in der Nähe. Jurastudium. Hochzeit mit Vera. Bedächtig, aber unaufhaltsam Sprosse für Sprosse ging es beruflich aufwärts. Vor Gericht sprach er mit Schwung, trug auch mit Schwung seine Robe, wobei er es bedauerte, dass nur der Richter Samtbesatz tragen durfte, für ihn und seinesgleichen gab es Taft. Bald konnte er sich eine Wochenenddatscha in Hohwacht an der Ostsee leisten und auch ein kleines Segelboot, Veruschka. Immer lag in seiner Sichtweise ein Ufer, besiedelt und zivilisiert, er war es zufrieden. Unentdeckte Gestade, ganze weiße Kontinente gab es nicht mehr, auch wenn die Zeitung auf den letzten Seiten im Vermischten manchmal Leben auf dem Mars versprach. Ihm konnte das gleichgültig sein, als Jahrgang 1950 würde er die Erforschung fremder Planeten nicht mehr erleben.

Er sah die Fremde und eilte in ihre Richtung, wollte sie ansprechen, denn irgendeine Sprache musste sie beherrschen. Als Rechtsanwalt, als Ehemann und Vater kannte Heiko viele Sprachen. Er beherrschte das Kauderwelsch in der Praxis, konnte Wortschaum schlagen, in dem die Gegenpartei versank. Als Ehepartner war ihm vertraut die Sprache der Blicke. Veras Lanzenstiche, die ihn kaum ritzten. Umgekehrt waren auch seine Waffen gegen sie antike

Klassiker, Donner und Blitz oder tobende Stille, Vera verstand ihn. Heiko entschlüsselte ohne Schwierigkeiten das Plappern der beiden Kinder, er las in ihren Gesichtern, was sie ihm verheimlichen wollten, schließlich war er selbst mal jung gewesen. Natürlich sprach er auch flüssig FAZ- und Spiegeljargon und die Sprache von Mann zu Mann, darüber hinaus fließend Englisch, Französisch und leidlich Spanisch.

Die Fremde reagierte nicht. Dabei trug sie den ganz gewöhnlichen Namen Almut, war geboren in einem nordfriesischen Hühnerdorf. Gutshoftochter, spitze Nase hochgetragen. Sie studierte früher mit Vera, arbeitete danach als freie Edelfeder für GEO und NZZ, daher ihr schneller Zungenschlag. Auch Heiko war energiegeladen und gewitzt, die Fremde aber sprach in Zungen, die er nicht verstand.

Er stach besinnungslos in See, in überwältigender Sehnsucht nach dem Unbekannten. Es sah ihn an aus rätselhaften Augen. Es war da und wieder fort, Fata Morgana, im Wabern der Luft ein aufleuchtendes Land der Ferne. Er, Columbus, würde einen Goldschatz heben. Er hatte den neuen Kontinent noch nicht einmal berührt, da gab er der Fremde schon Namen. Erstaunt sah er sich selbst als Adam, Wortschöpfer, Benenner. Und Heiko bildete die Worte Goldstück, Schatz, Mylady, und bei diesem Schöpfungsakt zog es in seinem Herzen.

Er sah das wilde Neuland am Horizont liegen, zählte Seemeilen und Knoten, er meinte, es bald zu erreichen, aber die Fremde verschloss sich, je näher er ihr zu kommen schien. Sie verwandelte den Reisenden, bevor er bei ihr anlangte, und heimlich war es ihm recht. Er begann sich die Haare zu färben. In der alten Welt wurde man darauf aufmerksam. Als der Kollege aus der Anwaltspraxis sagte, sein Outfit sei beeindruckend, aber seine Performance lasse nach, er sei fahrig geworden, erschrak Heiko. Und nickte in sich rein. Der andere wusste nicht, wie Recht er hatte, denn er selbst fuhr ja tatsächlich, war unterwegs in die Fremde. Heiko widersprach und konzentrierte sich, um nach den langen Arbeitstagen mit prallen Segeln der Fremde entgegenzureisen.

Im alten vertrauten Stadtplan erstand Hamburg neu. Orte, die sich ihm grüngolden einprägten. Das Café Gnosa in der Langen Reihe, wo er der Fremden die Finger küsste und dachte, jetzt. Aber sie gähnte, als er sein Schöpferwort sprach und sie Goldstück nannte. Er ruderte zurück, brach wieder auf. Er baute an einer neuen Stadt. Nahe der Langen Reihe lag am Krankenhaus St. Georg ein kleiner Park, auf einer Bank dort saß er, knutschte mit der Fremden. Ein Wort aus ihrer Sprache, die keine war, denn Ihro Gnaden, seine unnahbare Mylady, war ein babylonischer Durcheinanderwerfer. Heiko konnte ihr nicht folgen. Das Trugbild, die Fremde, entzog sich. Exemplarisch das Treffen im mexikanischen Bistro. Er gab sich distanziert, nannte sie hanseatisch-ironisch Almut und Sie, da zitierte sie schwärmerisch Lilien unter den Dornen und tropfende Myrrhe. Er ließ sich bereitwillig darauf ein, sprach von Purpurlippen, rieselndem Quell und Zwillings-Rehkitzen. Sie kam auf den Isemarkt-Schlachter, bei dem sie gern Ziege kaufte. Er nannte ihr alternativ ein Rezept für Lammtajine mit Pflaumen, Zimt und Sesam, das er bei Gelegenheit für sie kochen werde. Sie trommelte auf die Tischplatte, sah nach der Uhr. Da bedauerte er, auch seinerseits vorzeitig gehen zu müssen, zu einer außerordentlichen Sitzung, dringend, jetzt gleich. Die Schwerhörige ihm gegenüber begann einen Vortrag über das Urheberrecht, über die Lage freiberuflicher Journalisten, über die letzte Recherche, für die sie unbezahlt nach Wien zu fahren hatte. Er schwor ihr Rechtsbeistand im Fall der Fälle, auch wenn er im Sektor Medienrecht keine Erfahrung hatte, und floh vor der Tauben zur Konferenz. Er dachte: Taube, Täubchen, Goldstück, Schatz. Ihm war nicht klar, ob er der Jäger war oder Gejagter.

Heiko sah Almut offiziell auf der Silvesterparty, als er ihr längst verfallen war, dem Fitnessstudio sei Dank. Vera warnte ihn im Festgedränge, im Johlen von Zehn, Neun, Acht: Diese da kenne sie von früher, eine falsche Katze. Veramaus, so hellsichtig sie sonst oft war in ihrem Misstrauen, was wusste sie in ihrem warmen Nest von Hitze und Frost auf der freien Wildbahn, wo die Löwin den Widder jagt und mit Zähnen und Krallen zerfleischt.

Und die Stadt wurde neu, indem er die Fremde entdeckte, sofern das überhaupt möglich war. Sie trieben es, wo sie konnten. Als der Winter Minusgrade brachte und sie wieder nur knapp Zeit hatten, zeigte Heiko seiner Bekannten den unfertigen Neubau vom Krankenhaus in St. Georg, den obersten Stock, Zutritt verboten. Er zeigte ihr die Aussicht über Hamburgs Osten, schob ihr den Rock hoch. Willkommen, sagte die Fremde.

Er stach besinnungslos in See. Ließ Frau und Kinder in der Ostseedatscha zurück, denn sein Bruder aus Hannover hatte ihn händeringend um Beistand in einer verwickelten Rechtsangelegenheit gebeten. Er erfand Freunde, die er verriet, um neue Alibis zu haben. Das Klassentreffen in Emden, an dem er nie teilnahm, kam wie gerufen. Unvergesslich ein Hotelzimmer, in dem Heiko sich schreien hörte. Der Diebstahl seines Portemonnaies passierte nur, weil er spontan für Almut einen Schmuck kaufte, statt Vera vom Isemarkt zu besorgen, was sie vergessen hatte. Almut lachte über die Muschel aus Gold, in deren Mitte eine Perle saß. Und Heiko beruhigte Vera, immerhin sei seine Brieftasche mit all den Scheckkarten zu Haus geblieben. Er verwöhnte seine Ehefrau mit Blumen und sah beim Segeln, sah vor Gericht, sah überall nur das Bild der Geliebten, roch ihr Opiumparfum. Unschuldig, Euer Ehren. Die Frau hat einen Leberfleck an einer genau zu bezeichnenden Stelle ihres Leibes, zwischen Hüftknochen und Hüftknochen, mithin in der Mitten, item reitet sie Besenstiele und saugt das Mark aus des Baumes Stamm, item verzaubert sie noch den Rechtschaffensten mit bösen Dünsten und Künsten. Ins Feuer mit der Hure. In seiner Sehnsucht nach den Atemstößen, die sie am Telefon in sein Ohr wehen ließ, besorgte er sich ein zweites Handy. Ein Fehlgriff, der Verdacht auslösen konnte, er opferte das Gerät. Heiko verstand und fühlte die sprachlose Liebesnot seiner Tochter, denn er selbst war wieder jung und schämte sich stolz seiner Unvernunft. Er sah sich lieben und er sah sich lügen und er staunte, alles ist mir zuzutrauen.

Er wahrte mühsam den Schein, trabte den Weg von der Arbeit nach Haus, doch in Wirklichkeit war er frei und verrucht. Er dachte an Scheidung. Ständig war er in Furcht vor seiner Entdeckung. Doch die Fremde entdeckte er nicht, sie gab ihm unlösbare Rätsel auf, und das war ihr Zauber.

Und das war seine Verzweiflung. Er konnte sich nie sicher sein. Ein Weibsbild wie alle anderen, sagte er sich als erfahrener Mann. Er kannte doch Frauen in jedem Alter, allen Größen und Funktionen. Die Freundinnen aus Studienzeiten, denen er damals vorsorglich erklärte, er sei ein Schmetterling, dessen Schicksal es sei, von Blüte zu Blüte zu taumeln. Vera, die er nach dem Examen in seine Burg entführte, Vera, mit der er sich verewigte. Eine einzige Nacht mit Dings, ein kurzer Seitensprung mit Bums. Nie würde er sich die Namen entlocken lassen. Als nach Insa auch sein Stammhalter geboren war und als sein Herz oft arhythmisch schlug, beschloss er, die wichtigsten Dinge erreicht zu haben und künftig gesetzt zu leben. Trotzdem sah er die Frauen in seiner Umgebung gerne, die Sekretärin Hermine zum Beispiel, die ihr schweres rotes Haar lang trug. Es wäre nett, darin zu spielen, aber mit Angestellten fing er grundsätzlich nichts an.

Und dann trat Almut auf. Selbst als das Verhältnis bald ein Jahr alt war, blieb sie ihm fremd, und das war sein Glück.

Er verstand nicht mehr die alte und die neue Welt. Er erkannte sich selbst nicht wieder an dem gestohlenen Tag, als er mit Almut unterwegs war nach Hohwacht. Er saß am Steuer, und die Fremde legte ihren Kopf auf seinen Schoß. Seine Füße, kopfgesteuert, bedienten Gas- und Bremspedal. Aber in der Chefetage waren Neujahr und Pfingsten auf einen Tag gefallen, dort oben verlöschten die Lichter. Er fühlte das Gewicht der Fremden, fühlte sich. Unmöglich, dass er selbst es war, der hier am Steuer saß. Und niemals hatte er sich in seiner Datscha nackt auf dem kratzigen Teppich gewälzt. Heiko war da, ein ganzer Mann, sein Körper ein einziges Lächeln, als die Fremde sich wieder neben ihn legte.

Durch den Jenischpark an der Elbe wollte er Hand in Hand mit ihr gehen, hier war kein Bekannter zu fürchten, aber die Fremde entzog sich ihm. Er verstand nicht, warum es so lange brauchte, bis sie ihn erstmals in ihre Wohnung ließ, warum sie auch später nie öffnete, wenn er überraschend vorbeikam. Es kostete ihn Mut zu fragen, ob sie nebenberuflich so etwas wie, er brachte das Wort nicht heraus. Sie küsste ihn vor Spaß und sagte Nein. Er glaubte ihr und begriff sie nicht. Sie hielt ihm Vorträge über das gleiche Recht für alle, auch sie würde ihn niemals unangekündigt im Schoß seiner Familie besuchen. Dafür erfuhr er von seiner Tochter Insa, die Journalistin Almut Heeren habe ausgewählte Schüler interviewt für eine Reportage, Generation 1994. Heiko sagte mit leichter Stimme, er habe gedacht, sie wollten die Sphären getrennt halten. Warum sie sich mit seiner Tochter unterhalte. Da kreischte sie, es war in einem gutbesuchten Restaurant, es war ein langer geller Ton, kein Wort, sie kreischte und war fort. Er nahm das Ende der Mahlzeit ein. Dass sie ihn drei Tage später zum

Abendessen zu sich zu Hause einlud, verstand er als Zeichen der Reue. Er fand auch eine Ausrede für Vera. Hatte er gedacht, es käme zu einer Aussprache? Tor, der er war.

Närrisch vor Glück, ihr Dekolletee zu sehen.

Es gab kein vernünftiges Reden mit dieser Fremden, und vielleicht wünschte er sich das nicht. Aussprachen gab es zu Hause. Vera, die den Familienrat einberief, Vera, die moderierte.

Er fühlte sich zerrissen. Almut schnurrte, als er kam. Maurice Ravels Bolero drehte endlos Kreise. Essen in kultivierter Atmosphäre, doch er wusste es längst besser, seine Fremde blieb eine Wilde. Konnte kreischen. Wurde ohne jede Scheu auf einmal unvermittelt grob. Je barbarischer die Sprache, desto größer die Lust, ihr Mantra. Saftige, dreckige speckige Wörter in ihrem Mund. Almut gab sich keine Mühe, solche Wörter wenigstens einzukleiden, ihnen ironische Gänsefüßchen anzuheften. Genüsslich zerriss sie Wörter in Silben, wälzte sie, kaute sie, spuckte, schluckte. Benommen hörte er ihr zu.

Sie lagen auf dem Sofa, tatzten, kratzten, schmatzten, er stieß mit dem Huf, mit dem Horn, sie suhlten sich. Die Fremde gab ihm die Nutte, und er konnte sein, was er war, ein Bock.

Das ist das Muster.

Blitzhaft erkennt er sein eigenes schlichtes Schema.

Vera, die anstelle einer Wirbelsäule einen Stock im Rücken trägt. Almut, die auf dem Besenstiel reitet, er ist es selbst! Er ist sie beide!

Er wird verrückt, es zerreißt ihn. Denn es gibt nur das klare Entweder-Oder. Was denn, wenn alle alles sein wollen? Heiko glaubt ans unteilbare Individuum. Er muss zur Besinnung kommen, er fürchtet sich vor dem Ende.

Was hat er mit einer wie Almut zu tun? Was plaudert sie locker von Stefan dem Ersten, Stefan dem Zweiten, wann wird er Heiko der Erste sein? Freie und käufliche Liebe sind ununterscheidbar. Alles ist Markt, und alles ist Leid. Neuerdings hat er Beschwerden, die nicht vom Himmel gesandt worden sind. Kurzfristig und verschwiegen wechselt er den Arzt, die Apotheke. Erleichterung, als Almut für eine Reportage sechs Wochen lang nach Prag fährt. Sie beide müssen es ertragen, dass er sich nicht mal für ein Wochenende freimachen kann, um ihr nachzufliegen.

Scheidungsgedanken: keine. Zumal, seit Almut sich mehr und mehr zu erkennen gibt. Erst die beglückenden Schweinereien, neuerdings ist er im Anschluss als Klempner gefragt, muss den verpesteten Spülabfluss reparieren. Reste von angebrannten Reibekuchen sind das Dankeschön. Man war zum Einkaufen nicht gekommen, man hatte viel Arbeit, natürlich. Werden wir vegetarisch so wie die heutige weibliche Jugend? Heiko zieht sich spätabends am Bahnhof Altona eine Currywurst rein. Das ist nicht seine Sprache, die Sprache des Anwalts, des Ästheten und Ironikers, den keine Gegenpartei jemals festnageln kann. Also lässt er sich auch nicht fesseln von billigen Inszenierungen, deren Mechanik er durchschaut.

Das Gericht tagt, der Prozess wird eröffnet. Ein Vorgang in einem geschlossenen Raum. Der Kläger klagt an. Der Anwalt verteidigt. Der Richter trennt Schuld von Unschuld.

Das alles ist sehr unklar.

Wer ist hier Kläger, Anwalt, Richter? Leben als Prozess unter offenem Himmel, bei dem man kaum Anfang und Ende weiß.

Heikos Affäre mit der schönen Fremden läuft leise aus. Kein Urteil wird gefällt, kein Scharfrichter macht sich bereit. An einer verflossenen Liebschaft ist noch keiner und keine gestorben. Er nimmt sich vor, es seinen Kindern beizubringen.

Er sticht in See, nach Haus, nach Haus.

Die Runde auf dem Rummel

Gondeln drehen sich im Kreis am Himmel, Fetzen von Musik. Hermine steht am Eingang der U-Bahn St. Pauli und wartet auf ihren Freund. Feierabend. Wenn Sie mir die verdammte Akte nicht sofort auf meinen Tisch. In Gedanken jagt sie ihre beiden Chefs zum Teufel, aber dann sind sie wieder da, groß und laut. Anwalt Schneider zeigt nach außen hin eine pompöse Würde, seine Wutanfälle gehen auf Hermine nieder. Und Heiko gibt sich zwar jovial, alles mit Du, und der Chef ist auch nur ein Mensch, aber gerade das ist es. Als er die letzte Affäre hatte, war sie kurz davor zu kündigen. Er vergaß noch mehr als sonst, hielt sich nicht mehr an den mühsam organisierten Terminkalender, und ein paar Mal sah es so aus, als wolle er sich bei ihr ausweinen. Als hätte sie nicht längst gemerkt, was los war. Die durchsichtigen miesen Instruktionen für den Fall, dass seine Frau anrief. Halt doch einfach deinen Mund, Herr Doktor Salbader, Herr Doktor jur. aal. glatt. Mittlerweile prahlt er wieder mit der hochwertigen Ehe. Hochwertig wie seine Briefwaage von Manufaktum. Und er zittert jetzt wieder nur noch unter dem ewigen Fristendruck. Versucht es zu überspielen mit tiefer Stimme, die höchstens Klienten ihm glauben.

Feierabend. Ob Dieter das Treffen vergessen hat? Zum einundsechzigsten Geburtstag hat sie sich gewünscht, mal wieder mit ihm über den Dom zu laufen. Dort sind sie sich zuerst begegnet, vor über fünfundzwanzig Jahren. Damals dachte sie, er wäre Schausteller. Piratenkopftuch und Ring im Ohr. Ein Fels in der Brandung, während ihr schwindelig war, geschoben in der Menge im bunt lärmenden Maschinenwirbeln. Unverhohlen hatte er sie angestarrt, er war ihr nachgegangen. Wenn sie sich unauffällig umdrehte, traf sie sein Blick. Dann stand er ihr gegenüber. Tüte gebrannte Mandeln in der Hand. Er streckte sie ihr entgegen. Kannst du haben, sagte er, wenn ich dein Haar anfassen darf.

Als Kind hatte Hermine eine Topffrisur. Ihr Rotschopf war der Mutter anrüchig genug, den hielt sie kurz, acht Zentimeter. Streit und Geschrei in Jugendzeiten, als Hermine ihr Haar lang wachsen ließ. Ihr Traum, sie wäre eine wilde Flut. Was war sie wirklich? Blass und dick und ungeschickt und aufsässig und insgesamt ein Kreuz, das hatte ihr die Mutter klargemacht. Lange glaubte sie nicht an die Komplimente verschiedener Männer. Doch eines Tages wusste sie es selbst, ihr schweres langes rotes Haar war schön.

Sie dachte auf dem Dom nicht nach, als Dieter sie ansprach. Sie nahm die Mandeln, schloss die Augen und fühlte, wie seine Hände sich um ihre Schläfen legten, schön langsam. Er spielte mit den Haarsträhnen, er sagte, da möchte ich mal drin schlafen. Sie öffnete die Augen, sein Freibeuterblick. Er nannte sie bald Rapunzel.

Noch bevor sie sein Gesicht in der Menge findet, erkennt sie ihn an seiner Haltung, am kleinen Hinken seit dem Bandscheibenvorfall. Sie küssen und umarmen sich. Herzlichen Glückwunsch noch mal, sagt Dieter. Er sieht dabei nicht herzlich und nicht glücklich, sondern müde und verfroren aus. Das fängt gut an. Er konnte heute Morgen ausschlafen. Und warum muss er immer seinen Schal vergessen. Wenn er sich jetzt erkältet, wer ist schuld? Kaum hat Hermine das gedacht, da stellt der Satz sich auf den Kopf, er wedelt mit den Beinen, lacht sie aus. Sie hakt sich bei Dieter ein, sagt, endlich wieder mal Dom. Dann mach paar Grad wärmer, sagt er. Und dass du in dem kurzen Rock rumläufst, versteh ich auch nicht. Du holst dir schnell was weg.

Es ist der Rock, den er am liebsten an ihr sieht, kniefrei, moosgrün, er steht ihr gut, und sie weiß es. In der

Öffentlichkeit sollte ich besser Burka tragen, sagt Hermine, ganz klar.

Dieter fummelt ein Taschentuch aus der Jacke und schneuzt sich. Er gibt keine Antwort, nur sein Gesicht sagt, nichts ist klar.

Der scharfe Tonfall von Hermines Mutter, früher, nach einer ihrer Ohrfeigen: Du setzt gefälligst jetzt ein anderes Gesicht auf.

Dieter soll gucken, wie er will. Schließlich ist Feierabend, schließlich ist Geburtstag. Sie sagt, die Mittagspause fiel wieder aus, ich hab einen Riesenhunger. Eine Stunde Sucherei nach einer verschollenen Akte. Schneiders Computer stürzte ab, die Daten waren nicht gesichert. Und Heiko ist losgerannt zum Gericht, hatte aber die Robe vergessen, sein Handy, alles musste ich ihm hinterhertragen. Lieber eine Herde Flöhe weiden.

Dieter bleibt stehen. Musst du immer noch Rupert zitieren?

Hermine und Rupert waren vier Jahre zusammen. Mit Dieter hat sie schon mehr als fünfundzwanzig geschafft. Aber was hilft ihm das, wenn die ganze Welt nach Hermine ruft und wenn sie immer allen antwortet. Nur zu gerne würde er ihre Katze aussetzen, die hockt ständig auf ihrem Schoß und wird gestreichelt.

Seine Litaneien über flatterhafte Frauen kann sie auswendig. Ihr leichtlebiger Lebenswandel äußert sich in einer Arbeit für zwei Chefs, in ständigen sehr zweifelhaften Überstunden, in Sorglosigkeit gegenüber der Zukunft und in einer unklaren Vergangenheit, siehe Rupert, den Kuckuck.

Hermine sagt, was bist du denn auf einen Toten eifersüchtig. Außerdem, der Spruch ist Allgemeingut. Du könntest mal langsam mich zitieren, sagt Dieter. Hermine zieht ihn am Ohr. Wenn du mehr reden würdest, gern.

Er sagt, ich hab dir etwas mitgebracht. Denn Blumen schießen will ich nicht.

Er hat eine Streichholzschachtel mit Alufolie beklebt, darin sind Samen. Basilikum, sagt er, für deinen Balkon. Wenn Mimi den Kasten nicht wieder zerwühlt. Vielleicht deckst du ihn erst mal ab mit Folie.

Hermine stupst mit dem Finger in den Samen, sie macht die Schachtel auf und zu. Dieter sieht sie an. Die Freundin freut sich über ihn. Das weiß der Henker, was es da zu freuen gibt.

Rein ins Getümmel, sagt er, nimmt sie an die Hand. Gottlose Gegend, sagt sie munter. Den Katholizismus kriegt sie nicht aus sich raus, obwohl sie schon lange kein Kirchenmitglied mehr ist. Dieter weiß, die Katholiken sündigen fröhlich und gehen danach zur Beichte. Erst Karneval, dann Aschermittwoch und dann wieder Volksfest, man muss ihnen alles zutrauen.

Der Hamburger Dom auf dem Heiligengeistfeld: Andernorts heißt so was Kirmes, aber auch hier gibt es alles reichlich, Lärm und Lebkuchenherzen, Riesenrad und Rostbratwürstchen, lausige Lottogewinne, Blinken und Brüllen und Backfisch vier Euro. Schön heiß und fettig, Hermine gibt einen aus. Kauend stehen sie vor einem der bunt angemalten Menschenschüttler. Nur wenige Gondeln sind besetzt, drehen sich um die eigenen Achsen, halten kurz kopfüber. Die Stimme aus dem Lautsprecher: Hat's euch gefallen, Leute, seid ihr noch nicht fertig? Ihr seht schon ganz gebeutelt aus. Jetzt geht's erst richtig los! Kleiner Sadist, sagt Hermine. Aus den Gondeln kreischt es. Das sausende Drehen, ihr wird schon schummerig vom Zusehen.

Neben ihnen macht ein Rollstuhlfahrer Fotos. Die Fahrt endet, und eine junge blonde Frau wankt auf ihn zu. Sie strahlt, nie wieder, dann setzt sie sich auf seinen Schoß und schmiegt sich an ihn, und sie küssen sich.

Drei Burschen ketten neue Gäste in den Sitzen an. Langsam beginnt die große Scheibe sich wieder zu drehen. Betrunkene Personen sind von der Fahrt auszuschließen, das Schild in der Mitte. Die Burschen warten, bis der Shaker Tempo aufgenommen hat, dann springen sie lässig ab.

Hermine fragt, hast du das Abendblatt gelesen? Schausteller-Gehilfe auf dem Dom verhaftet. Der hat elf Klinikbrände gelegt. Wollte wohl eine alte Rechnung begleichen.

Dieter sagt, ich fand es damals im Krankenhaus mit der Bandscheibe auch nicht lustig. Noch lange kein Grund, Pyromane zu spielen.

Sie könnte sagen: Vielleicht hat der Typ einer Frau zu Ehren Feuer gelegt. Den Satz verschluckt sie aber lieber, Dieter würde darauf einsteigen. Die beiden gehen Hand in Hand. Er bremst, sie zieht. Er ahnt, sie will sich von ihm loseisen, dem Feuer hinterher, ohne Moral und unersättlich, wie sie ist. Sie weiß, er kann nicht schneller laufen. Sie denkt, dass sie nicht denken will, Herrchen geht mit dem Dackel Gassi. Ein Mann und eine Frau, das sind nicht Herr und Hund.

Um ein Bierfass stehen vier laute Bayern oder Franken, prosten sich zu und wippen zur Musik. *Ich bau dir ein Schloss, das in den Wolken liegt. Ich bin dein Pilot, der dich in den Himmel fliegt.* Dieter sagt, die alten Heuler tun es noch sehr gut, und Hermine findet das auch.

Vor einer Frittenbude stampft und schreit ein Kind vor Wut. Die Mutter zieht aus ihrer Tasche eine Plastikddose, hält ihm eine Frikadelle hin. Paul! Wir hatten etwas anderes ausgemacht als Fritten! Moira und du, ihr habt zusammen gerade noch acht Euro, und ihr wollt noch in die Burg des Grauens und zum Autoscouter! Das Kind schlägt nach der Frikadelle.

Und gegenüber reimt der Glücksbaron lautstark: Hier das Los, das ist famos. Zehn Stück für nur zweifünfzig!

Hinter seinem Tresen eine hohe Wand, bestückt mit Plüschbären und Bildschirmen, davor am Boden lauter Nietenzettel, blaue, grüne, rote Fetzen.

Tonscheibenschießen. Kinderkarussell mit Marschmusik. Im Kreis gedreht Rennwagen, Traktor, Flugzeug, Elefant und Kutsche. Ein Winzling, von der Mutter aus dem Flugzeug gehoben, stürzt zu seinem Kinderwagen, setzt sich rein und steckt den Schnuller in den Mund. Hermine sagt, gerettet.

Sie vernarrt sich in alles, was lebt, und wenn Dieter nicht eingreift, vergafft sie sich in das Kind, läuft ihm nach, vergisst, dass sie mit ihm hier ist. Er zieht die Freundin weiter zum nächsten Stand mit Marzipantaschen, Berlinern und Lebkuchenherzen. *Ich liebe dich, du Zuckerstück.* Das passt für Dieter nicht. Hermine sucht und findet eine bessere Widmung: *Für meinen wilden Stier.* Sie fragt ihn, soll ich dir ein Herz schenken? Da hab ich mir schon einmal einen Zahn dran ausgebissen, sagt er.

Die Zeit der Romantik ist lange vorbei. Anfangs war es noch ein schönes Ritual, jeden April auf den Dom zu gehen. Dann trauten sie der Wiederholung nicht mehr, fanden den Mensch-Maschinen-Wirrwarr einen Schwindel. Auch die Liebe zeigte sich zu oft als blanke Illusion. Tatsächlich war es so: Rapunzel wollte nicht nur langweilig im Turm sitzen, und der Freibeuter trug zu Hause karierte Pantoffeln.

Was blieb, war ein ungleiches Paar. Hermine verdiente zwar nur ein Frauengehalt, aber mehr als Dieter, der für Zeitarbeitsfirmen schraubte und bohrte. Er mochte Fußball, sie hing vor den Vorabendsoaps und nannte es analysieren, in Wirklichkeit schmachtete sie für das graumelierte Weichei aus der *Verbotenen Liebe*. In seinem Zimmer herrschte Kahlschlag, in ihrem das Chaos. Schlachtfelder waren das Schlafzimmer und die Küche. Er warnte sie vor Speisemotten, wenn sie wieder einmal fremde Lebensmittel anschleppte, um asiatische Rezepte zu probieren. Dieter sah es auch nicht gern, wenn sie sich mit Freundinnen traf, er wusste, Frauengespräche über Kleider mündeten doch immer nur in Kritik an friedliebenden Männern, die abends nicht noch tanzen gehen wollen. Nach seinem Bandscheibenvorfall verlor er den Job. Demütigende Umschulungsmaßnahmen. Er unterstellte ihr eine Affäre mit Heiko oder mit gleich beiden Anwälten zusammen und begrub sich in Computerspielen. Wer hatte je behauptet, Paare wären fürs Glück gemacht. Sie waren kurz vor der Trennung. Aber Hermine zog an Dieter. Der machte sich schwer. Doch sie zog ihn raus an die Elbe, ins Freibad im Stadtpark, zu Radtouren nach Allermöhe und ins Kino. Sie hatten kein Geld zum Reisen, aber man muss was zusammen machen, daran glaubte Hermine. Dieter fand über sieben Ecken eine erste Schwarzarbeit, Hausmeister in einer Villa in Othmarschen, wenig zu tun, und wenn, dann funktionierten alle Geräte. Kein Vergleich mit dem verzweifelten Murks in der Zeitarbeitsfirma, wo der Chef am Werkzeug sparte. Dieter wurde weiterempfohlen, berappelte sich. Seine Eifersucht auf Rechtsanwälte, Freundinnen, Katzen und Fernsehhelden pflegte er knurrend weiter.

Sie stehen vor der Bude mit dem Schlickerzeug. Hermine weiß nicht, ob er das mit dem am Herzen ausgebissenen Zahn symbolisch meint. *Schützenliesel, dreimal hat's gekracht. Schützenliesel, du hast mir das Glück gebracht.* Vor ihnen zerknallt ein Luftballon, ein Kind schreit auf und bückt sich nach dem nassen Fetzen. Liegenlassen, ruft der Vater, fass nicht in den Dreck.

Eine laute Gruppe HSV-Fans, Entenangeln für die Kleinen. Garantierte Trostpreise. Auf dem Tresen bei den Enten hockt ein Junge, wühlt ratlos zwischen kleinen Tüten mit Plunder aus Plastik. Armes Kerlchen, sagt Hermine, dem ist gerade ein Traum zerplatzt.

Immer mehr Besucher auf dem Dom, aber die meisten Gondeln und Schaukeln drehen sich leer. Sie findet es etwas gespenstisch. Stolze Eintrittspreise für ein kurzes Glück, für den Traum von Fliegen und Freiheit, bevor es anderntags wieder weitergeht mit Schriftsätzen, Zahlenkolonnen, mit Müllraustragen und Steuererklärung.

Die Menge bummelt friedlich, selbstvergessen.

Hermine und Dieter sehen Leute an Stöcken oder an Rollatoren laufen, seit seinem Bandscheibenvorfall haben sie einen Blick dafür. Sie schlendern, ein schweigsames Paar. Hermine sagt, guck mal, oder, hast du gesehen?

Da ist ein Mann, der in den Zähnen pult und das Ergebnis auf dem Zahnstocher lange besieht. Zwei Typen in Osterhasenkostümen verteilen aus Kiepen Süßkram. Und vor dem Geldautomaten eine lange Warteschlange. Hermine sagt, der muss sich nicht mit Neonlichtern schmücken, damit die Leute ihre guten Vorsätze vergessen. Noch ein paar Schulden mehr bei der Bank, dafür das große Los beim Dosenwerfen.

Du wolltest doch hierher, sagt Dieter.

Sie will nicht in miese Stimmung geraten, sie sagt, ich hab immer noch Hunger. Oder schon wieder. Sie blinzelt. Drüben gibt es Sodbrennen, was soll denn das? Du brauchst eine neue Brille, sagt Dieter, Schwenkbraten steht auf dem Schild. Hermine will lieber Pommes. Sie stellen sich an. Wie immer, fragt Dieter sicherheitshalber. Ja, rot-weiß, wie immer. Er zieht sein Portemonnaie und sagt: Der Kavalier zahlt, geht um die Ecke und weint.

Noch ein Zitat von Rupert, aber Hermine hält den Mund. Sie war froh, dass die beiden Männer sich mochten.

Dieter hält ihr die Pommes hin, sie picken abwechselnd aus der Tüte. Wie siehst du wieder aus, er wischt ihr einen Ketchupfleck vom Mundwinkel. Weißt du noch, wie wir mal mit Marie und Rupert hier waren, mit diesen Weihnachtsmützen auf den Köpfen? So einen Blödsinn hätte ich von uns vier Hübschen nicht gedacht.

Dom kann sehr schön sein, sagt Hermine. Wenn man nicht traurig wird bei dem Gedanken, wie die Zeit saust. Dass es nur die eine Runde Leben gibt.

Wenn ich tot bin, sagt er, wird's dir leid tun, dass du ständig andern Männern hinterhergesehen hast.

Immer tut er so, als wäre seine Eifersucht was Spielerisches, aber dann geht er wie ein Kind ganz in der Rolle auf, findet nicht raus. Sie hat schon mal gedacht, er würde ihr gern die Haare abschneiden und unter sein Kopfkissen legen.

Ich will nicht, dass du tot bist, sondern dass du mit mir alt wirst, sagt sie. Glöv man.

Wenn er bloß nicht so viel rauchen würde.

Vor dem Irrgarten sitzt eine lebensgroße Männerpuppe, schüttet sich vor Lachen aus, in einer Endlosschleife.

Die von draußen sehen schadenfreudig denen drinnen zu, die tasten und tappen zwischen Spiegeln, rutschen auf tückisch glatten Flächen, taumeln über Wippwapp-Brücken, halten kichernd ihre Röcke gegen ein Gebläse fest.

Dieter sagt, da gehen wir nicht rein. Dein Rock ist kurz genug. Die glotzen dir hier sowieso schon alle nach.

Hermine sagt, die Paradieszeit ist vorbei, von wegen selige Zweisamkeit. Stell dir mal vor, ich wäre Adam und käme zu spät nach Hause. Wärest du Eva, würdest du gleich meine Rippen nachzählen. Versteh ich nicht, sagt er, die Rippen sind mir schnurz. Es würde reichen, wenn du nicht so viele Herzen in der Brust hättest.

Sie hätte ihn nicht wieder provozieren sollen. Dieser Tage will sie ihm sagen, dass sie sich gestern bei der Volkshochschule angemeldet hat, für den Worksphop Theaterspielen. Aber nicht heute, heute ist ihr Geburtstag. Dieter ist so fürchterlich vorhersehbar.

Er zieht sie weiter zum Riesenrad, er knufft sie. Wie wär's mit einer Runde?

Du weißt doch, dass mir meistens schwindelig wird, sagt sie. Sie hasst es, ihn zu enttäuschen, und sieht auch prompt, wie sein Gesicht sich verschließt. Dann kann sie gleich weitermachen, und alles kaputt.

Ich geh demnächst Theater spielen, bei der VHS. Kommst du mit?

Er fragt, hast du noch nicht genug Theater auf der Arbeit?

Gib mir deinen Tabak, sagt Hermine.

Sie raucht pro Woche höchstens eine Zigarette. Wieder hustet sie nach den ersten Zügen.

Das Tamtam auf der Bühne ist nichts für mich, sagt er. Im dritten Schuljahr mussten wir den dicken fetten Pfannekuchen aufführen. Ich war bloß eine der Fichten mit Krepphut in Grün auf dem Kopf. Kein Sprechtext, wir sollten nur mit den Armen als Zweigen wedeln. Fräulein Fritz hatte immer was auszusetzen an uns Bäumen. Unser Wedeln war ihr zu wild, und zusammenkrachen, gefällt vom Blitz, das durften wir auch nicht. Zum Theater kriegen mich keine zehn Pferde. Aber mach doch, wenn's dir Spaß macht. Alles, was du für dich Gutes tust, ist gut auch für mich.

Hermine fällt beinahe die Zigarette aus der Hand.

Wir gehen jetzt aufs Riesenrad, sagt sie. Zur Feier des Tages. Und wenn ich reihern muss, dann hältst du mir den Kopf?

Das weißt du doch, sagt er.

Sie steigen in eine der Gondeln, schweben langsam in die Höhe. Unter ihnen die grellen Buden, das Bismarck-Denkmal, die Elbe mit den falschen Mississippi-Dampfern. Weiter Blick über die Stadt. Heller Himmel, alles ganz klar, kein Schwindel.

Dienstbarer Geist

Eine der Villen in Flottbek, ein großer und etwas zerzauster alter Garten, Karnickel springen. Dieter kniet vor einer der Blumenrabatten unterhalb der Terrasse, neben sich einen Eimer fürs Unkraut und eine Palette mit Stiefmütterchen. Neun Uhr morgens, der leichte Nieselregen hat sich verzogen, die Sonne kommt durch.

Wie kann man bloß um diese Tageszeit schon auf den Beinen sein, ich hör nie auf, mich zu wundern. Vorhin schon auf dem Markt, für die Stiefmütterchen, die sie bestellt hat. Zweimal hat Frau Müller gestern deshalb angerufen und ist vom Hölzchen aufs Stöckchen gekommen. Einsam. Der Marktbesuch schlägt auf die Arbeitszeit, sie zahlt aber immer sehr anständig. Wenn sie bloß wüsste, was sie will. Im Frühjahr behauptet sie immer, man muss in den Garten Grund reinbringen. Aber wer es dann ans Licht geschafft hat, den soll man gnädig weiterwachsen lassen. Rabatten harken, das käme für sie nie infrage, in ihrem Beet zupft man auf Knien, um ja kein Vergissmeinnicht auszuraufen oder einen der Storchenschnäbel, die Unkraut sind.

Wenigstens steht Frau Müller nicht ständig daneben. Nur die Gardine bewegt sich manchmal. Sie sagt nichts, wenn man Rauchpause macht. Und meine Kippen fliegen auch nicht rum. Wie sie dasteht und wartet, Kind im Kindergarten. Schüchtern, dabei ist sie dienstbare Geister gewöhnt. Na los, du Regenwurm, mach dich davon. Ist knapp dem Schäufelchen entwischt. Würmer sind stocktaub, das habe ich als Kind getestet. Reagieren nicht auf Töne, höchstens auf die Luftbewegung. Müssen sich vor Amseln hüten und die vor den Elstern. Stiefmütterchen in Gelb und Lila. Leichte Duftwellen vom Flieder. Wahrscheinlich kann ich mir was davon abschneiden, nachher, Frau Müller ist großzügig, ohne Tamtam. Für Ihre Freundin, sagt sie. Die reine Unverschämtheit letztes Jahr, als ich mit dem geschenkten Strauß von ihr drei Straßen weiter bin, um bei Holtens die Gartenmöbel frisch zu lackieren. Da sagt Frau Holten mir, Flieder, das wär aber reizend. Man fragt sich blitzartig, die oder ich. Abwägungssache, was ist einem die Stelle wert. Frau Holten sammelt ständig Punkte gegens Personal. Versucht, die Leute gegeneinander auszuspielen. Die Arie mit dem Staubsauger neulich. Sie macht die Putzfrau nieder, weil das Gerät beim besten Willen nicht mehr funktioniert. Ihre miese kleine Vampirette, vermutlich noch im Sozialismus hergestellt für Karstadt. Frau Holten ist zu geizig, einen neuen Staubsauger zu kaufen. Sie muss sich mit dem alten auch nicht abrackern. Wissen Sie, Dieter, wir haben unser Geld nicht, weil wir's aus dem Fenster werfen. Haben kommt von halten! Sehen Sie sich doch das Ding mal an.

Man sollte solche Leute sabotieren, wo es geht. Den Mordauftrag gegen die Maulwürfe hab ich getrost beiseite geschoben. Das muss sie mir erst nachweisen, ob wirklich kein Gift in den Hügeln steckt, auch wenn sie es dreimal bestellt hat. Sie kann ja einen Detektiv rufen und Bodenproben nehmen lassen. Oder sie könnte sich den Garten von Frau Müller ansehen. Die hat sich eingelassen auf meinen Vorschlag: Tempotuch mit Petroleum tränken und in die Hügelchen stecken. Das mag der Maulwurf nicht riechen, da baut er woanders. Ist doch gut, wenn er die Erde auflockert. Ich kann das Gerede vom Schädling nicht hören. Maulwürfe sind Raubtiere, das sieht man am Gebiss. Die fressen nicht Wurzeln, die jagen Engerlinge. Aber wer schaut denen schon aufs Maul oder in den Magen.

Lila und gelb, kleine Gesichter. Rein mit euch und wachst schön an. Da ruft Frau Müller schon von wegen Kaffeepause. Gleich. Noch eben angießen.

Dieter wäscht sich am Wasserhahn draußen die Hände, aber Frau Müller sagt, wie immer, dass er gern das Bad benutzen kann. Nicht jede Herrschaft kommt auf die Idee. Und nicht mit jeder sitzt man zusammen beim Frühstück. So eine arme Alte, seit der Mann gestorben ist. Im ganzen Haushalt verändert sie nichts, obwohl die Bücher unpraktisch stehen, das hat sie mir mal gezeigt. In Griffhöhe seine Klassikerschwarten mit der unlesbaren Schrift. Und in Bodennähe, wo sie sich mit dem Bücken schwer tut, ihre Romane und Erbauungsbücher. Das soll ein Mensch verstehen. Jeder Haushalt ist eine höhere Ordnung, ein Kosmos für sich. In Frau Müllers Kosmos herrscht der Ehemann. Sie tut mir leid, auch wenn sie Geld hat. Anständiger Kaffee, und sie stellt mir immer diesen Klotz von Aschenbecher hin, den hat einer der Enkel fabriziert. Ihr Mann hat auch geraucht, sie sagt, sie riecht gern Tabak.

Dieter fragt, wie üblich, soll ich Ihnen eine drehen? Ihr hohes Kichern, heute ausnahmsweise nicht. Er hört sich an, wie es mit ihrem Rheuma ist. Wieder ärgert sie sich über ihr Mondgesicht, das kommt vom Kortison. Die Termine bei ihr, freitags von neun bis zwölf, sind das Highlight der Arbeitswoche.

Schaffen wir es rechtzeitig zum Zahnarzt? Ihr besorgter Blick.

Klar, Frau Müller. Wenn Ihre Kiste anspringt.

Bei Ihnen schnurren doch alle Maschinen. Aber der Wagen ist auch noch gut. Kurt hat ihn immer so gepflegt. Ich hätte damals auch den Führerschein machen sollen. Mit Automatik, sagte er immer, ist Fahren gar keine Kunst mehr.

Dabei hat Ihr Mann x-mal den Seitenspiegel verschrammt, beim Reinfriemeln in die Garage.

Ach, Dieter. Ist es nicht schade, dass Kurt jetzt nicht bei uns sitzt?

Sie kommt und kommt nicht von ihm los. Er war ein netter Kerl, obwohl er den Fimmel mit seinen sämtlichen Fenstern im Haus hatte. Die umständliche Wischerei mit alten Zeitungen und Spiritus, alte Schule, sagte er immer. Am liebsten hätte er das selbst gemacht bis ganz zuletzt. Stand gern daneben, hat aber nicht reingequatscht, hat immer nur was angereicht. So stolz, wenn er sagte, dann wollen wir uns mal wieder an unsere Fenster machen.

Wir sollten demnächst los, Frau Müller.

Nun werd nicht gleich nervös. Kannst in aller Ruhe deine letzten Zähne schrubben. Aber sie steht schon auf, so eifrig wie ein kleines Mädchen, sich fertigzumachen. Sie hat noch nicht gelernt, den Stock vernünftig zu benutzen. Trägt ihn mehr, als dass sie sich draufstützt. Als wollte sie mit einer Wünschelrute pendeln.

Lassen Sie sich Zeit, Frau Müller, ich feg noch draußen die Terrasse.

Die kleinen Touren für sie sind unproblematisch. Sie sagt einem nicht, welche Route man jeweils nehmen soll, und über Flottbek, Othmarschen und Bahrenfeld geht's selten raus. Bei Frau Rehmann war das ein anderer Schnack. Anfangs nur jeden Tag zwei Stunden mit dem Afghanen raus, ich war nicht angeheuert als Chauffeur. Warum schafft sie sich den Hund an, wenn sie keine Zeit hat, mit ihm zu laufen, ich weiß schon, er schmückt ihre Hütte. Wie er so edel vor dem Kamin liegt, ein Wertgegenstand. Es war nicht ausgemacht, dass ich Frau Rehmann kreuz und quer durch Hamburg fahre. Die hat vermutlich ihren Führerschein versoffen, sonst hätte sie mich nicht ans Steuer gezwungen. Seinerzeit habe ich keinen offenen Krach gewagt. Was will man machen, wenn man Geld braucht. Da stellt man sich lieber doof, fährt hochtourig und lässt die Kupplung krachen, latscht schreckhaft auf die Bremse bei jedem Vogel. Hinten bei Frau Rehmann steigt der Wutpegel.

Dieter, als Chauffeur kann ich Sie nicht empfehlen! Wenn die wüsste. Solche wie die kriegen auch nicht Besuch, sondern die sagen, wir erwarten Gäste. Und dann lasst ihr euch volllaufen oder werft edelste Chemikalien ein, und anderntags kommt eure Perle und macht alles wieder piccobello. Da lungere ich eine unbezahlte sogenannte freie Stunde in der Innenstadt, während die Chefin beim Rechtsanwalt hockt. Und als sie endlich in der Kutsche sitzt und ich wieder voll auf die Bremse steige, schwappt ihr der Coffee-to-go auf das Kostüm. Ich sollte ihr die Reinigung bezahlen. Dieter, es ist wohl besser für beide Seiten, wenn wir getrennter Wege gehen. Das kann man wohl sagen.

Mittags klingelt er bei Holtens. Den Flieder von Frau Müller hat er in einer Bäckerei der Angestellten anvertraut, da holt er ihn nachher ab. Bei Holtens sind heute die Dachrinnen dran. Da hat man seine Ruhe, und das nasse alte Laub rausfischen ist nicht halb so ekelhaft, wie ihren Swimmingpool zu säubern. Ursuppe aus Schleim. Besser die Regenrinnen. Werden und Vergehen. Diese Leiter ist lebensgefährlich. Rauf und runter, aber die Bandscheiben mucken nicht. Leichte handwerkliche Arbeiten in Haus und Garten, wer das glaubt. Die versuchen immer, einem zusätzlich etwas aufzudrücken, weil unsereins zum Viertelpreis eines Malers arbeitet. Dann sag mal schön, das mach ich nicht, wenn du in zittriger Geldlage bist. Als Holtens wollten, dass ihr Treppenhaus gestrichen wird. Farbe und Pinsel waren noch im Keller. Ich stemm drei halbvolle Eimer auf, aus den Zeiten von Gerhard Schröder. Die Farbe taugt nicht mehr, Frau Holten, die schmeißen Sie mal weg. Die müssen Sie nur rühren, Dieter. Ihr Vorgänger hat das seinerzeit wunderbar gemacht mit diesem zarten Gelbton. Oben in der Ecke sieht man noch, wie es ursprünglich war, und mit der Farbe kommen Sie gut hin.

Das Arbeiten selbst ist nicht das Problem. Aber fehlendes

Werkzeug, ungenaue Aufträge, subtile oder offene Beleidigungen. Herr Doktor Dipl.-Ing. Franz Holten, Architekt. Sitzt an seinem Schreibtisch, daddelt, hört nebenher seinen blöden Radiosender. Ruft irgendwas durch die Schiebetür, während ich im Wohnzimmer die Heizkörper lackiere. Ich stell mich taub. Auch wenn es den Standesunterschied gibt zwischen ihm und mir, er soll mich ansehen, wenn er mit mir spricht. Und ihre Frechheit letzte Woche, mir statt der lausigen fünfzehn Euro den grünen Lappen zu zeigen, Sie können doch wechseln, Dieter? Nicht? Dann rechnen wir nächstes Mal ab. Siebenfünfzig ist die blanke Ausbeutung. Man muss die Chefs erziehen, Respekt verlangen, Nein sagen lernen. Hermine hat leicht reden, die sieht ihr Geld verlässlich jeden Monat auf dem Konto. Morgen mit ihr zu Mutters Geburtstag, wieder der halbe Tag weg, aber gut. Warum stemmt sich Mutter immer so dagegen rauszugehen, gerade jetzt, wo das Grün so bunt ist.

Komm lieber Mai und lache. Schwalben sind auch schon reichlich am Gange, selbst hier in der Stadt. Na, Kollege? Bau dein Nest doch lieber bei Frau Müller als hier bei Holtens. Als Kind hab ich gedacht, die Schwalben fressen Erde, wenn sie in den Pfützen rumpickten. Ich wollte ihnen auch ein Nest bauen, aus einem Klumpen Schlamm. Der ist von der Hauswand gefallen, da hat der Mörtel gefehlt. Schwalbenspucke, die Maurer unter den Vögeln. Hermine verwechselt sie immer mit Meisen, braucht eine neue Brille. Aber kurze Röcke hat sie noch nie getragen, auch wenn irgendein schreibendes Scheusal so was behauptet. Man darf den Leuten nicht auf ihren Leim gehen, sonst hängt man fest wie beim Vogelfänger. Die Wirklichkeit ist unüberbietbar.

Drüben in Othmarschen die Stelle. Geweißte Dielen, Flokatis, Möbel, alles kalt weiß. Muss man mögen. Die kasachische Putzfrau mochte es nicht. Ich war nur draußen fürs leichte Grobe. Sitzrasenmäher, ein Wunder, dass die

Chefin das Gras nicht noch anstreichen ließ. Den Spitznamen hat sich Hermine für sie ausgedacht, kalte Sofie. Eisheilige. Und dann war Sofie für paar Wochen verreist. Sie hat mir gerade mal den Schlüssel für die Zweitgarage anvertraut, sodass ich mir den Rasenmäher holen konnte. Vor ihrer Ankunft musste natürlich die Putzfrau anrücken, den Kühlschrank auffüllen. Alles ein bisschen nett herrichten. Wie diese Leute reden. Elenas Deutsch war gut. Die östlichen Frauen haben für meine Ohren so Vogelstimmen. Elena hat nach dem Putzen draußen mit mir geraucht, bisschen erzählt. Die Chefin ist ihr auch auf den Geist gegangen. Ob ich den ersten Stock mal sehen möchte. Ich Schuhe aus und rein mit ihr ins Haus. Da oben wird wahrscheinlich auch nur alles weiß sein. Aber man ist neugierig. Ich denk noch an Videoüberwachung. Die gab's aber nur draußen auf dem Grundstück vor der Festung. Blaubart, der fiel mir auch noch ein. Ich husch hinter Elena hoch. Oben weiße Kälte, sie öffnet die dreizehnte Tür. Schneeweiß das Schlafzimmer, nur auf dem Bett die Überwürfe, alles der pechschwarze Bärenpelz. Oder was oder wie, oder Panther. Wir sind schnell wieder runter. Ich sag noch, jedem Narren seine Kappe. Elena hat eine Augenbraue gehoben und fas-zi-nie-rend gesagt. Wo hat sie das denn her. Eisheilige, das Wort fand sie gut.

Frau Holten taucht im Garten auf und winkt, Dieter steigt von der Leiter. Ich habe gleich einen Termin, aber wenn Sie eben noch mit mir nach unten gingen, Dieter. Mit den Dachrinnen sind Sie ja sozusagen fertig.

Im Keller zeigt sie ihm aufeinandergetürmte Kartons. Bücher aus der Studienzeit meines Mannes, sagt sie. Wenn Sie die hochtragen und draußen abstauben und in sein Arbeitszimmer stellen. Er will das alles noch mal durchsehen.

Dieter fragt, die zehn Kartons?

Sie haben es erfasst. Nur von außen den Staub abfegen, ach, stellen Sie die Dinger besser in das Gartenhaus. Aber ist da noch Platz? Sie schaffen das schon, ich muss mich eilen. Ihr Geld für heute und letzte Woche liegt auf der Anrichte. Hier, den Schlüssel legen Sie wie immer in unser kleines Versteck. Ich wünsch Ihnen ein schönes Wochenende.

Ihnen auch, Frau Holten.

Weg ist sie. Ihren Mini würde ich gern mal fahren. Absehbar, dass sie sich noch was ausdenkt.

Er rückt die Leiter weiter, steigt hoch, schaufelt Dreck. Holtens merken höchstens später mal an einer verstopften Regenrinne, ob man nichts geleistet hat. Warum mach ich mir dann die Mühe, die Dinger anständig sauberzukratzen? Weil man den Ehrgeiz hat, die Arbeit gut zu machen. Das glaubt einem nur keiner.

Er steht im Keller, hebt einen Karton an. Verdammt, wer hat die Dinger vollgepackt. Denk an die Bandscheiben. Nicht hochreißen, nicht mit dem Rücken arbeiten, nur aus den Beinen raus, verdammt. Und im Gartenhaus das Chaos, Holtens können sich von ihrem Zeug nicht trennen. Was mag in all den Kisten sein, die sie hier bunkern. Im Keller steht ein Safe, Schneckenhäuser und Kinderzeichnungen wird er darin nicht horten. Wenn Herr Doktor Dipl.-Ing. sich überhaupt die Zeit nimmt, seine Bücher durchzusehen, lässt er sie mich garantiert die nächste Woche wieder runtertragen. Geht mich das was an? Kohle für Arbeit, du wirst nicht fürs Denken bezahlt. Was hat er denn so gelesen. Vermessungskunde. Tragwerkslehre. Alvar Aalto, Fachchinesisch, kein Schweinkram. Das wäre ihm auch nicht zuzutrauen. Wenn einem von beiden, dann ihr.

Dieter rumpelt die Kartons im Gartenschuppen aufeinander, geht ins Haus, fegt die Kellertreppe, die Diele. Vaters Leitsatz, man hinterlässt einen sauberen Arbeitsplatz. Das prägt sich ein, man kann gar nicht anders, auch wenn es Zeit kostet. Er öffnet die Tür zum Wohnzimmer, wirft einen

Blick rein. Warum nicht. Was für ein scharfes Ledersofa sie da haben. Glastisch mit Blumenvase und die Obstschale aus Silber, wenn die bei uns auf dem Küchentisch stände, müssten wir auf dem Fußboden essen. Die Bilder sehen nicht verkehrt aus. Am Boden helle Auslegeware, darüber die Perser. Teppichangst, wer hat das gesagt. Der Mathelehrer mit Armstumpf, Herr Koenen, kriegsversehrt. Manchmal hat er die lederne Hülle abgenommen und uns den nackten Stummel gezeigt, die Gruselnummer für Kinder. Als ich ihm die Tasche in die Wohnung tragen musste, in sein Wohnzimmer. Du hast wohl Teppichangst? Das war sein Hohn von oben.

Dieter geht in die Küche von Holtens. Die wird bestimmt nicht oft benutzt, sieht aber aus wie ein Cockpit, da hat sich der Technikfreak ausgetobt. Wenn unsere Eltern unterwegs waren, sind wir als Kinder durch die Wohnung galoppiert, haben das Bolle-Lied gegrölt, das die Alte von nebenan nicht mochte. Wir haben Vaters Werkzeugkasten inspiziert und von den Blaustiften welche genommen. Wir waren immer auch auf dem Stuhl und oben am Küchenfach, bei dem Süßkram.

Dieter öffnet ein paar Schubladen. Frau Holten bietet nie etwas zu essen an. Ernährt sich von den Kochsendungen in der Glotze. Da, Kürbiskerne, aber meiner Prostata geht's gut. Die Tüte Sonnenblumenkerne ist nicht angebrochen. Er nimmt sich von den Haselnüssen, die wird keiner durchgezählt haben. Solche wie wir sind denen unheimlich. Bis auf Frau Müller, aber die ist eine Ausnahme. Natürlich sind wir unheimlich, mit unseren Augen in den Köpfen, von denen sie ahnen, dass wir sie haben. Irgendetwas ist in jedem Haushalt peinlich, oder nicht? Aber keine Elena sieht jemals Hermines Chaos, nur unsere Freunde und ich.

Er steht in der Diele. War die Wohnzimmertüre vorhin schon offen? Er wirft noch einen Blick in den großen Raum.

So still und hell. Das breite hohe Fenster zum Garten. Sonne flutet, so heißt das in Büchern. Unheimlich, allein zu sein in einer fremden Wohnung. Die Dinge sagen: Eindringling. Alles die kalte unbelebte Pracht. Ich sehe was, was du nicht siehst. Da steht dein Ledersofa, dort der kleine Sekretär von einem deiner Vorfahren und deine Fensterbank voll Edelnippes. Endlose Selbstdarstellung. Jeder malt sich die Welt in seinen eigenen vier Wänden aus. Es ist am Ende überall mehr oder weniger ähnlicher Kram. Tisch Bett Stuhl Schrank. Und doch hat jeder seine Ordnung. Was Leute reden, ist meistens geschenkt, an ihren Sachen kann man sie erkennen. Frau Müller tröstet sich mit der Parade von Fotos auf dem Büfett, mit ihren tausend alten Kinkerlitzchen. Auf dem Sofa sitzt sogar ein Teddy. Hermine müllt ihr Zimmer voll, in meinem herrscht Ordnung. Ich wohn aber nicht im Eisschrank so wie die kalte Sofie. Holtens brechen noch mal zusammen unter der Last ihrer Werte, die sie schon jetzt nicht mehr kontrollieren können.

Ich sehe was, was du nicht siehst. Am Ende kommen zuerst die Verwandten. Sofern es noch Kontakte gibt, sofern sie nicht längst in Dakota oder in Lissabon leben. Die räumen ab, was sie selbst brauchen oder auch verhökern können. Am Ende wird Klarschiff gemacht. Der Entrümpelungsdienst löst den Haushalt auf. Besenreine Übergabe an den nächsten Eigentümer. Der läuft durch deine Villa mit dem Zollstock in der Hand, hackt in Gedanken Wände ein. So geht's mit uns dahin.

Dieter steht vor der Bäckerei, den Flieder von Frau Müller im Arm. Eine Ameise läuft über eines der Blätter.

Der Besuch

Lino ist wieder da, in Hamburg, steht im Gästezimmer einer Wohnung in St. Georg. Ihre Ohren knistern von der langen Reise.

Heute Morgen ist sie aufgestanden um fünf Uhr, sternklare Nacht im Dorf Feital in Portugal, bom dia. Sie hat Hunde und Katzen gefüttert. Mit dem dünnen Bimmeln der Kirchenglocken kam pünktlich ihr Bruder und hat sie nach Vila Franca das Naves gebracht, an den Bahnhof. Beto wird sich um ihre Tiere kümmern.

Der Zug kam aus Paris, er war fast leer um diese Tageszeit. Dann stiegen Leute zu und wischten ihre Smartphones, draußen floss der grüne Rio Tejo. Lino hat von ihrem Proviant gegessen, Brote mit Kaninchenfleisch. Auf den Markt in Trancoso geht sie höchstens mit Besuchern aus dem Ausland, selten auch nur zu einem der Supermärkte. Sie ist weitgehend Selbstversorger. Vier Stunden Zugfahrt, dann Lisboa. Sie dachte an ihr Studium, Anfang der Sechziger, in Zeiten von Salazar. Jetzt der neue Estação do Oriente, die futuristische Architektur des Bahnhofs, die an Palmen erinnert, wenn sie ihn, einmal im Jahr vielleicht, wiedersieht. Zum Flughafen weiter, fasten seat belt, auf in die Luft. Die Stadtlandschaft war bald unter Wolken verschwunden. Reisen. Als wäre die Erde ein Spielball. Das Flugzeug, Niemandsland. Ein anderes Gefühl als das im Zug, wo man Orte wiedererkennt. Und wo man manchmal noch ein Fenster öffnen kann. Sie zog ihre Strickjacke fester um sich, sie roch an der Wolle. Nichts. Sie selbst: Ein Gast der TAP, schon stand ein Kaffee vor ihr und ein eingeschweißter Keks. Sie war es selbst, sie war es nicht. Sie war ganz frei von allem, ganz gefangen. Zwischenlandung in Bruxelles, drei Stunden Aufenthalt. In der Maschine nach Hamburg wurde sie unruhig. Der Flieger könnte im Raum einfach hängenbleiben. Die Wolken, das Flugzeug, unsichtbar darin die Reisenden: ein Bild, auf dem die Zeit stillsteht.

Eurico, Linos Kollege aus Guarda, hat Bodenkontakt gehalten, schon vor Tagen ist er losgefahren mit dem Auto. Er hat seine Frau dabei, transportiert die Skulpturen und Bilder, er nimmt sich drei Wochen Zeit für Deutschland. So lange will sie selbst das Atelier und auch die Tiere nicht allein lassen. Ihre Nichte Carmita sollte sich kümmern, aber ihr ist nicht zu trauen. In den Semesterferien kommt sie aus Porto zurück nach Feital, bei ihren Eltern liegt sie mit dem Laptop ins Sofa gekuschelt und füttert bei Farmville im Internet Hühner. Lino fiel es schwer, ihren Bruder wegen der Tiere zu bitten, er hilft ihr ohnehin oft. Der Kamin zu Hause zieht schlecht. Handwerker ohne Ausbildung, keine Ahnung vom Material. Im kühlen Flugzeug wollte sie nicht an die Heizsorgen im Winter denken, ans teure Holz aus Spanien. Sie dachte an flackernden Strom, an die elektrischen Schläge, die ihre Waschmaschine austeilt. Der Flieger verlor an Höhe. Hamburg war eine geometrische Figur.

Hamburg, Linos Zuhause von '70 bis '97. Seither war sie nicht mehr dort. Es wurde zu teuer für eine wie sie, und ihre Ehe ging kaputt. In ihrem Kopf überstürzten sich Namen, lang nicht gebraucht. Fuhlsbüttel. Kuhmühlenteich, Hohenfelde.

Sie hört ihren Namen: Lino!

Sie lacht, wie Marie. Die Kälte draußen, jetzt Ende Oktober, und alles schon dunkel. Fahrradklingeln hinter ihnen. Lino hat vergessen, dass sie hier Drahtesel reiten, oft nicht beleuchtet. Sie hört die trübe Blechtrompete vom räudigen Esel des Nachbarn in Feital. Gleichzeitig hört sie Marie, ihr holpriges Portugiesisch, als sie eine Haustür aufschließt und noch einmal sagt, bem vinda.

Die Wohnung in St. Georg: Maries Zimmer, eine große

Küche, Bad und Flur, unten im Souterrain das Gästezimmer. Alles etwas fremd für Lino. Sie hat auch nur noch wenige Erinnerungen an den Katen an der Nordseeküste, in dem Marie und Rupert lange wohnten.

Essen, Trinken, Rauchen, Reden. Oft fehlen ihr ein paar Wörter, aber die werden mit dem Sprechen wiederkommen. Marie packt Gastgeschenke aus, Maronen und Walnüsse, Lorbeerblätter, getrocknete Steinpilze. Zwei Schalen selbstgemachte Marmelada, hier in Hamburg heißt das Quittenspeck. Lino sagt, im Auto von Eurico ist noch etwas anderes für dich. Sie denkt an die nächsten Tage, an die Ausstellung, den Anlass für ihre Reise nach Deutschland. Hamburger Künstler zeigen neue Arbeiten zum Thema Linie und Körper. Zwei Kollegen haben es endlich geschafft, auch Eurico und Lino auf die Liste der Künstler zu hieven. Schließlich waren sie vor Jahren beide Hamburger. An Möglichkeiten, auszustellen, hat es Lino nicht gefehlt in vierzig Arbeitsjahren. Ihre Skulpturen und Bilder waren zu sehen in Hamburg und Erfurt, Gera, Berlin, Lisboa, Porto, Coimbra und Portimão. Was nützt es, wenn sie zu wenig verkauft. Eurico ist voller Hoffnung. Als würde die Stadt auf ihresgleichen warten, in großer Wiedersehensfreude.

Lino weiß nicht, wie die Ausstellungsräume aussehen werden. Morgen haben sieben Künstler Zeit, sich um den Platz und das Licht in der Galerie zu streiten. Ob der Katalog zur Vernissage fertig wird, ist unklar. Lino hat in Feital Fotos von ihrer Arbeit gemacht, sie rübergemailt nach Hamburg, mehr ließ sich nicht tun. Sie fürchtet sich vor den nächsten Tagen. Vor Übermüdung friert sie, auch wenn in Maries Küche die Heizung läuft.

Sie hört den Regen auf die Straße pladdern, gleichmäßiges Rauschen. Sie erzählt der Freundin von der Feuerschneise, die vor ein paar Wochen in den Bergen oberhalb von Feital geschlagen wurde. Als Schutz gedacht gegen das rote Pferd, das nächsten Sommer wieder durch die Wälder galoppiert. Alles verbrennt, der Ginster und die Kastanien, die Steineichen und Oliven. Die Schneise war Unsinn, sagt Lino. Ausgedacht von Leuten in den Ämtern von Lisboa oder Porto. Die bücken sich über die Landkarten, die haben keine Ahnung von der Windrichtung. Sie denkt, in Hamburg sollte sie nicht von Feital reden.

Sie ist wieder hier, doch es besteht ein Mensch nicht nur aus Haut und Knochen. Er besteht auch aus Erinnerungen und aus Träumen. Man müsste zwischen Hamburg und Feital Regen und Sonne teilen können, sagt sie benommen. In ihren Ohren knistert es noch immer.

Nachts im Souterrain im Gästezimmer, das Marie mit ihren Nachbarn teilt. Eine von Linos Zeichnungen hängt an der Wand, eine Libelle im Flug.

Morgens geht sie wie zu Hause zuerst an die Luft. Die letzten Blätter der Kastanie im Hof sind braun und gold. An einer Mauer stehen Fahrräder in einer Reihe unter einem Schutzdach. Sie geht auf die Straße, an der Moschee vorbei. Das Minarett war einmal rostig grau, jetzt hat es ein grün-weißes Sechseckmuster. Lino biegt unwillkürlich ab Richtung Hohenfelde, ihr Atelier lag dort, nah der Alsterschwimmhalle. Trotzdem hat sie in ihrer Hamburg-Zeit das Schwimmen nicht gelernt. Ist sie vielleicht ein Goldfisch? Sie ist die Tochter eines Bauern aus den Bergen nördlich der Serra da Estrella. Ist zusammengesetzt aus Katholizismus und scharfen Augen, aus Granit und Feuersalamandern, aus Atheismus und festen Händen, die geübt sind mit Äxten, Messern und Pinseln. Hier auf der Straße weiß das keiner. Die meisten sehen sehr entschlossen aus. Auffallend viele verschleierte Frauen. Ein Jugendlicher mit hängenden Schultern, der schlurft vorbei, trägt ein blutiges Hemd. Hat der einen Stierkampf verloren? Aber er sieht so dusselig aus, als würde er Stiere und Stürme verwechseln.

Zum Frühstück kommt Marten, Linos früherer Mann, ein Freund mittlerweile. Er geht mit ihr los, er redet von alten Zeiten, zeigt ihr nebenher Neues. Mit hanseatischem Besitzerstolz, der für ihn typisch ist, wenn auch ins Understatement gekleidet. Außerdem provoziert er immer noch gern. So viele Plätze, an denen man Fahrräder ausleihen kann, er sagt, unser Umweltbewusstsein ist besser entwickelt als eures da unten. Sein Lächeln ist beschwichtigend. Und sieh auch mal, er kennt ihre Neugier auf Details, die Container für unser Altglas liegen jetzt unterirdisch. Kein Ärger mehr mit den Scherben und Wespen. Lino sagt, das gibt es selbst unten bei uns. Als wüsste er von seinen Reisen nicht, wie viel sich auch in Portugal verändert hat.

Sie fahren zu der Galerie nach Altona. Alleine hätte Lino Schwierigkeiten, den Weg zu finden. In einem Hinterhof steht Euricos Auto. Alle anderen beteiligten Kollegen wimmeln schon herum, die meisten bekannt. Sie waren Teilnehmer auf den Symposien in Feital, die Lino seit Jahren organisiert, mithilfe von Europageldern. Umarmungen, Küsse, Fragen, Floskeln. Die Galeriebesitzerin hat klare Vorstellungen, wer welche Wände behängen darf. Den Fußboden hat sie mit Kreidezeichen markiert, Platz für Skulpturen. Es wird geschleppt, zusammengebaut, bewundert, es werden Plätze getauscht. Die Kollegen kommen von der Kunst auf Gartenmöbel, die sich Heinz hat zimmern lassen. Alles ist wie überall bei solchen Treffen. Die ganze Runde geht nach der Arbeit essen, Eurico und Lino zu Ehren zum Portugiesen. Der Wirt verspricht Musik nach Art des Hauses und legt spanische Folklore auf. Es wird gefachsimpelt, geklagt. Hamburg, heißt es, ist nicht mehr das. Die Mietpreise horrend, jedes Wochenende ein flaches Event, ewiger Lärm. Kein Vergleich zu den Symposien in Portugal, auf denen sich Natur und Kunst in aller Stille befruchten. Nein, Hamburg, die Kollegen schütteln die Köpfe. Auch die Kultur der Atelierfeste, sehr traurig. Wir alle werden älter, hört Lino, mit dem Schnaps ist es aus, und der Arzt hat das Rauchen schon lange verboten, es war auch der Druck auf der Brust am Morgen kein Spaß.

Sie ist nicht krankenversichert. Sie lebt von fünftausend Euro im Jahr. Sie muss hier verkaufen.

Sie versucht, eine einzelne Paula, einen einzelnen Heinz in der Runde zu sehen. Die Felder werden abgesteckt. Das hochgelobte Werk von X ist Ethnokitsch. Y bemalt seine Skulpturen konsequent in Gelb und Grün, man denkt an versteinertes Rührei. Und Z mit seiner milden Wilde hat ordentlich abgesahnt bei der Deutschen Bank in Hannover. Die jungen Kollegen? Weg damit. Die können nicht über die Stränge schlagen. Wären am liebsten fest angestellt. Brezeln sich für jedes Atelierfest auf, als ginge es zur Documenta. Tanzen Punkt acht Uhr an und verschwinden um elf, um anderntags nach dem Joggen beizeiten mit ihrer Arbeit zu starten. Ein getreues Abbild der Arbeitswelt überhaupt.

Die Vernissage läuft, wie so was läuft, auf hohen Absätzen.

Lino geht durch die Tage in Hamburg, fast nie hat sie eine Stunde für sich. Dabei genießt sie es, alleine um eine Straßenecke zu biegen, keiner mehr kennt sie. Das kann sie auch in Guarda haben. Hier muss sie laufend reden. Alle wollen ihr die Schokoladenseiten ihrer Stadt zeigen. Es gibt Blickpunkte in der neuen Hafencity, die ihr gefallen. Der mondäne Marco-Polo-Tower, offenes Luxuswohnen. Eurico sagt, wer alles offen haben will, ist nicht ganz dicht. Lino liest die Namen der neuen Straßen, Hinweise aufs Tor zur Welt. Vasco-da-Gama-Platz und Magellan-Terrassen, Singapurstraße, Chicagokai. Ostentative Selbstdarstellung. Warum soll Hamburg anders sein als Lisboa, sagt sie. Stararchitekten demonstrieren, dass Städte tatsächlich existieren, der Touristenzustrom beweist es schließlich.

Aber der Blick aufs Wasser freut sie, das träge Schwappen. Trotzdem fragt sie nach Deichen, nach Überschwemmungen vielleicht, in Zukunft. Marten sieht ihnen gelassen ins Auge. Wir haben das im Griff. Ihr da unten, oben in den Bergen, solltet euch besser um Feuerschutz kümmern.

Die deutschen Freunde gehen Lino auf den Geist mit ihrer milden Ironie, mit ihren nachdenklichen Diskussionsanstößen und mit ihrer neugierigen Anteilnahme. Sie weiß, sie schert sie alle über einen Kamm.

Heinz lobt die Nelkenrevolution, von der er noch weniger weiß als sie selbst, sie war seinerzeit schon in Hamburg. Sie sagt, davon ist nichts geblieben. Die Armen werden von billigen Blättern gegen sich selbst belehrt, und wenn sie genug Euros haben, leisten sie sich Industrieschweine zum Brot. Es war '74 aber noch etwas mehr gemeint als Essen und Unterhaltung.

Heinz beschwört die Streiks in Portugal, von denen er unlängst gelesen hat.

Paula fragt mit Friedhofsstimme, ob es im Spätherbst in Feital nicht trübe und verlassen ist, um sich dann an den wundersamen weißen Nebel zu erinnern, bei einem Silvesterbesuch vor Jahren. Sie gibt zu, in Hamburg Elfen zu vermissen und oft an Feital zu denken. Lino nennt den Nebel nass und Elfen einen Aberglauben.

Sie bekommt von Marie ein Rezept für Schwarzbrot, das ist gut gemeint, das ist nicht gedacht. In Trancoso gibt es alles, also das, was überall die meisten brauchen, Muffins und McDonald's, keinen Roggenschrot. Lino versucht seit Jahren, auf eine Weise zu leben, dass sie möglichst nichts vermisst in Portugal. Jetzt in Hamburg gibt ihr jeder etwas mit, von dem er denkt, es fehlt ihr da unten. Ihr früheres Lieblingsshampoo von Budnikowsky. Lakritzkatzen und Kieler Sprotten. Sie ist gerührt von ihnen, sie könnte sie schlachten.

Die Freunde mästen Lino: Kürbissuppe, Lachs und Schmorbraten. Marie erzählt ihr von dem Manuskript, an dem sie schreibt. Möglichkeiten und Grenzen der Empathie, Formfragen, Rhythmusfragen, Schwierigkeiten mit dem Ausgang. Lino möchte allein mit sich in der Stadt sein, ohne Gerede. Sie möchte alles mit allen Freunden besprechen.

Sie schenkt Marie eine Skulptur aus Holz, einen Vogelmenschen. Sie verkauft einige Arbeiten, tauscht Zeichnungen mit Paula. Ein Arztfreund reißt ihr illegal den Backenzahn raus, der schon lange fällig war. Sie bezahlt mit einer Tuschzeichnung. Sie will nicht ausrechnen, ob die im Praxisflur seine Tapete dekorieren wird. Oder wann sie in einem der Papiercontainer landet, die sie hier oben in Hamburg haben. Lino sieht den Arztfreund, wie er vorsichtig das Blatt streichelt, sie freut sich. Steckt den Zahn in ihre Hosentasche.

Marten legt ihr den Arm um die Schultern, als sie einmal am Fenster den Vollmond ansieht. Er sagt was von der portugiesischen Saudade. Du bist und bleibst ein sentimentaler Narr, sagt Lino ihm in aller Zuneigung. Sie scheucht ihn zurück wie die anderen auch, sie hat einen Ruf zu wahren.

Sie braucht kein Mitleid und kein Kindermädchen, sie braucht empfindliche germanische Kulturkritik beileibe nicht. Schrecklich, dass jetzt oberhalb von Feital in den stillen Bergen brüllende Motocrossrennen gefahren werden, Schorsch hat es bei seinem letzten Besuch selbst erlebt. Lino sagt, die Quadfahrer halten die Wege sauber mit ihren schweren Reifen, da kommt der Ginster nicht hoch. Schorsch soll in seinem grünen Hamburg bleiben, das sich mit dem Titel Umwelthauptstadt schmückt. Sie geht mit ihm im Nieselregen durch das aufgeschickte Schanzenviertel. Auf dem Heiligengeistfeld vor dem Zirkus ein paar Demonstranten. *Stoppt die Ausbeutung von Tieren.* Radfahrer drängen die beiden klingelnd aus dem Weg. Wir sind hier neuerdings ganz gern eine *Critical Mass*, sagt Schorsch, einmal im Monat zeigen wir's den Autofahrern. Wollen wir morgen mitmachen und ganz entspannt eine Blechlawine blockieren?

Lino schnaubt. Er scheint vergessen zu haben, sie schwimmt nicht, sie fährt auch kein Fahrrad. Wie sähe das denn aus. Jesus ist auf einem Esel eingeritten in Jerusalem, und wenn eine wie sie durch Hamburg geht, dann sollten Blumen gestreut werden. Das sagt sie aber nicht.

Sie fragt, ist Fahrradfahren im Konvoi eine politische Aktion? So weit will Schorsch nicht gehen, es gibt keine Fahnen und Forderungen. Sonst müsste man eine Demonstration anmelden.

Anmelden. *Grandola vila morena*. Lino verschluckt den Ausdruck Diät-Guerilla.

Aber dann kann sie es andersrum doch nicht lassen. In Lisboa gibt es schon seit Jahren einen *World Naked Bike Ride*, sagt sie achselzuckend. Auch wir da draußen unten kennen Spaß. Und ein positives urbanes Lebensgefühl.

Etwas in ihr reißt.

Warum redest du mit ihm von einer Großstadt zur anderen? Du weißt die Antwort. Weil du dein räudiges Dorf schützen willst. Alle Esel und Motocrossfahrer. Dich selbst, in deinem zusammengeflickten Fell, mit deiner vor Anstrengung krächzenden Stimme.

Die empfindlichen Teutonen wissen alles besser, beklagen Multitasking und McDonald's draußen unten bei uns. Wir sollen ihre Sünden doch nicht wiederholen wollen. Wer wir?

Lino ist ein Außenseiter, da und dort.

An einem Abend fragt Marie, würdest du manchmal gerne wieder hier leben? In Lino steigt der Zorn auf. Würdest du, Marie, gern noch einmal Nudeln essen mit Rupert? Sie sagt es nicht, will ihr nicht weh tun.

Leben in Hamburg, eine Hypothese. Lino würde mit Marten streiten, über das Abendblatt lästern, gelegentlich an die Ostsee fahren. Sie würde mit den Freunden über Kopftücher debattieren, über die globale Ausbreitung von Religionen, über den Verlust der politischen Hoffnung bei vielen. Sie würde arbeiten in ihrem Atelier, andauernd von Besuch gestört, Lino ist ja so gastfreundlich.

Sie sieht mit Marten und Marie in einer Nachmittagsvorstellung den neuen Haneke-Film, am Ende einer schönen alten Liebe Elend.

Draußen diskutieren die Freunde, sie können nie die Münder halten. Lino ist in Gedanken in Feital. Was wird aus ihren Bildern und Skulpturen, aus dem großen Atelier, wenn sie tot ist? Vielleicht veranstaltet sie rechtzeitig ein Autodafé, tanzt mit dem Salamander ums Feuer aus Holz und Papier. Verbrennen, ein grässlicher Tod. Lieber Wasser als Feuer.

Marten stößt Lino in die Seite, dass ihr die Luft wegbleibt für einen Augenblick. Dann ist sie wieder hier, zusammengeflickt aus verschiedenen Zeiten und Orten. Er fragt, schläfst du im Gehen, Lino? Da kommt der nächste Regenguss! Er klappt den Kragen hoch, zeigt vorwurfsvoll nach oben. Natürlich hat er seinen Schirm im Kino stehenlassen. Marie ruft, drüben am Hühnerposten ist ein Café in den Bücherhallen, wir stellen uns unter! Marten und sie fangen zu laufen an. Lino macht das nicht mit, sie hat ihren Stolz. Sie sieht die Freunde in der Bücherei verschwinden. In Ruhe geht sie ihnen nach durch den strömenden Regen. Stößt sich den Kopf an der Tür des Gebäudes.

Du bringst es nicht

Er sitzt in der Bahn stadtauswärts, nach Hause nach Billstedt. Mittwoch, zwölf Uhr mittags. Alles vorbei. Auf dem Platz neben ihm sein Rucksack. Frau Bassen aus der Schule ist nicht da, aber in seinem Kopf sagt sie wie ständig was zu angemessenem Verhalten. Geht ihr im Winter in Shorts auf die Straße? Nein, denn Shorts und Schneematsch passen nicht zusammen. Es passt auch nicht, in einer überfüllten Bahn zwei Plätze zu belegen, während andere stehen müssen. Mirko verscheucht die Lehrerin aus den Gedanken. Sein Kopf lehnt an der Fensterscheibe, die Arme hängen runter, alle Kraft ist raus.

Er ist ein junger Stier, gerade mal sechzehn Jahre alt. Er hatte es nur gut gemeint.

Ein Stier mit bisschen wenig Grips, aber viel Sturm im Kopf. Daher die Förderschule. Ihm gefällt es in der Narrenbude. Das Modell läuft langsam aus, jetzt dürfen alle an die schlauen schrillen Regelschulen. Doch die Lehrerin ist ihm geblieben, Barbara Bassen. Die hat sich in seinem Schädel eingenistet. Schon reichlich alt ist sie, über fünfzig. Schneeweißes raspelkurzes Haar, blitzende Augen, kleine Type. Sie hat aber was von geballter Faust. In Opas Schrebergarten der Rhabarber. Bevor die Blätter aufgefaltet sind, krusselt er seine ganze Kraft als kleine Faust zusammen. Barbara Rhabarber. Opa liegt im Pflegeheim, der sagt kaum Piep und Papp.

Vielleicht lag es an ihm, dass Mirko, ausgerechnet er, der gern losblökt und tritt, sich schon beim ersten Praktikum in einem Altenheim beworben hat. Kein typischer Beruf für Männer, aber Frau Bassen hat ihn unterstützt. Alles lief sehr gut, besser als in der Schule, wo er einmal eine Ehrenrunde drehen musste wegen Deutsch und allem. Jetzt in der

Neunten sollte er sich einen anderen Betrieb ansehen. Er hatte aber keinen Bock auf Schmirgeln in der Schreinerei. Die Heimleitung war einverstanden, dass er noch mal Praktikant wird bei den Alten, ein ganzes Jahr lang, immer mittwochs. Er hatte sich gefreut.

Berufswunsch: mit Menschen was machen. Früher hätte er sich nicht gedacht, dass das was für ihn sein könnte. Es war nicht nur der Opa, es war auch Frau Bassen. Der coole Erste-Hilfe-Kurs bei ihr. Zwei Typen von den Johannitern kamen in die Schule, extra von ihr eingeladen. Schneeweiße Klamotten, scharf gebügelt. Der eine hatte voll die schwarzen Haare auf den Armen, bärenstark. Köfferchen dabei, in echt mit Mull und Schere, Einmalhandschuhen und Pflaster. Das Schärfste war die Aufblaspuppe, lebensgroß. Für jeden Schüler hat sie eine neue Gummimaske auf den Dätz gekriegt, schon wegen der Hygiene. Beatmung lernen und Herzdruckmassage. Dann auch die goldenen Regeln am Unfallort. Erstens: Notruf absetzen. Zweitens: Hilfsmaßnahmen einleiten, so ähnlich hieß das. Der zweite Typ hat gern von Bergschutz gefaselt, das fehlt noch in Hamburg. Spürhunde für Lawinen. Ein Glück, die sind verboten an der Schule.

Mirko fürchtet sich vor Hunden. Fürchtet sich überhaupt ziemlich schnell. Kein Grund, deshalb immer gleich loszuschreien und loszutreten, sagt Frau Bassen oft. Du könntest erst mal tief und langsam Luft holen.

Er hat es gut gemacht mit der Beatmung bei der Puppe, fanden die Johanniter, und die Rhabarber hat sich gefreut. Sie hat gesagt, du bist begabt!

Vorbei. Mittwoch, kurz nach zwölf. Er hat sich angestellt wie der letzte Depp. Chance gehabt und Chance futsch.

Er wünschte, es wäre gestern. Oder Mitternacht, dann würde er schlafen, falsch, er hat sich noch um Mitternacht gewälzt, aus Sorge, zu spät aufzuwachen. Auf Mutter ist kein Verlass, die pennt bis in die Puppen. Warum kann man nicht die Zeit zurückdrehen, es wäre wieder halb fünf morgens.

Mirko fühlt die Blicke der anderen U-Bahn-Fahrer, die stieren auf sein blutfleckiges Hemd und denken sich ihr Teil und sehen wieder weg.

In seinem Kopf in einer BILD die Schlagzeile: Monster Mirko festgenommen. Mutter gesteht: Mein Sohn war schon längst auf dem falschen Weg. Lehrerin Barbara B: Er hatte sich so gut entwickelt. Fortsetzung Seite 2.

Mirko lässt sich von der U-Bahn ruckeln. Willenlos und saftlos. Ich bring es einfach nicht. Förderschule sind sowieso alles Deppen, das peilt man draußen. Aber das erste Praktikum im Altenheim ist gut gelaufen, damals in der achten Klasse! Ich bin zurechtgekommen mit dem Hubsystem bei diesen Badewannen! Die Alten mochten mich! Im Zeugnis alles zehn Punkte, Geschicklichkeit, Einfühlung und Sozialverhalten!

Die Zeitung, die in Mirkos Umfeld Bildung heißt, titelt in seiner Fantasie auf Seite 2: Schwerverletzte Frau im Koma. Schüler Mirko F bestreitet Bluttat.

Billstedt. Er steigt aus der Bahn, schlurft zum Wohnblock nach Hause, wo soll er sonst hin. Nach Mutters Scheidung sind sie von Reinbek aus hierhergezogen. Alles tote Hose, alles fremd, ein Glück, er konnte weiter in die Förderschule gehen, zu Frau Bassen.

Mirko will seine Mutter nicht sehen, braucht aber ihre Zigaretten.

Mutter sitzt im Wohnzimmer vor der Breitbildglotze, vor Richter Alexander Hold. Sie hat sämtliche Staffeln aufgenommen.

Am zweiten März überreichte die Angeklagte ihrem Ehemann, dem Piloten Paulsen, in einem Café des Flughafens diese Thermoskanne. Deren Inhalt war versetzt mit einem hochgiftigen Nikotinsud. Während des Flugs tranken der Mann und seine Kopilotin das Gebräu, nichtsahnend. Er brach nach wenigen Augenblicken bewusstlos zusammen, konnte jedoch gerettet werden. Der Kopilotin gelang es, das Flugzeug notzulanden.

Die Mutter starrt glasig. Dreht nebenher Zigaretten auf dem Couchtisch über der BILD von gestern, da krümelt sie drauf.

In Mirkos Kopf sagt die Rhabarber: Eltern verdienen Respekt, aber Söhne und Töchter genauso. Moses hat das vergessen auf seiner Tafel mit den Gesetzen.

Die Stunden bei ihr sind das Leben. Religion. Zoobesuch in Bio. Mathe, Erdkunde und in Geschichte Ritter. Kochen, Englisch. Deutsch na ja, vergiss es. Aber was wir bei der alles lernen, sogar als Deppen. Sie will das Wort nicht hören. Neulich in der Pause auf dem Schulhof Fußball mit den Regelschülern. Klar verloren. Aber ihre Augen sagen immer wieder, ich spiel mit. Ich bin auf eurer Seite.

Jetzt ist das vorbei, für Mirko jedenfalls.

Auch Bewerbungsgespräche wurden geübt in der Schule. Wie macht man es bei einem Vorstellungsbesuch. Es hatte alles geklappt, er kannte die Heimleitung schon. Auch die Stationsschwester Ingrid hat sich gefreut, ihn jetzt jeden Mittwoch wieder als Hilfe zu haben.

Im letzten Praktikum kam Frau Rhabarber oft vorbei, sie wollte wissen, ob es ihm gefällt. Wie er sich anstellt. Er hat sich toll gefühlt.

Mittwoch, halb eins. Theoretisch würde er jetzt dabei helfen, im Heim das Mittagessen zu verteilen.

Er ist dort morgens gegen sieben rausgelatscht, irgendwie rumgelaufen, irgendwie mit der Bahn gefahren, irgendwie irgendwo weiter, St. Georg vielleicht irgendwo.

Wir treten jetzt in die Beweisaufnahme ein. Herr Paulsen, Sie wissen, Sie haben Zeugnisverweigerungsrecht. Ich weiß. Aber ich will aussagen und ein paar Dinge richtigstellen.

Mutter wirft Mirko einen Blick zu, sagt, hast wieder Mist gebaut. Was ist mit deinem Hemd. Alles versaut.

Gib mir eine Zigarette, er lässt sich ins Sofa fallen.

Ich wusste schon, du bringst es nicht.

Ich bin rechtzeitig los heute Morgen, du hast noch gepennt. Alles war richtig, extra zwei U-Bahnen Vorsprung, das war der Tip von Frau Bassen, falls eine ausfällt.

Die Mutter sagt, erzähl das deinem Friseur.

Wie ist der Tag denn eigentlich abgelaufen? In der Mittagspause hat mir meine Frau den Tee gegeben. Der hat so widerlich gerochen wie die meisten der Gesundheitstees.

Es war kein Schwein unterwegs so früh, kurz nach fünf, sagt Mirko. Nur war dann da irgendwie irgendwas, weiß ich ja auch nicht.

Und wen geht irgendwas irgendwie an? Wenn du einfach beizeiten antanzen sollst?

Da war da irgendwie vor den Türen von Fliesen-Müller kroch da die Schnapsleiche oder was, die Frau, so Mittelalter oder wie, die kroch auf allen vieren, und hechelte aus dem letzten Loch, und Nasenbluten, die war nicht blau, die hatte nur Panik. Aber voll.

Und was geht dich das an?

Die Frau ist am Bluten und hechelt. Falscher Atem irgendwie die Luft. Ich frage, was los ist, ganz nach Vorschrift. Die nur am Wimmern. Ich sage ihr so Beruhigungsspruch. Wie Opa früher mit Eiapopeia die Richtung. Und Tempos unter die Nase, und vorsichtig in die stabile Seitenlage. Genau wie im Erste-Hilfe-Kurs bei Frau Bassen. Und immer noch schweinemäßig viel Blut. Als wär die auf Marcumar, siehe Opa.

Jetzt gib noch an, als wärst du Arzt. Wie soll ich aus dem Hemd das Blut rauskriegen.

Mirko weiß es nicht. Er weiß auch nicht, was falsch gelaufen ist. Er wollte alles richtig machen. Morgens früh, allein.

Ich das Blut getupft und mein Hemd verschmiert und per Handy Hilfe gerufen, 112. Alles korrekt die Angabe, wo und was los ist. Nur als die meinen Namen wissen wollten: Handy aus und tschüss. Weil, wenn sie die Bullen holen. Smalltalk mit denen, irgendwie kalte Augen, das muss nicht.

In seinem Kopf eine Mischung aus Krimis und Alltagseindrücken. Der Problemstadtteil Billstedt, nicht ganz so schlimm wie sein Ruf, es gibt aber viele Gangs. Auch viel Polizei und Sicherheitsdienste. Männliche Jugendliche sind verdächtig, so viel hat Mirko mittlerweile begriffen. Sonst nicht viel mehr. Er weiß schon, dass er nicht der Hellste ist. Er ist eine ängstliche Natur, und er hat Fantasie, das macht ihm das Leben oft schwer. Abends geht er nicht gern raus. Er fürchtet, Ärger zu kriegen.

Er hat kein Klappmesser, lernt nicht auf Dealer, kifft nicht, hat noch nie geklaut im Billstedt-Center, höchstens zwei Mal, schon vor Jahren, Cola. Er fährt kein frisiertes Mofa, nur Fahrrad. Körperlich ist er gut drauf, sonst hätte er es mit der Aufblaspuppe nicht geschafft. Aber ansonsten hapert einiges bei ihm, das sagt er sich immer wieder.

Sein Vater spuckte früher manchmal aus: anders befähigt. Das klang so wie ein Bolzenschuss.

Die Kopilotin hat versucht, Mord zu begehen! Sie wartete schon lang vergeblich auf ihre Beförderung. Mit der geglückten Notlandung stand sie als Heldin da. Sie hatte ein Motiv! Und sie war mit der Teekanne allein im Cockpit.

Ich hab vor Fliesen-Müller bei der Frau gehockt und sie getröstet. Tempogetue und Warten. Als der Rettungsdienst kam, bin ich um die Ecke und weiter zur U-Bahn. Sonst hätten die nach dem Namen gefragt. Und Bescheid gesagt bei der Polizei. Dann stehen die hier. Mit Uniform. Mit Haftbefehl. Mit Handschellen.

Im Fernseher sagt Richter Alexander Hold: *Dann schließe ich jetzt die Beweisaufnahme. Herr Staatsanwalt, bitte.*

Die Mutter sagt, du bist ein Vollidiot! Die orten dich übers Handy! Da kommt auf alle Fälle noch was nach, du kannst nicht einfach abhauen! Das geht in Richtung Fahrerflucht!

Ihm ist so heiß, es ist so schwül, er hievt sich aus dem Sofa, um das Fenster aufzumachen.

Bilder laufen an ihm vorbei. Heute Morgen, kurz vor sechs. Blutende Frau. Er flüchtet, als er sieht, der Rettungsdienst fährt vor. In der U-Bahn Richtung Innenstadt nimmt er die Wasserflasche aus dem Rucksack, wischt am Hemd rum. Die Frauen ihm gegenüber starren ihn an. Endlich Station Sternschanze. Ein Stier im Sturm, in Schweiß gebadet kommt er an, er rast die frischgewischten Treppen hoch, knallt beinahe hin. Dann Station zwei. Sechs Uhr fünfzig, zwanzig Minuten verspätet. Der helle Gang, die vielen Türen mit den Namensschildern und den Fotos der Bewohner. Das grüne Lämpchen von Zimmer drei geht aus, Schwester Ingrid kommt raus. Sie bleibt vor ihm stehen. Er hat keine Luft, er muss schnell alles klären. Sie sagt, er soll nach Hause gehen, sie hat zu tun. Sie will ihn jetzt hier nicht sehen.

In seinem Kopf nur eine einzige Gedankenblase: Frau Bassen soll hier sein.

Schwester Ingrid verschwindet eilig im Zimmer vier, das grüne Lämpchen über der Tür leuchtet auf.

Er dreht sich um und geht. Im Eingang des Heims wünscht ein Schild willkommen.

Mirko reißt im Wohnzimmer zu Haus mit aller Kraft das Fenster auf, er knallt es zu, er reißt es wieder auf, donnert es zu. Er tritt gegen den Heizkörper, tritt, tritt.

Hör auf, sagt seine Mutter.
Er hört auf.
Sie sagt, das war's dann wohl.

Mühen der Ebenen

Die Idee ist gut und schön, sagt Barbara. Schluss mit der Diskriminierung, gleiches Recht für alle, also auch von Anfang an gemeinsame Erziehung.

Sie sitzt mit der jüngsten Schwester bei sich zu Hause, und Katrin hat den Fehler gemacht, nach Barbaras Arbeit zu fragen. Barbaras Vortrag zum Thema Schule entwickelte sich organisch, er begann bei Adam und Eva. Wären die ersten Menschen im Garten Eden auf eine vernünftige Schule gegangen, alles hätte sich besser entwickelt.

Der Hang zu Vorträgen, ein Erbe ihres verstorbenen Vaters, der Lehrer war. Man musste Doktor phil als Kind nur für die Hausaufgaben etwas nach Luther oder nach Lohengrin fragen, da setzte er sich erfreut zurecht und wies der jeweiligen Tochter den Platz ihm gegenüber am Schreibtisch zu. Dann ging es geruhsam los mit dem Baum der Weisheit, der listigen Schlange, dem Flammenschwert.

Das Abendessen hat beide Schwestern entspannt, auch Katrins Hunde liegen friedlich unterm Tisch. Die jüngste Schwester ist von Gummersbach aus auf der Durchreise nach Kiel vorbeigekommen, mit Hera und Juno im Schlepptau. Ein Mischhund, ein Afghane, beide ein bisschen groß, und Juno haart.

Wenn unsere Erfahrung in der Praxis endlich auf den Gipfeln angekommen ist, wird vieles wieder verdreht, sagt Barbara. Die Förderschulen waren übersichtlich. Wenn Inklusion funktionieren soll, müssen die Regelschulen umgebaut werden. Kleinere Klassen sind unausweichlich, und die Lehrer brauchen noch mehr Fortbildungen als früher. Das kostet Geld. Rollstuhlfahrer zu integrieren und Rampen zu bauen, das ist nicht so schwer. Aber was machst du mit Verhaltensauffälligen und kognitiv Gestörten. Für die kann Förderschule ein Schonraum sein. Wir haben uns den Kindern angepasst, es ging nicht darum, sie der Schule anzupassen. Die Regelhäuser könnten sich davon was abschneiden! Wenn du das sagst, landest du gleich im Lager der Reaktionäre, als Paternalist.

Sie legt sich die Hand vor den Mund. Man sieht sich so selten, da will sie der Schwester doch keine Vorträge halten.

Sie bückt sich zu Juno, krault sie, sagt Mieze Mieze mit hoher Stimme. Katrin hat ihr auf dem Spaziergang vorhin erklärt, warum Hunde gern spitzige Töne hören. Auch Katrins Vortrag ist ausgeufert: Im Anfang befand sich an Adams Seite ein treuer Hund! Von da aus weiter, die Rolle des Vierbeiners in den Weltreligionen, in Märchen, der Hund als Metapher, dann wieder konkret: warum Hera und Juno so gerne Gemüse fressen.

Schnaufen unterm Tisch. Katrin hört ihrer Schwester zu, fühlt sich nicht angepredigt. Schließlich arbeitet sie selbst im pädagogischen Bereich, von Gummersbach bis Köln sucht sie für schwervermittelbare junge Erwachsene Praktikumsplätze und Ausbildungen. Daher verstricken sie sich wieder in das Thema.

Zum Beispiel Mirko, Barbara sagt, der hat sich prachtvoll entwickelt. War so ein Schreihals und Treter. Der Kurs von den Johannitern war gerade für ihn ein Highlight. Er hat gelernt, wer Leute anfasst, muss nicht unvermeidlich auf sie einschlagen. Eine neue Erfahrung: Er konnte sich als Profi sehen, der bei simulierten Unfällen ein starker vorsichtiger Helfer ist. Sein Selbstbild hat sich verändert, und das erste Praktikum im Altenheim hat ihn bestärkt. Die Heimleitung hat mir gesagt, Mirko ist fähig. Von seinem Einsatz könnten die Studenten lernen, die dort aushilfsweise jobben. Die sagen Nachtwache und meinen Durchschlafen. Ich werde wütend, wenn ich daran denke, dass Mirko wahrscheinlich nie einen Ausbildungsvertrag unterschreiben wird. Der scheitert an der Theorie. Ich war schon froh, dass er als Junge in die Altenpflege will. Dann das Fiasko letzte Woche, an seinem ersten Arbeitstag. Die Stationsschwester sagt mir am Telefon, er ist reichlich verspätet aufgekreuzt, nach einer Schlägerei, da hat sie ihn gleich nach Hause geschickt. Wie kann sie sich so gehenlassen, wenn sie selbst überfordert ist. Der hab ich den Kopf abgerissen. Danach ein unangemeldeter Hausbesuch bei der Mutter und Mirko in Billstedt. Er hat Erste Hilfe geleistet und fast alles richtig gemacht. Wenn er bei der verletzten Frau früh morgens abgewartet hätte, bis der Notdienst kam. Hätte er sich nicht in die Hosen gemacht in seiner Angst vor allem, was bei ihm im Kopf unter Bullen läuft, die Rettungsleute hätten ihm den Vorgang schriftlich bestätigt, sodass das Altenheim nicht mucken könnte. Hätte und könnte. Es war ein bisschen aufwendig, alles zurechtzurücken, mit dieser Torfnase von Mutter und dem Notdienst und dem Heim. Die Stationsschwester hat einen hochmütigen Spruch gegen ihn abgelassen, er dürfe weitermachen, Gnade vor Recht. Es hätte schließlich sein können, dass er gelogen hätte. Demnächst käme er an, sein Nachbar wär bei Glatteis ausgerutscht. Ein Altenheim sei keine Besserungsanstalt, und Pünktlichkeit gelte für alle. Unter allen Umständen. Was für ein Tünkram. Recht und Gnade. Ich bin froh um Mirko.

Katrin sagt, solche Sternstunden sind leider selten. Meine Klientel ist im Scheitern schon länger geübt als deine. Praktikum angefangen und wieder hingeschmissen, dann eine Ausbildung mit Rauswurf kurz vor der Prüfung. Leerzeiten im Lebenslauf. Viele haben keinerlei Berufswünsche, und wenn, dann sind die wenig realistisch. Warum will ein Spargeltarzan Fitnesslehrer werden? Da lernt er scharfe Mädchen kennen. Dabei haben sie oft Talente, von denen sie selbst nichts wissen. Die meisten denken schlecht von sich. Kunststück, wenn Heidi Klum das Leitbild ist. Man tappt durch dunkle Keller und sagt sich, es gibt einen Schatz zu heben, immer, bei jedem von ihnen. Wenn ich das nicht glauben und vermitteln kann, dann muss ich einpacken. Das A und O sind die Kontakte zu den Betrieben. Gemüsehöker, Beerdigungsunternehmer, sie kennen mich alle. Aber die Dokumentationsarbeit am Schreibtisch nimmt mir zu viel Zeit weg. Schreibtisch ist sowieso nichts für mich. Da fällt mir ein, wie geht's Marie?

Die ist wieder enterbt worden von Tante Gilgi. Aber schließlich war sie noch nie scharf auf Goldfische. Barbara hustet. Neulich hat Marie vier Wochen nicht geraucht. Da hatte einer ihrer Freunde seinen zweiten Herzinfarkt. Ist umgefallen in der Kunsthalle, jetzt geht's ihm aber wieder gut. Das mit dem Nichtrauchen behauptet sie. Letzte Woche hat sie meine ganze Wohnung vollgequalmt, drei Tage hab ich gelüftet. Gut, Schwester bleibt Schwester. Soll sie mit ihren selbstgedrehten Ofenrohren räuchern, wie sie will. Man hält den Hund in Ehren seines Herren wegen.

Katrin setzt sich gerade hin. Du willst damit nichts gegen Hera und Juno sagen!

Barbara hustet noch mal. Solange deine Hündchen nicht jaulen.

Katrin fragt, bist du nicht immer noch im Chor? Und beim Sopran?

Was sich liebt, das neckt sich.

Barbara und Katrin hätten es einerseits schön gefunden, mal wieder zu viert zusammenzusitzen, mit Marie und Jutta. Alle vier Schwestern, ohne Anhang. Es gäbe Vertraulichkeiten, die nur Menschen miteinander teilen, die als Kinder zu viert in einer Wanne badeten. Es gäbe ein verschwiegenes Befremdetsein, weil die Erinnerungen sich nicht decken. Und weil oder obwohl sie alle sich verändert haben. Die jeweiligen Zipperlein fingen an, eine Rolle in ihren Gesprächen zu spielen. Dann wieder würden sie in Reminiszenzen schwelgen, Trauriges und Schreckliches würde umschifft, sie wären fast schon altersmilde, aber noch lange nicht altersblöde.

Andererseits sind Barbara und Katrin froh, allein miteinander zu sein, denn nur zu zweit gelingt es ihnen, die Rolle der Schwester zu überspringen, ansatzweise.

Der Chor läuft weiter, sagt Barbara, aber mir fehlt oft die Luft. Meine Schüler singen alle überraschend gern. Ihre Eltern haben ihnen allerdings kaum Lieder beigebracht. So was kommt höchstens von den Großeltern, wenn es die gibt in ihrem Umfeld.

Die Kontinuität in den Familien ist futsch, sagt Katrin, und die Lücke schließen wir nicht als Berater oder Lehrer. Wieder versinken sie im Gespräch über Arbeit. Zu spät fällt ihnen auf, dass die Hunde den Raum verlassen haben.

Der Schmorbratenrest in der Küche ist weg.

Katrin sagt, Hera und Juno würden nie illegal fressen. Sie droht Marie, die als Tabakswolke über den Herdplatten schwebt.

Der Schmorbratenrest liegt unversehrt im Römertopf auf dem Herd. Die Hunde riechen am Abfalleimer und seufzen.

Wir könnten ihnen noch was von der Wurst geben, sagt Barbara, und Katrin, ausnahmsweise.

Wieder im Wohnzimmer, wieder beim Thema. In Skandinavien sind Altenpfleger und Kindergärtner hochangesehen, sagt Barbara. Gute Ausbildung, gute Bezahlung. Soziale Arbeit als Privileg. Und wir hier glauben immer noch, so was kann jeder Narr.

Bei meinen Leuten fehlen Grundlagen, auf die man bauen könnte, sagt Katrin. Sie sind zwanzig Jahre alt und tauchen auf in der Beratung, abgekämpft vom Nichtstun. Vor der Glotze haben sie Schweigen gelernt, und im Netz das Blubbern, dazwischen ist nichts. Ich will nicht, dass sie nur Objekt von Mitleid und Verachtung sind. Ich will dahinterkommen, wo die Überraschung steckt. Und höre tagelang, monatelang nur Sprachlosigkeit und Fühllosigkeit. Einer sagte mir neulich, er baut keinen Mist. Als wäre das eine verdienstvolle Aktivität. Als würde er von sich nur Dreck erwarten. Manchmal bin ich es leid, ihnen ihr Leben gutzureden.

Unser Vater kannte einen altmodischen Satz, sagt Barbara. Aber mittlerweile bin ich auch von gestern. Vater sagte manchmal: Güte hat die längsten Flegeljahre. Damit versuche ich meine Schüler zu trösten, wenn ihnen wieder mal eine Arbeit völlig danebenging. Natürlich muss man erklären, was das Wort Flegel bedeutet. Und nicht einmal Güte ist immer ganz klar.

Die Schwestern sehen sich an.

Mühen der Ebenen, da und dort.

Nicht einmal Güte ist immer ganz klar.

Narrengarten

Das Gebäude war mal eine Kneipe, jetzt werden die Räume für Feste vermietet. Jojos achtzehnter Geburtstag. Friedo und Marguerite sind mit dem City Night Line angereist aus Alençon. Haben ihre Sachen im Hotel untergestellt und sich geschmückt: sie mit der Korallenkette, er mit seiner alten Lieblingsjacke, auf die er bunte Tiere gestickt hat, Mäuse und Vögel, ein Schwein, ein Einhorn. Jetzt stehen die beiden Judith im Weg, die den Saal mit Luftschlangen behängt, in der Küche Salatsoßen abschmeckt und gleichzeitig draußen Saftkisten schleppt.

Elf Uhr morgens. Friedo fragt die Schwester, wo steckt dein Sohn? Du musst nicht immer über Jojo meckern, sagt Judith, der schläft noch. Das wird heute ein langer Tag und eine lange Nacht für ihn. Ich hab ihm gesagt, es reicht, wenn er um halb zwölf aufkreuzt. Dann sollte die Verwandtschaft da sein. Um zwölf gibt's einen Umtrunk, dann eure Reden, dann Mittagessen. Kann mir jemand helfen mit dem Tisch, der sollte drüben in der Ecke stehen, für Geschenke.

Marguerite hilft ihrer Schwägerin.

Friedo summt ein kleines Lied, und er bedenkt das Organisationstalent seiner Schwester. Eigentlich müsste man heute sie feiern. Er fragt seinen Bruder, was hat sie gemeint mit unseren Reden? Du hast die Einladung wohl nicht gelesen, sagt Nico. Und wahrscheinlich hast du auch keine Erinnerungsfotos aus Jojos Kindheit dabei. Friedo breitet ergeben die Arme aus. Er geht vor die Tür, um zu rauchen und sich was auszudenken.

Ein Motorrad biegt um die Ecke. Simon aus Osnabrück, die Brüder umarmen sich, wie geht's. Ich bin froh, die Klinik mal wieder von hinten zu sehen, sagt Friedo. Verrückte gibt's überall, sagt Simon. Ist drinnen noch was zu tun für uns? Friedo winkt ab, unsere Schwester hat alles im Griff. Du kannst deine Fotos an die Wand zu den anderen hängen. Jojo als Wicht mit Schnuller im Mund und so weiter. Hast doch sicher paar Bilder dabei. Simon sagt, Mist, vergessen, und geht ins Haus. Friedo nimmt sein Handy aus der Jackentasche, lässt es klingeln, lange, vergeblich. Er versucht es noch mal. Endlich ein dumpfes Ja.

Guten Morgen, lieber Jojo. Nur guten Morgen, die Glückwünsche kommen dann später. Was? Du musst mir nicht danken fürs Wecken. Ist doch gern geschehen.

Er nickt einem jungen Erwachsenen zu, der HSV-Wimpel ins Haus bringt. Nico kommt mit einem Kaffee raus, um draußen in Ruhe eine zu rauchen. Friedo nimmt einen Schluck aus der Tasse des Bruders. Sein Handy klingelt. Die Nummer aus Frankreich. Das Centre Psychothérapique de l'Orne, das CPO. Er spricht mit einem Patienten, mit einem Pfleger.

Er geht auf und ab, entfernt sich etwas, sagt oui und bien sûr. Hört zu, spricht lange eindringlich, dann steckt er das Handy weg.

Er fragt sich, wer einem das in die Wiege legt, Berufswunsch Irrenarzt. Das lag doch nicht an Rupert und Elisabeth. Seelenarzt, das Wort ist ihm zu groß. Aber die Patienten suchen nicht den Techniker, sie suchen den Vater, den Priester oder Schamanen. Der soll schützen, trösten, raten. Das CPO, das Narrenhaus sagt Grüße an den Rest der Welt. Die Nachfrage um Plätze explodiert nicht nur in diesem Mikrokosmos. Psychosoziale Leiden häufen sich. Herz-Kreislauf-Erkrankungen, Depression, Burn-out, Süchte in jeder Form. Dopinggesellschaft, alle angefixt von mehr und schneller. Dadam, so fährt der Zug. Man saust dahin. So flexibel, dass der Lehrer nicht zum Schüler kommt, der Arzt nicht zum Patienten. Dokumentationszwänge und

Sparmaßnahmen anstatt Förderung und Prävention. Offene Hilfsangebote werden zusammengestrichen. CPO, das heißt in Friedos desillusionierter Sprache: Conditionné, Propreté, Ordre. Er dachte mal, die Klinik kann ein Garten sein, in dem geschütztes Wachsen möglich ist.

Er geht ins Haus, beteiligt sich am Dekorieren und Decken der Tische, nascht von den Radieschen, bringt Marguerite eins vorbei.

Nico fragt, das Geburtstagskind pennt wohl noch? Immer musst du über Jojo herziehen, sagt Judith, ich hab ihn gerade angerufen. Der ist längst auf und unterwegs. Also, noch mal für alle, die meine Einladung verschusselt haben: zwölf Uhr Umtrunk, danach eure Reden, dann Mittagessen. Dann alles, wie jeder will. Um fünfzehn Uhr Kaffee und Kuchen, und um achtzehn Uhr räumen wir älteren Verwandten das Feld für die Jugend. Ich hab für uns Plätze beim Italiener besorgt. Jojo und seine Freunde wirbeln hier alles in Ordnung und dekorieren neu, dann ziehen sie sich irgendwo einen Döner rein, und plusminus neun Uhr abends steigt seine Fete.

Friedo legt ihr den Arm um die Schultern. Und doch hast du es wieder mal geschafft, unsere Familie zusammenzubringen. Nur Florian fehlt, und meine Kinder und Enkel. Aber wann ist man jemals vollzählig? Sie lacht ihn an, unser Clan hat keinen Anfang und kein Ende.

In Friedos Kopf eine Wolkenlandschaft, das Rheiderland, Ostfriesland. Vater wollte dort beerdigt werden. Alle waren da, soweit er weiß. Sonniger Tag. Ein Vater als Schatten.

Für die Fahrt im City Night Line Richtung Hamburg hat Friedo Ruperts letzten Roman als Reiselektüre mitgenommen. Aber er kann ihn nicht so lesen, wie er andere Autoren liest. Für ihn sind Ruperts Bücher Vaterpost. Manchmal denkt er sich, der Vater wäre nicht erstaunt, wenn er sich heute umsähe. Und dann, gleich drauf, Irrtum. Rupert staunte immer wieder. Vielleicht hat er deshalb auf viele Leute jung gewirkt.

Jojo mit frischgegeltem Haar sieht schön aus wie ein aufgeblühter Löwenzahn, als er dann endlich kommt. Die Umarmungen und Sprüche seiner Angehörigen erträgt er mit Würde und Anmut. Nazim, sein bester Freund, der jetzt schon da ist, schießt schlimme Bilder.

Das Fest nimmt seinen Lauf, das Essen schmeckt, die improvisierten Reden nicht ganz so.

Der Raum ist in Bewegung. Es werden Plätze getauscht, es wird flaniert, Fotos und Sprüche an der Wand werden beguckt und kommentiert, und irgendwelche Raucher stehen immer draußen um den Aschenbecher. Friedo hört Marie zu, die erzählt ihm von den Teilnehmern in ihrem Schreibkurs an der Volkshochschule. Von Harmoniesucht und zensiertem Sprechen. Er wundert sich. Wir könnten doch schriftlich alles zertrümmern, was uns nicht passt, und täten keinem was zuleide. Solange wir diese Sachen nicht bei Facebook einstellen. Manche fürchten vielleicht den eigenen Dämon, sagt er. Das sehe ich nicht nur bei meiner Arbeit, das ist eine Alltagserfahrung. Wir bersten oft vor unterdrückter Wut. Wenn man sich die Mühe macht, den Dämon aufzuschreiben, zu zeichnen, ihn zu Wort kommen zu lassen, kann er seinen Schrecken verlieren.

Hör auf mit den bösen Geistern, sagt Judith, heute verjagen wir vielleicht mal alle Gespenster.

Er denkt an das Telefonat mit dem CPO. Jean-Pierre, der junge Spielsüchtling, hat angerufen. In World of Warcraft läuft er schwerbewaffnet unter Spider 007. Friedo hat nichts gegen Spiele. Er ist ja auch nicht nur der Schwärmer mit dem Ziegenbart, der Schmetterlinge hascht. Als der Patient anrief, hatte dessen Zimmernachbar die eigene Matratze angezündet. Jean-Pierre dachte, es ist eine Maßnahme gegen ihn, vom Webmaster von WoW als Strafe angezettelt.

Friedo hört der Diskussion von anderen zu, in der es um neue Kriege geht. Nico erklärt, wie Drohnen funktionieren, er redet sich in Zorn. Friedo kann es nicht lassen: Wir wollen nicht immer nur negativ denken. Denn während ein Panzer gebaut wird, werden hundertdreißigtausend Kuscheltiere produziert, und während eine Mauer aufgerichtet wird, entstehen hunderttausend Fußmatten mit dem Willkommen-Schriftzug. Das war, glaube ich, eine Cola-Werbung, die hat sich in mir verklebt, die hat ihr Ziel erreicht.

Nico sagt, was interessiert es mich, über Reklame zu diskutieren.

Jojo sagt, es gibt sehr gute, kritische Werbung.

Das findet Friedo auch. Aber selbst Kritik kann eine bloß provokative Geste werden. Er sieht, wie Jojos Gesicht leer wird, und schiebt ihm die Schüssel mit Süßkram zu. Er wollte Jojo nicht von einer Ausweglosigkeit in die andere treiben, er sagt: Ich finde, auf Festen sollte man lieber tanzen, sich den Bauch vollschlagen und Muscheln austauschen, als komplizierte Gespräche zu führen.

Das von ihm, der so gern seinen Schnabel wetzt.

Manchmal möchte Doktor Friedo nichts mehr sagen. Im CPO ständige Auseinandersetzungen mit dem Chef, wenn Friedo wieder daran erinnert, wie wichtig ihre Präventivlektionen an den Schulen sind. Der Chef ist überzeugt, das Reden über psychische Erkrankungen hat in den Klassenzimmern nichts zu suchen, und es ist für Kinder schädlich, über Sexualität zu sprechen. Nur die Werbung zeigt das, was sie dafür hält. Doktor Friedo sollte endlich Ruhe geben. Denn es gibt keine Arbeit im CPO, in seinem Narrengarten in der Welt. Höchstens die Formulare brauchen Pfleger. Die Patienten schlucken wieder Psychopharmaka, als hätte es nie einen Mai gegeben.

Jojo sagt, getanzt wird heute Abend, wenn das alte Volk in den Betten liegt. Und eigentlich spricht doch nichts gegen komplizierte Gespräche.

Soll ich dich fragen, wie du dir deine Zukunft vorstellst, sagt Friedo. Das wollen wahrscheinlich sowieso alle wissen an deinem Geburtstag.

Die halten sich bisher zurück. Erzähl mir was von deiner Arbeit. Alles gut?

Friedo mäkelt nicht an Jojos Sprache rum. Er ist schließlich nicht sein Vater.

Ich dachte mal, sagt er, die Klinik kann ein Ort sein, wo wir nicht nur den Menschen mit seinen Defiziten untersuchen und ihn alltagstauglich flicken. Träume der siebziger, achtziger Jahre: offene Kliniken als Orte, wo wir die Krankheit als Teil einer Lebensgeschichte verstehen lernen, wo wir auch die je eigenartige Begabung sehen. Wo wir zu sprechen anfangen. Manchmal verschlägt es mir die Sprache.

Jojo sagt, das glaube ich dir nicht.

Die abstrakten Wörter sind als Erstes weg, sagt Friedo. Vorhin hat einer der Patienten hier bei mir in Hamburg angerufen. Jean-Pierre ist in deinem Alter. Ich kann nicht sagen: Er verliert zunehmend den Kontakt zur Wirklichkeit. Ich kann nur sagen: Er lackiert jetzt wieder seine Zehen- und die Fingernägel, um sicher zu sein, wo endet sein Körper und wo beginnen die Fühler der fremden Kämpfer, die ihn bewohnen. Rate, wie einer meiner Leibfeinde, ein Pfleger, darauf reagiert. Der rückt ihm mit dem Nagellackentferner auf den Pelz.

Friedo wickelt eine Lakritzschnecke auf. Auch das Wort Liebe ist ihm zu groß. Er kann nur sagen, dass er seiner Frau morgens den Tee ans Bett bringt. Dass sie dem Einhorn auf seiner Jacke ein neues Auge gestickt hat.

Jojo sagt, dann ist doch wohl der Pfleger etwas irre, oder

nicht? Es ist doch eine gute Strategie von dem Bekloppten. Wenn er sich anmalt, wo er aufhört.

Stimmt, sagt Friedo. Aber wenn du dir vorstellst, du würdest mit lackierten Fingernägeln beim nächsten Fußballspiel auftauchen. Würde dich deine Mannschaft dann noch ernst nehmen? Der Pfleger redete in diese Richtung.

Jojo schüttelt sich. Bei Nazim wäre ich unten durch. O Gott, und bei den Mädchen erst.

Minimale Abweichungen nur, sagt Friedo, und schon ist wieder einer draußen. Oder eben drinnen, in der Klappse, wie man's nimmt.

Ich bin nicht von fremden Wesen bewohnt, sagt Jojo, und wenn ich mir die Nägel lackiere, dann vielleicht nur aus Schönheitsgründen. Kommt nicht infrage.

Friedo sieht den Neffen an, er meint, in dessen Gesicht Züge von Judith wiederzuerkennen. Jojo ist nach der Schulzeit aufgeblüht, auch wenn er noch keine Ahnung hat, was er lernen will. Irgendeinen Sprung hat er gemacht, von dem er selbst vielleicht nichts weiß. Aber vielleicht sind das mehr Friedos eigene gute Wünsche für Jojo als Realität. Wie will man wissen, was Wirklichkeit ist und Bewusstsein? Bruchstücke. Er denkt sich oft, dass nur das Unfertige, Halbe, Kleine stimmt.

Beim Fußball trainiere ich mittlerweile die Kinder, sagt Jojo, nebenher zweimal die Woche. Das ist ein Seitenwechsel. Da kann ich nicht raunzen und fluchen. Da muss man fast ein Vorbild sein, nicht nur weil man mehr Ahnung hat vom Dribbeln.

Vorbild ist gut, sagt Friedo. Reden auf Augenhöhe auch. Wir sind schließlich keine Gurus.

Die gibt's nicht im Fußball, sagt Jojo.

Aber in der Medizin, und nicht zu knapp. Im CPO wehen die weißen Kittel. Ich weigere mich, einen anzuziehen. Natürlich ärgert mich mein Chef. Aber ich will nicht

Vorgesetzte als Problem ansehen, ich rede mit ihnen von Gleich zu Gleich. Mir geht das hierarchisierte System auf den Geist, mit all den Stufen zwischen Chefs und Sklaven.

Schon klar, sagt Jojo, der erleichtert ist, als sein Freund Nazim ihn wegruft. Das Bild der lackierten Fingernägel bei einem Mann wird ihm folgen für einige Zeit.

Friedo rollt eine neue Lakritzschnecke auf. Jetzt sitzt er nicht mehr am Fenster im Festhaus in Hamburg, er läuft durch die Treppenhäuser und Gänge des CPO Alençon. Arbeit ist da, in Hülle und Fülle. Er will brüllen, dass dem Chef und vielen Pflegern ihre Ohren explodieren. Er will die Präventivlektionen an den Schulen durchsetzen. Er will, dass sich die Leute gleichberechtigt austauschen, Patienten und die Angehörigen, Berater, Pfleger, Ärzte. Er will die schweren Sprachen der Kranken lernen und Tango tanzen, ohne zu stolpern. Er will jeden Pass auf der Welt zu Konfetti stanzen und endlich in Ruhe Comics zeichnen. Er will der Barbarei den Krieg erklären, unter einer Decke will er sein mit Marguerite und nie mehr hören vom CPO. Er will, dass alles einmal stehenbleibt für einen Augenblick, selbst der Saft in den Wurzeln des Nussbaums in seinem Garten soll innehalten in seinem Lauf. Er will die Angst der Leute vor der Ansteckung durch Geisteskranke abschaffen und den wackligen Getränkeautomaten im Keller der Klinik füllen mit dem Wasser des Lebens. Frisby will er spielen mit den dicken Tellern der Stationsküche, und er will alle sprechen hören: von den Schreckensträumen und den anderen, vom Schlachter und vom armen Schwein im Glück. All die Nichtsnutze und Windbeutel, die toll Gemachten und Betäubten, die Taugenichtse, Anorektiker und Borderliner, alle Kleingeister und Überflüssigen und die Zukurzgekommenen, die Dummbolde und Kummerfresser, die will er sehen auf den Straßen. Wie sie, wie wir besprechen, was wir von uns wünschen. Er will, dass auch die

Putzkolonnen in der Klinik mitreden bei den Beratungen. Er will längst wieder seinen Bruder Florian besuchen und den Rest des weitverzweigten Clans, bei dem kein Mensch mehr durchblickt. Er will die Sau rauslassen und seinen inneren Schweinehund hätscheln. Die geliebten Schatten will er grüßen und lebendiges Gewitter machen.

Er sieht aus dem Fenster, einen Augenblick ganz verloren. Er murmelt vor sich hin. Ich will unter dem Schnee die Erde sehen. Ich will, ich will.

Marguerite kommt, setzt sich neben ihn. Tu veux quoi? Je ne sais pas, sagt er. Ah, mon volonté éternel. Und dann fragt er, ça va? Sie erklärt ihm, seine Verwandten sind alles Spinner. Nicht besser als er selbst. Muss er auch hier mit den Patienten im CPO telefonieren? Arbeitsplatz immer mit dabei, ganz wie sein Chef. Also ganz sein eigener Herr. Friedo breitet die Arme ergeben aus. Die Geste ist ein Teil von ihm, so wie die Einhornjacke. Marguerite hat gehört: Simon will seine Kerstin heiraten, auch wenn die ihm gesagt hat, sie ist polygam! Nico macht Schulden, um den nächsten Film zu finanzieren, und seine Tochter ist Veganerin geworden, redet von indischen Erleuchtungen. Ihr selbst hat der Risotto von Marie den Magen umgedreht.

Wieder einmal weiß Friedo nicht, wohin mit seiner Solidarität zwischen Hamburg und Alençon. Er küsst seine Frau.

Dann fällt ihm sein Traum wieder ein, im City Night Line, diese Nacht.

Es war im Traum das Schweben, über dem Garten zu Hause, der lag jetzt an einem See. Schwäne trieben auf dem Wasser, ein Reiher flog auf. Über dem Gemüsebeet und überm Nussbaum schwebte er in einem schönen Federkleid, er wusste, wie leicht alles ist.

Wohlan denn, Herz

Es war ein Staub auf nackten Füßen. Wespenstiche, Bienen, Einmachbirnen. Es waren Wege an Großmutters Hand. Es ist ein Traum gewesen diese Nacht von unserm Dorf in Kasachstan. Ich war ein Kind, und jemand rief, Elena.

Jetzt nachmittags die Wege durch die Stadt, mit Bus und Bahn, zu Fuß. Kaum kleine Kinder auf den Straßen hier. Die alten Leute vom Amalienstift sehen aus ihren Fenstern auf den hohen Holzzaun einer Kita, hören die Kleinen dahinter schreien und rufen. Was soll denn dieser Zaun? Frau Kaiser will nicht in ein Heim ziehen. Solange es geht, bleibt sie zu Hause. Vorhin wollte ich bei ihr die Fenster putzen. Sie sagte, wozu, Elenchen, sie sieht sehr wenig. Aufpassen, dass jeder ihrer Lappen nach der Arbeit wieder da liegt, wo sein Platz ist.

Sascha lernt keine Ordnung, obwohl er der deutscheste von uns vieren ist, hier geboren. Lässt sich eine Nationalität steigern? Über die Schule spricht er nicht gern, sträubt alle Federn, oder er blinzelt gelangweilt wie ein gefangener Kauz. Was hat er gegen Hermann Hesse? *Es muss das Herz bei jeder Lebensstufe bereit zu Abschied sein und Neubeginn.* Das sind sehr schöne Verse. Waldemar liest kaum und spricht schlecht Deutsch, nach sechzehn Jahren in der neuen Heimat. Aber er hat noch immer Arbeit gefunden, so wie ich auch. Wir leben nicht vom Staat, wir müssen nicht versorgt werden wie kleine Kinder. Regina studiert, und sie kann alles, Kasachisch und Hamburgisch, Englisch und Spanisch. Sie soll mit ihrem Bruder reden. Meine große schöne kluge Tochter. Als sie klein war, konnte ich mit ihr nichts anfangen. Erst als sie verständig wurde. Jetzt ist sie schön und klug und scharf und schnell. Man kann die Leiter aufsteigen, Stufe für Stufe. Immer wieder sage ich es mir, wenn ich in Othmarschen schrubbe bei dieser deutscheren Deutschen: Meine Tochter studiert in England.

Wer hat die Frechheit zu behaupten, ich hätte je bei meiner Putzstelle in Othmarschen das Schlafzimmer der Chefin einem anderen Knecht gezeigt? Die Leute können sich nicht vorstellen, dass unsereins diskret ist und korrekt. Wir müssen alles etwas mehr und besser sein als originale Deutsche. Und so erziehen wir auch unsere Kinder.

Ich war ein Kind im Dorf, ich freute mich, als wir nach Alma-Ata zogen, heute Almaty. Es war von klein auf an mein Traum, die Reise in die Welt hinaus. Regina studiert in London, sechs Monate lang schon. Wir durften sie nur bis zum Busbahnhof bringen, nicht bis zum Flughafen Lübeck. Das dumme Lied vom kleinen Hans, der in die Welt auszieht und umkehrt, weil die Mutter weint. Aber beim Abschied von Regina flossen meine Tränen. Trotz der Tablette. Angst vor ihrem Zimmer. Keine offenstehenden Schubladen mehr, keine Kleiderhaufen am Boden. Mir graute vor der Rückkehr. Dann waren am Busbahnhof plötzlich auch unsere Freunde. Tatjana gab Regina eine Tulpe, und die zweite war für mich. Igor erzählte Sascha und Waldemar Witze. Dann ist Regina in den Bus gestiegen. Hat Kusshände hinter dem Fenster gemacht. Dann war sie weg. Die Freunde haben uns mitgenommen. Zu Hause hatten sie ein großes Essen vorbereitet. Blumen auf dem Tisch und Kerzen und sehr laut Musik. Segeln, um frei zu sein und nah. Rod Stewart, dieses Reibeisen. Trotzdem bin ich fast eingeschlafen nach dem Essen, das war die Tablette.

Sechs Monate ohne Regina, wir haben es noch nicht bis London geschafft. Stell dich nicht an, sagt sie beim Skypen, andere sind in Neuseeland. Wahrscheinlich zieht sie weiter, New York, selbst Schanghai steht offen. Vielleicht war ich ein bisschen hart, ihr immer Mut fürs Risiko zu machen.

Neubeginn in Tapferkeit und ohne Trauern. So schreibt es Hesse, und das ist nicht hart, das muss so sein.

Reginas Flugzeug landet nachher unversehrt, bestimmt. Heute Abend wird sie in der Küche stehen. Wird schnuppern, was gibt es zu essen. Nicht vergessen, noch Schwarzbrot für sie zu kaufen, das fehlt ihr in London. Sie soll mir eine SMS schicken, wenn sie auf festem Boden ist. Doch das vergisst sie auf Reisen immer.

Sascha mault, wenn er mir helfen soll mit dem Handy. Er denkt, wer so wie er die viele neue Technik kann, begreift auch gleich das Leben. Dummkopf, der er ist. Er soll die deutschen Gedichte verstehen, auch die englische Grammatik. Soll er? Wenn er einsieht, er muss mehr lernen, als Knöpfe zu drücken, wenn er aufholt, wenn er es schafft mit dem Abitur, dann ist er fort. So wie Regina.

Ich war ein Kind und wollte in die Welt. Großmutters Traum von Deutschland. Es leuchteten aus ihren Augen Märchen. Ich war kleiner als klein und begriff nichts. Doch wir verstanden uns.

Die Eltern unterwegs, wir beide waren allein in der Küche, von Anfang an kannten wir uns. Ein Blickwechsel und eine Geste, Großmutter nahm mich vom Boden auf. Ich stand auf Zehenspitzen auf der Bank, ihre Hände im Rücken. Sah aus dem Fenster, belutschte die eisige Scheibe. Draußen der stiebende Schnee, auf der Dorfstraße liefen Gänse, Kinder waren unterwegs mit Schlitten. Ich, ihrer harten Hände sicher, leckte gern in Selbstvergessenheit, in großer Selbstverständlichkeit das Fensterglas. Wie sie mich auf den Boden setzte. Wie sie ihre Stiefel nahm, umständlich anzog, um nach den Hühnern im Stall zu sehen. Zu ihren Füßen saß ich, griff nach den warmen feuchten Pantoffeln, fuhr mit beiden Händen hinein, zwei Boote an meinen Händen. Sie legte ihre Jacke um die Schultern, nahm die Pantoffeln, um sie an ihren Platz am Ofen zu stellen. Ich schrie meinen Booten nach. Sie gab sie mir in die Hände zurück. Ihr Blick entließ mich aufs Meer. Als sie die Küche verließ, trug das Rauschen der Wellen mich ganz und gar fort.

Ich wusste, meine Großmutter kommt wieder. Regina kommt zu Besuch nach Hause. Ich mache Plow zum Essen.

Lindenbasar hat das beste Lamm, gleich neben der Moschee mit ihrem Minarett im Fußballmuster. Waldemar weint nicht, wenn er bei einem Spiel die Hymne hört aus Kasachstan, das sind dumme Gerüchte. Sascha hat ein T-Shirt, schwarz-gelb-rot. Großmutter hätte dieses Land nicht träumen können, solchen Reichtum. Erst bei den seltenen Besuchen in Almaty fällt mir auf, wie einfach alles ist in Hamburg. Die Busse fahren pünktlich und leise. Sie weichen nie von der Route ab, doch dafür singt drinnen kein Schaffner. Aber das System der Ampeln funktioniert, in Hamburg fließt alles schnell. Und jede Woche kommt die Müllabfuhr. Selbst Putzen ist leicht. Man gewöhnt sich an starke Geräte, an immerwährenden Strom, an all die leisen Diener. Spülmaschine, Mikrowelle. Waldemar kommt damit nicht zurecht. Er versteht kaum seine Kinder, wenn sie hamburgisch reden. Sprich so, als wenn du Schnupfen hättest oder eine Wäscheklammer auf der Nase, sagt Regina. Warum soll mir die Luft wegbleiben? Aber Frau Kaiser lächelt aus ihrer Nacht zu mir rüber, wenn ich beim Sprechen das Rezept anwende. Die ausgedachte Klammer auf der Nase. Sie lächelt, wenn ich Feudel sage statt Lappen.

Im Lindenbasar muss man kein Türkisch können. Selbst hier gibt es die langnasigen Kopftuchmädchen, die den Käse Kese nennen. Regina lernt jetzt in London Chinesisch. Waldemar sagte zu ihr beim Skypen, nur die Narren haben kein Zuhause. Ich habe ihn verbessert: Die sind überall zu Haus. Heute Abend gibt es Plow. Ihr Lieblingsessen.

Es war eine Freundlichkeit in der Küche, wenn wir am Wochenende zusammen kochten. Ich habe ihr beigebracht, was ich weiß.

Bildung ist auch ein Kapital, warum begreift Sascha das nicht. Regina hat fürs Lernen ein Stipendium bekommen. In der Bücherei leihe ich billig aus. Waldemar hat für Theater keine Lust, dafür gibt es Tatjana. Wir beide sitzen manchmal auf den roten Plüschsesseln im Dunkeln. Die beiden Männer gehen lieber miteinander angeln. Unser Herzklopfen, wenn sich der Vorhang endlich öffnet, feierlich langsam. Doch es war unverschämt, auf der Bühne haben Tschechows drei Schwestern schon morgens Wodka getrunken. So denken sie von uns. Sag mir eine Nation, in der die Schwachen nicht an Drogen hängen. Wir sind aber stark, sonst geht's nicht.

Viel Betrieb an der Theke hier mit dem Fleisch. Ein Mann zeigt seiner Frau die kopflosen nackten Schafe, die von der Decke hinter der Theke baumeln. Die beiden stehen Hand in Hand, er hat einen roten Fleck am Kinn. Staunt wie ein Kind. Die sollen sich jetzt mal entscheiden. So viel Fleisch, das sie sich hacken lassen. Vorratshaltung. Oder auch ein Familientreffen.

Das Elektromesser saust durch die Knochen vom Lamm. Die kasachischen Schafe in ihrem Pferch am Dorfrand, hechelnd, um sich abzukühlen. Jedes Lamm erkennt die Stimme seiner Mutter. Regina läuft allein, und Sascha stellt sich taub. Willst du später mit dem Hubwagen Paletten ziehen bei Walmart? Oder möchtest du Arbeit haben in einem Büro mit Klimaanlage und schicken Espressomaschinen? Nimm dir ein Beispiel an Regina, du musst lernen! Dann kannst du entrinnen.

Aber die Heimat ist doch hier. Vielleicht war ich ein bisschen weich mit Sascha. Er war der kleine Prinz, jetzt wird er ein Faultier. Lange dachte ich, wir hätten beide

Kinder gleich erzogen. War ich mit Regina hart? Bei der Tochter meint eine Mutter zu wissen, wie sie gestrickt ist. Söhne sind Fremde, ich weiß nicht.

Möhren noch, Tomaten kaufen. Die Kichererbsen sind schon eingeweicht seit gestern Abend. Eine Ananas zum Nachtisch? Sascha isst Obst nur, wenn es passiert ist. Ananaskompott, das ist zum Lachen. Wie ähnlich er meinem Bruder sieht. Andrejs Grab auf dem Friedof bei Almaty, es war Krebs. Das Grab sieht nicht gut aus, Unkraut wächst bis zum Kopf. Regina sagt, Andrejs Arbeit im AKW war sein Tod. Meine Tochter ist nicht friedfertig. Sie ist kritisch, ehrgeizig und tüchtig. Deutscher als deutsch. Für jede Mutter ist es schmerzhaft, wenn die Kinder fortziehen. Ich sage, man muss für den Abschied bereit sein. Auch Söhne und Töchter von Hamburgern ziehen nach Rudolstadt oder Rio. Wenn jemand fragt, wie geht es dir, will ich nicht anworten, Regina studiert in London. Man soll nicht immer nur über die Kinder sprechen, die Zeit mit ihnen hat Anfang und Ende. Was macht man selbst, auf welcher Stufe steht ein Mensch, wo will er hin, was freut ihn. In einem VHS-Kurs oder auch bei der Gymnastik kann man versuchen, neue Bindungen einzugehen. So sagt man. Vorwärts St. Georg, die Sportsfreunde sind mir egal. Aber ich studiere Leute nicht nur bei der Arbeit. Wie verhalten sie sich in der Freizeit, was essen sie, wie feiern sie. Regina spricht von interkultureller Kommunikation. Es gibt aber nicht die Deutschen und die Kasachen. Der Borat-Film war schamlos gegen uns, nach allem, was man hört. Kasachen als Barbaren, als Judenfeinde, Machos und Kriminelle. Sage ich, die Deutschen sind faul und England hat eine grausame Küche? Regina sieht auf dem Bildschirm zu dünn aus. Isst sie in London immer nur Bohnen auf Toastbrot? Wir hätten sie schon längst besuchen sollen. Waldemar fliegt nicht gern. Ich fürchte den Tunnel unter dem Ärmelkanal. Wir könnten eine Fähre nehmen, ich würde gern einmal London sehen und riechen. Hamburg riecht nach Wind, Beton und Brackwasser. Regina sagt, die Briten drängeln wie die Leute hier und sagten Sorry. Auch Rassismus gibt es. Meine Tochter führt große Wörter im Mund, die höre ich nicht gern. Sie zieht mit ihrem kleinen Rucksack eilig durch die Welt, traumlos.

Mein Traum war eine Bootsreise. Ich hatte es einfach als Kind. Ich wurzelte in meiner Großmutter. Regina wurzelt in der Luft. Die Fähre legt in Cuxhaven ab, landet in Harwich, so dachte ich. So zeigten das die Linien in unserem Atlas. Regina lacht über Boote und Züge, das Flugzeug ist schneller, billiger auch. Ich möchte auf der Fähre stehen und nichts als Wasser sehen. Ich hatte an meinen Händen zwei Boote. Meine Großmutter kam zurück aus dem Stall. Den Umzug nach Alma-Ata hat sie nicht lang überlebt. Ihr fehlte der Himmel. Woher kam ihr Traum von Deutschland? Die Fragen stellen sich, wenn es für Antworten zu spät ist.

Was Waldemar und ich hier aufgebaut haben, ist nicht mehr wichtig für meine Tochter. Am Telefon droht sie mit China. Sollen die Eltern ihren Kindern folgen? Aufbauen, das Wort will ich zurücknehmen, es ist zu groß. Es passt nicht für dritter Stock Reihenhauswohnung.

Heute Abend. Wenn Regina kommt. Kann sein, sie will nach dem Essen gleich weiter, Freunde besuchen. Gut ist es, Freunde zu haben. Aber sie ist immer auf dem Sprung, als wäre sie elektrisch. Mit ihrem kleinen Rucksack zieht sie durch München, Madrid, vielleicht läuft sie bald durch Schanghai. Wir haben schwere Koffer geschleppt vom Dorf in die Stadt. Beim Umzug durfte ich das runde Glas mit unseren Goldfischen ins Haus tragen. Nichts sprach gegen Hühner auf dem Balkon in Alma-Ata. Sie waren in der Stadt so wenig froh wie meine Großmutter. Im Garten meiner Kindheit war der Birnbaum kostenlos. Nie bin ich ohne großen Beutel in der Stadt herumgelaufen, manchmal gab es unerwartet Leckerbissen zu kaufen, Fleischwurst, holländischen Käse, Obst. Die Tasche hatte einen hoffnungsvollen Namen. Awosyka heißt, alles ist möglich.

Regina spricht gegen Tschernobylpilze und strahlendes Wildschwein, wenn wir von früher erzählen. Sie kam erst 1990 auf die Welt! Und hat sich in Hamburg schnell eingelebt, vielleicht, weil ich ein bisschen hart war. Alles fließt sehr schnell. Auch in Almaty gibt es jetzt alles zu kaufen über der Theke, Prinzenkekse, Bubenöl, nur teurer als hier. Regina sagt, sie braucht nicht viel mehr als Notebook und Wasserflasche. Der kleine Muck hatte große Pantoffel, mit denen er fliegen konnte. Oft habe ich den Kindern vorgelesen und erzählt, kasachische Märchen und deutsche, habe Plow gekocht und dann wieder Grünkohl mit Pinkel. Sie sollen sich das Beste aus den Traditionen wählen können. Regina isst gern Schwarzbrot. Sascha schaut sich von den deutschen Freunden ab, respektlos gegenüber seinen Eltern zu sein. Waldemar hat ihn fast geschlagen, als er sagte, nach der Schule will er sich nicht schinden für wenige Euro. Hartz 4 reicht aus für Spaß, so sagte er. Waldemar schuftet, ich putze, ist das ein Spaß? Ist es ein Spaß, im Zimmer zu sitzen vor zuckenden Bildern mit wetzender Maus und Panzer zu schießen, als wäre Krieg? Ich verstehe Sascha nicht, und auch Regina gibt mir Rätsel auf. Man reist, um ein Ziel zu erreichen. Als Kind war es mir einfach, von der hohen See zu träumen. Ich hatte die Pantoffeln meiner Großmutter, es gab ihren Blick. Sie ging nicht weiter als bis zum Stall, ich konnte sie rufen.

Wir haben Hamburg erreicht, wir schlagen uns durch. Wir bleiben Deutschland nichts schuldig. Auch eine Reise nach London können wir zahlen. Doch was erzählt Regina uns von Schanghai, von Austauschsemestern? Wenn Asien die Zukunft ist, hätten wir in Almaty bleiben können, ein Katzensprung nur bis ins Reich der Mitte, Vogelflug dreihundert Kilometer. Der kleine Muck flog auf Pantoffeln durch die Luft, er wurde Kurier des Sultans.

Regina müsste jetzt gelandet sein, dann mit dem Bus noch eine Stunde vom Flughafen Lübeck bis nach Hause. Warum schreibt sie mir keine SMS? Das Warten auf sie hab ich mir verboten. Wie lange ich gewartet habe. An der Hand der Großmutter ging ich in meinem Traum, er war die Wirklichkeit. Staubige nackte Füße, Wespen und Einmachbirnen, es waren die Wege langsam als Kind. Es gab die fliegenden Pantoffel nur im Märchen, und meine Boote waren Hausschuhe.

Regina lebt im Transit, verzweifelt energisch. Ganz klar, sie ist erwachsen. Aber ihr fehlt ein Kompass, eine Idee. Vielleicht macht ihr Bruder es richtig, sich festzubinden im Zimmer vor seinem Laptop?

Sascha! Komm in die Küche und hilf mir!

Wo steckt er. Ausgeflogen, ohne Nachricht zu hinterlassen, fühlt sich mit sechzehn erwachsen, hat Rücksicht nicht nötig. Er war ein anhängliches Kind, das immer auf dem Schoß sein wollte. Jetzt hängt er im Netz. Er isst lieber dampfende Sachen aus laschen Pappen als das, was ich koche, vom Teller. Waldemar und ich, wir hätten unsere Kinder anders mischen sollen. Er sagt, er will in Kasachstan beerdigt werden. Ich schrei ihn an, so weit sind wir noch lange nicht. Wohin soll ich mich drehen?

Regina vielleicht demnächst in Schanghai. Nicht weil sie uns nicht liebt.

Bald ist sie hier. Meine Gefühle zittern. Bald wird sie wieder abreisen.

Meine schnelle schöne große Tochter.

Wenn du gehst, dann stehe ich traurig am Zaun.

Mama erzählte mir, so habe ich als kleines Kind gesagt, als Andrej in die Schule kam. Dabei gab es die Großmutter, es gab die Eltern.

Wenn du wieder gehst, Regina, will ich nicht traurig am Busbahnhof stehen. Ich will auch keinen Streit machen, was wird denn davon leichter. Ich gebe dir ein Schwarzbrot mit, wenn du zurück nach London gehst.

Es muss das Herz bereit sein für den Neubeginn, so sagte Hermann Hesse. *Nimm Abschied und gesunde*, das schrieb er auch.

Aber Regina kommt doch erst!

Inhalt

Bibliografische Information der
Deutschen Nationalbibliothek
Die Deutsche Nationalbibliothek verzeichnet diese
Publikation in der Deutschen Nationalbibliografie;
detaillierte bibliografische Daten sind im Internet über
http://dnb.d-nb.de abrufbar.

2. Auflage

www.wallstein-verlag.de
Vom Verlag gesetzt aus der Stempel Garamond
Umschlaggestaltung: Susanne Gerhards, Düsseldorf
Druck: Friedrich Pustet, Regensburg
ISBN 978-3-8353-1345-3